BESTSELLER

César Vidal (Madrid, 1958) es doctor en historia, filosofía y teología, así como licenciado en derecho. Ha enseñado en distintas universidades de Europa y América y es miembro de prestigiosas instituciones académicas. Algunos de los medios en los que ha colaborado son: COPE, *Libertad Digital*, *El Mundo*, *Protestante Digital*, Telecinco y Antena 3. Es autor de más de un centenar de libros, que han sido traducidos a una docena de lenguas. Entre sus premios literarios destacan el de la Crítica Ciudad de Cartagena a la Mejor Novela Histórica del año 2000, el Premio Las Luces de Biografía 2002, el Premio Espiritualidad 2004, el Premio Jaén 2004, el IV Premio de Novela Ciudad de Torrevieja 2005, el de Novela Histórica Alfonso X el Sabio 2005 y el Algaba 2006 de Biografía. Sus éxitos literarios son numerosos, y pocos autores han logrado ventas tan altas de tantos títulos simultáneamente. Entre sus obras más recientes destacan: *El testamento del pescador* (2004), *Los hijos de la luz* (2005), *Jesús y los manuscritos del mar Muerto* (2006), *El fuego del cielo* (2006), *Pablo, el judío de Tarso* (2006), *El camino hacia la cultura* (2007), *Pontífices* (2008), *Por qué soy cristiano* (2008), *El Caso Lutero* (2008), *El judío errante* (2008), *Loruhama* (2009), *Los primeros cristianos* (2009), *Jesús, el judío* (2010), *Buda, el príncipe* (2011) y *El guerrero y el sufí* (2011).

Biblioteca

CÉSAR VIDAL

El guerrero y el sufí

DEBOLS!LLO

Primera edición en Debolsillo: noviembre, 2012

© 2011, César Vidal Manzanares
   Autor representado por Silvia Bastos, S. L. Agencia Literaria
© 2011, Random House Mondadori, S. A.
   Travessera de Gràcia, 47-49. 08021 Barcelona

Printed in Spain – Impreso en España

ISBN: 978-84-9989-882-7 (vol. 562/11)
Depósito legal: B-20951-2012

Compuesto en Fotocomposición 2000, S. A.

Impreso en Black Print CPI Ibérica (Barcelona)

P 998827

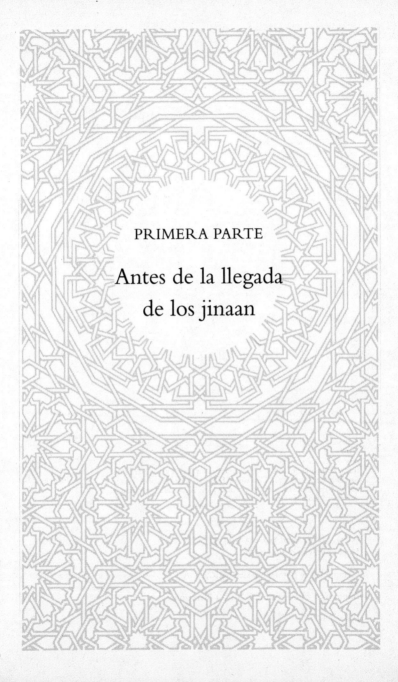

PRIMERA PARTE

Antes de la llegada
de los jinaan

*L*a palabra «jinn» (plural, «jinaan») se refiere en lengua árabe a algo que se encuentra oculto o se halla escondido. Esto se puede ver con facilidad en expresiones corrientes como «junna ʿanka» («me oculté de ti») o «jannahu al-lail» («la noche lo cubrió»), donde la raíz gramatical tiene ese mismo sentido. Algo semejante puede decirse del feto, al que se denomina ocasionalmente en árabe «al-janiin» porque está escondido en el vientre de su madre. El jinn es, pues, un ser que se oculta y se halla apartado de la vista.

Dicho esto, hay que señalar también que existen distintas clases de «jinaan». Si nos referimos a un jinn en sentido general, la palabra correcta es «jinn» o «jinni». Por el contrario, si queremos indicar un tipo de jinn que vive en las casas, es más adecuado utilizar el término «aamir» (plural, «ummaar») porque tal palabra significa «morador». Si hablamos de los jinaan que interactúan con los niños, es mejor llamarlos «arwaah». Si el jinn es abiertamente malo, debe ser calificado como «shaytán», aunque no si se trata de uno especialmente perverso, porque para ése está reservado el calificativo de «maarid». Por último, existe un tipo de jinn especialmente fuerte, poderoso y maligno que recibe el nombre de «ifrit» (plural, «afaarit»), que por sí solo merecería un tratado especial. A todos y cada uno de ellos nos referiremos, si el Señor de los mundos lo permite, en las páginas siguientes.

1

Abdallah

Alejó un poco el texto y lo releyó con atención para ver cómo sonaban sus líneas cuidadosamente pronunciadas. Una leve sonrisa acompañada de un fruncimiento de los ojos dejó de manifiesto que se sentía satisfecho con el inicio. Era un escritor rápido y contaba con que aquel libro no le llevara más de unas pocas semanas de redacción. Semejante dato podía resultar engañoso para el ignorante. Si lograba plasmar por escrito sus ideas con tan prodigiosa celeridad era porque llevaba años madurándolas. En no escasa medida, redactar una obra era como recoger una cosecha. El trabajo de arar la tierra, de sembrar, de abonar, de regar podía durar meses, pero la recogida de los frutos no llevaba más de unas horas, a lo sumo unos días.

En este caso concreto había parado no menos de dos décadas espigando y reuniendo datos sobre la figura del jinn, ese ser espiritual y extraordinario a cuya categoría pertenecía el mismísimo Iblis, el desobediente que se había negado a inclinarse ante el recién creado Adán porque había sido formado del barro en lugar de a partir del fuego, como él.

Le constaba que algunas personas creían que para dar con un jinn había que viajar hacia oriente, e incluso que existía una línea imaginaria no anterior a las tierras de Misr que, una vez cruzada, te colocaba en la posición, siquiera geográfica, para descubrirlos. De hecho, había reunido numerosos testimonios que indicaban que en Surya las mujeres arrojaban agua caliente en sus fregaderos para escaldar al jinn que pudiera estar merodeando por ellos y alejarlo de un hogar que se deseaba tranquilo. Con todo, su propia experiencia le decía que los jinaan eran seres que podían hallarse también en Al-Ándalus. Era una realidad triste, incluso sobrecogedora, que no podía dejarse de lado como se aparta una mosca de un manotazo.

Sabía que los jinaan, en ocasiones, eran vistos por los niños en la cercanía de las casas, que podían apoderarse —y lo hacían— del cuerpo y el alma de quien uno menos hubiera sospechado y que estaban dotados de un poder, una fuerza y una capacidad que excedían notablemente a las de los hijos de Adán.

Para colmo, los jinaan no eran seres cuya existencia y actividades pudieran investigarse únicamente por mero amor al estudio. Semejante actitud era válida respecto a las aves o las plantas, pero no en relación con un jinn. A decir verdad, mantener a los jinaan en un terreno de acercamiento habría significado una estupidez no menor que la de considerar que uno puede mirar las serpientes como quien observa un macizo de rosas... ¡Y eso que cualquier jinn, hasta el más débil, era infinitamente más peligroso y letal que la más venenosa de las víboras! No. Si él llevaba años dedicado a esta tarea era porque le constaba que debían ser conocidos, clasificados y neutralizados. Hacía ya años que escribía, pero no le cabía la menor duda de que, hasta la fecha, ésta era su obra más importante para servir al Señor de los mundos y a los mortales.

Respiró hondo, tendió la mano hacia una copa panzuda y brillante que reposaba en el suelo, se la llevó a los labios, tomó un sorbo y, tras volver a dejarla en su lugar, reanudó su trabajo.

*L*as creencias que tienen las gentes acerca de quién y qué es un jinn son muy diversas. Por supuesto, algunos niegan rotundamente que existan. Semejante actitud sólo puede entenderse como una peligrosa manifestación de la más profunda ignorancia. Y cuando se escuchan algunos argumentos se comprueba con facilidad la pobreza de su razón. Por ejemplo, la gente suele decir que nunca han visto a un jinn y que, por lo tanto, no existen. Sin embargo, también puede ser que nunca hayan visto un dolor de muelas y no por eso sufrirán menos si les acontece. Incluso podrían decir —no lo quiera Al·lah— que La Meca no existe simplemente porque nunca la visitaron. No. Los testimonios sobre la existencia de los jinaan son tan numerosos que sólo incurriendo en una temeridad inexcusable se puede negar. En segundo lugar, nos encontramos con aquellos que no se atreven a afirmar que no creen en la existencia del jinn pero que, para ocultar lo que alberga su corazón, se entregan a discusiones —inacabables y absurdas— sobre el significado de la palabra. Por último, existe un grupo que, aun creyendo en la existencia de los jinaan y los shayaatin, los interpretan, sin embargo, de maneras que chocan con lo que encontramos en los textos revelados. Por supuesto, ninguna de esas tres actitudes es correcta. Digamos incluso que todas ellas son perjudiciales y nocivas.

Para empezar, no podemos sino aceptar la realidad de que todos los pueblos que existen bajo el sol creen en los jinaan y relatan multitud de historias referidas a ellos. Sería demasiado prolijo recogerlas aquí y ahora, pero las referencias son abundantes tanto en los escritos de sus sabios como en las narraciones que pueden escucharse en cualquier *suq*.

Es verdad, no obstante, que el tema de los *jinaan* es uno de los más arduos y difíciles a los que podría entregarse el entendimiento porque está íntimamente relacionado con un mundo que se oculta y se esconde y que, por lo tanto, no admite un análisis tan fácil y espontáneo como puede ser el reino de los animales o el de las plantas. Esa dificultad no se ve disipada, sino todo lo contrario, por la abundancia de fuentes que existen sobre los *jinaan* y su realidad. Algunos testimonios no pasan de ser meras leyendas creadas por el temor que las gentes primitivas, ignorantes y supersticiosas sienten hacia lo que son simples criaturas del Creador, como el sol, la luna, las estrellas o las tormentas. Otros únicamente son fruto de imaginaciones excitadas por el deseo incontrolado o de pensamientos desbocados. No faltan las derivadas del mal corazón de charlatanes que pretenden valerse de la falta de conocimiento de las pobres gentes para vaciarles la bolsa o la despensa, o ambas. Incluso algunas visiones derivan directamente de la acción de Shaytán. Sin embargo, a pesar de todo lo anterior, contamos también con datos fidedignos a los que me iré refiriendo a lo largo de la presente obra.

2

Ahmad

Magrib, 1211

*B*ismi-l-lahi-r-rajmani-r-rajim. *Wa-d-duja. Wa-l-layli 'ida saya. Ma wadda'aka rabbuka w ama qala. Wa la-l-ajiratu jayrun laka mina-l-'ula...*» Traduce, Ahmad.

—«En el nombre de Al·lah, clemente, misericordioso. Por la aurora y por la noche cuando cubre todo. Tu señor no te ha abandonado ni rechazado. Para ti, la vida última es mejor que la presente.»

El muchacho había respondido con firmeza, con seguridad, con aplomo. Sin duda, conocía muy bien el texto o el árabe —la lengua del rasul-Al·lah— o ambas materias a la vez. No obstante, el maestro reprimió cualquier gesto de satisfacción. Por el contrario, volvió a entonar:

—«*wa la-sawfa yu'tika rabbuka fa-tarda. Á-lam yayidka yatiman fa 'awa. Wa wayadaka dallan fa-hada. Wa wayadaka a'ilan fa'agna.*» Traduce, Ahmad.

—«Tu señor te concederá ciertamente y entonces serás satisfecho. ¿No te encontró huérfano? Te acogió. ¿No te encontró extraviado? Te guió. ¿No te encontró pobre? Te enriqueció.»

—«*fa-'amma-l-yatima fa-la taqhar. Wa 'amma-s-saila ila fa-la tanhar. Wa 'amma bi ni''mati rabbika fajaddit.*» Traduce, Ahmad.

—«Por lo tanto, no maltrates al huérfano. Al que te pida, no lo rechaces. Y proclama el bien que te ha hecho tu señor.» —Ahmad calló un instante, tragó saliva y añadió—: Con estas palabras termina la sura.

El maestro se llevó la diestra a la pobladísima barba canosa y deslizó suavemente los dedos pulgar e índice por su extremo suave y rizado.

—Y supongo que conoces la sura que he recitado…

—*Naam*, sayidi —respondió el muchacho reprimiendo apenas su alegría.

—Y…

—Es la sura Ad-duja, la del día que se eleva, la aurora.

—Brevemente. ¿Cómo la interpretas? —preguntó el preceptor.

Ahmad volvió a tragar saliva a la vez que adoptaba un gesto solemne.

—La sura —comenzó a decir con una emoción apenas contenida— hace referencia a la vida del rasul-Al·lah (las bendiciones y la paz sean sobre él). Su vida en La Meca era difícil porque sus enemigos lo odiaban. Muchos hubieran podido pensar que había sido abandonado, pero Al·lah le mostró que no era así. En realidad, si reflexionaba con atención, se daría cuenta de ello. Había sido huérfano y pobre y extraviado, pero Al·lah lo había sacado de todas y cada una de esas situaciones. Sin embargo, el rasul-Al·lah (las bendiciones y la paz sean sobre él) no debía pensar sólo en sí mismo. Tenía que darse cuenta de que debía ayudar a aquellos que atravesaban por esa misma situación. Debía atender al huérfano y al pobre y, al mismo tiempo, contar a todos lo que Al·lah había hecho con él.

Ahmad guardó silencio. En apariencia estaba totalmente tranquilo, pero la manera en que se dilataban las ventanas de su nariz aguileña dejaba de manifiesto la tensión tormentosa que albergaba su pecho juvenil.

El maestro se acarició un par de veces más la barba. Reflexionaba. No deseaba ser demasiado elogioso, pero sabía que los muchachos a los que no se proporciona de vez en cuando el estímulo de un elogio pueden ver cómo se seca su capacidad de aprendizaje de la misma manera que se agostan las plantas sin agua.

—Está bien, Ahmad, está bien —dijo al fin. Luego miró a los demás jóvenes que estaban sentados ante él en la sala de la madrasa y añadió—: La sura que acabáis de escuchar rezuma significados. Lo que ha dicho Ahmad es correcto, pero no agota, ni por aproximación, todo el mensaje. Pensad en vosotros mismos. ¡Cuántas veces no os desanimáis! ¡Cuántas veces no tenéis la sensación de que no sabéis adónde dirigiros! ¡Cuántas veces os lamentáis de vuestra suerte! Pero… ah, no os dais cuenta de hasta qué punto Al·lah ha mejorado vuestra existencia desde el momento en que comenzasteis a rendirle culto de manera correcta. No veíais la luz, pero ahora la luz os rodea. No sabíais qué hacer con vuestro futuro, pero ahora se os dice. No entendíais la complejidad de vuestra existencia, pero ahora os resulta meridianamente clara. Vuestro señor os ha colmado de bendiciones.

—*Aljandu-l-il·lah* —musitó un talib abrumado por lo que escuchaba.

—Pero no debéis limitaros al disfrute de las bendiciones de Al·lah. No. Aunque se las agradezcáis día y noche. No. Eso no sería suficiente. Tenéis que hacer partícipes a otros de lo que os ha dado. ¿Eras pobre y ahora tienes bienes? Compártelos con el que no los posee. ¿Estabas solo y ahora tienes amigos? Extiende esa amistad. ¿Alguien precisa de tu ayuda? No lo abandones ni desatiendas. Y, sobre todo, proclama lo que tu señor ha hecho contigo.

Ahora fueron varios los que dijeron «*Al·lahu akbar*» en señal de aprobación y de reconocimiento de la grandeza de Al·lah.

—La vida —prosiguió el maestro—, la mía y la vuestra, no tiene sentido si no es vivida en plena sumisión a Al·lah, pero eso incluye mostrar misericordia hacia tu aj de la ummah. Si es pobre, comparte con él tus posesiones; si es ignorante, instrúyelo en el Qur'an; si lo atacan, defiéndelo.

Calló por un instante, como si deseara acentuar el impacto que sus palabras debían causar en cada talib, y finalmente dijo:

—Hoy en día todos nosotros tenemos algún aj que sufre por la miseria, por la soledad, por la violencia que los kafirun descargan sobre él. Y yo os pregunto: ¿acaso vais a abandonar a quienes así precisan de vuestra ayuda?

—*La, la…* —comenzó a susurrar cada talib de la madrasa para ir elevando enseguida la voz y acabar gritando.

—No, claro que no —impuso silencio el maestro—. Que jamás suceda algo así entre vosotros si deseáis recibir las bendiciones de Al·lah y veros libres de su juicio. *Wa 'amma-s-sa 'ila fala tanhar…* y al que te pida no lo rechaces.

*M*ultitud de testimonios apuntan al hecho de que el jinn puede adoptar las formas más diversas. Algunos señalan que los han visto bajo el aspecto de un gato negro, de un perro del mismo color, de una simple oveja o de una serpiente de grandes dimensiones. Tampoco faltan los que insisten en que puede aparecer ante los ojos humanos con la figura de un hombre, si bien casi todos coinciden en que, cuando así acontece, los pies del jinn se asemejan considerablemente a los de un carnero. Son tantas las referencias que he encontrado al respecto y tantos los que me lo han referido que cuesta no dar por cierta tal información. Más dudosa es la que afirma que el jinn tiene miedo de los lobos, que su olor les repugna y que incluso lo huyen porque este animal puede atacarlo y causarle serios daños. Ésa es la razón por la que algunos acostumbran a llevar amuletos que contienen pelos, huesos, dientes o piel de lobo. A decir verdad, yo mismo considero que esta noticia no se corresponde con la realidad, ya que ¿cómo alcanzaría a una bestia, que ni siquiera tiene la capacidad de razonar, a amedrentar de tal manera a seres espirituales enormemente poderosos y creados a partir del fuego? Semejante idea me parece absurda, y todavía más el que se piense que un huesecillo de lobo puede ahuyentar a un jinn. Se trata, sin duda, de una superstición como tantas otras que se difunden y que deben ser erradicadas porque en nada ayudan a estudiar y conocer a los señores de lo oculto.

3

Abdallah

Al-Ándalus, 1211

Usa el aceite del frasco verde.

Había pronunciado ese mandato de manera suave y tranquila, tan suave y tan tranquila que nadie habría pensado que se trataba de una orden. Estaba tendido en el lecho, completamente desnudo, a la espera de que la esclava comenzara a relajar los cansados músculos de sus piernas. Pasaba demasiadas horas sentado, bien escribiendo, bien leyendo, y al concluir la jornada el cansancio se aferraba a sus miembros inferiores como una pesada cadena. Cualquiera hubiera pensado que aquel sacrificio a que sometía a sus piernas tendría que haber estirado sus huesos y flexibilizado su carne. No había sido así. Durante un tiempo incluso se había despertado por la noche con dolorosos calambres que le agarrotaban las pantorrillas y le obligaban a clavar los talones contra el suelo para sofocar el dolor. Todo aquello había desaparecido gracias a las manos blancas y suaves de la esclava, que en ese mismo momento recorrían la planta de sus pies provocándole una sensación de alivio que comenzaba a la altura de los dedos y se extendía como una corriente por las piernas, trepaba por las nalgas y la cintura y terminaba placenteramente en algún lugar difuso situado a mitad de la espalda.

Cerró los ojos con fuerza y emitió por las fosas nasales un sonido, mezcla de satisfacción y alivio. Como si se tratara de una sucesión ininterrumpida de olas que trajeran sosiego en lugar de espuma, percibía con placer cómo la pulsión digital realizada por la esclava subía por su cuerpo y lo calmaba. Por un instante sintió la tentación de ronronear como un gato, pero al final se limitó a sonreír sin emitir el menor sonido.

—Está bien, Qala, está bien —dijo sin levantar la cabeza.

—¿Algo más, sayidi? —indagó la esclava con tono tranquilo y quedo.

—Sí, prepárame recado de escribir y... sí, algo de beber —respondió Abdallah.

—¿Qué deseas beber, sayidi?

Abdallah dejó escapar un murmullo entre los labios que indicaba que estaba sopesando la respuesta más adecuada.

—¿Quizá un poco de vino blanco frío? —intentó ayudarlo, solícita, Qala—. ¿Zumo de frutas? ¿Agua?

A diferencia de otros varones criados en el seno del islam de Al-Ándalus, Abdallah no era muy aficionado al vino. Aunque en ese tema tampoco era un seguidor estricto del Qur'an. No, ocasionalmente bebía alcohol y no tenía problemas de conciencia, pero de ahí a convertirlo en una práctica habitual...

—Un poco de zumo de frutas estaría bien —respondió.

—*Naam, sayid* —dijo la esclava, que abandonó su posición genuflexa y salió de la estancia.

Con los ojos cerrados, disfrutando del bienestar que sentía en las piernas, Abdallah se regaló una nueva sonrisa mientras pensaba en el acento de Qala. Se mirara como se mirase, su árabe era fluido pero de dudosa calidad. Algunos de sus conocidos le habían señalado incluso lo mucho que les costaba comprenderla. Bien mirado, casi era mejor así. Nadie tenía por qué hablar con ella ni dedicarse a tirarle de la lengua. Él era su dueño y estaba más que satisfecho. Y eso que, para ser sincero, tenía que reconocer que cuando la había comprado jamás se le había pasado por la cabeza que aquella esclava pudiera reportarle tantas satisfacciones.

La había descubierto en una de las subastas que se celebraban en las cercanías de Málaga. Pálida, sin apenas formas, privada de un pecho prominente o de caderas rotundas y, para remate, rubia y con ojos claros, no llamaba la atención de ninguno de los posibles compradores. A decir verdad, algunos la habían contemplado incluso con apenas oculto desagrado. Sin embargo, él la había adquirido por razones que ahora no venían al caso y con posterioridad no había encontrado un solo motivo para arrepentirse de su decisión. De hecho, la sierva había demostrado ser más que capaz de realizar unas economías que él nunca habría imaginado.

Abdallah era hombre de ingresos no pingües pero sí desahogados. Por añadidura, llevaba una vida tan apartada del resto de los andalusíes, que se habría dicho que era extranjero. Musulmán, sí, pero procedente de otras tierras. Por resolución propia, Abdallah había decidido años atrás no acudir a las fiestas y convites que tanto gustaban a los demás; no participaba en ningún tipo de diversión estrepitosa, e incluso prefería orar en el interior de su casa que acudir a la mezquita. Sólo había tres cosas a las que se negaba a renunciar. La primera eran los libros. Había ido almacenándolos en el interior de su vivienda hasta el punto de que ya resultaba difícil desplazarse por ella. Como si se trataran de la yedra acumulada durante años sobre los muros de un edificio, aquellos volúmenes, que sobrepasaban ya los varios millares, cubrían suelos y paredes, cercaban los escasos muebles de la casa e incluso invadían lugares tan retirados como la alcoba o el hammán. Ocasionalmente regalaba alguno de aquellos libros, pero nunca se le había visto tirándolos o destruyéndolos, y era lógico que así fuera, pues hacia todos ellos, incluso los que no eran buenos, guardaba una gratitud que le obligaba a tratarlos casi como a seres vivos. Su segunda afición irrenunciable era la música. Procuraba escuchar a todos los intérpretes que en verdad merecían la pena, si bien, con el paso del tiempo, había logrado que semejante disfrute le resultara gratuito. Su criterio era tan refinado, tan exacto y tan aceptado incluso por sus enemigos, que los músicos le permitían que los escuchara sin siquiera sugerir que les hiciera objeto del menor óbolo. Por último, aunque fuera de manera ocasional, gustaba de regalar su paladar con algún dulce. En el día a día era partidario de alimentos sencillos —algo que Qala captó sin dificultad— que prácticamente se reducían a alguna carne o pescado y verdura fresca. Sin embargo, una vez a la semana —rara vez con más asiduidad— disfrutaba de los pastelillos de miel y almendras que se vendían en el suq. Cubiertos tan humildes caprichos —y por ese orden—, Abdallah se sentía más que dichoso y no ambicionaba nada más, a excepción de dedicar un tiempo diario a la oración y a la meditación y, muy ocasionalmente, a ser visitado —nunca a visitar— por algún amigo aislado y, sobre todo, por Uarda.

Respiró hondo y se levantó del lecho. Tenía que trabajar. De hecho, llevaba varios meses estudiando algunos manuscritos referidos a los jinaan, esos seres espirituales entre los que se encontraba el mismo Iblis, el expulsado del cielo. Creados del fuego por Al·lah, su fuerza era verdaderamente descomunal, pero eso no era lo más importante. En realidad, lo que confería una enorme trascendencia a los jinaan era el hecho de que podían influir —de hecho, lo hacían— en la vida de los simples mortales. No sólo eso. A decir verdad, todo parecía indicar que la simple práctica del islam no servía en absoluto para, si no mantenerlos a raya, al menos librarse de su maldad. Pero también se desprendía de los tratados que estaba estudiando que existía alguna manera de enfrentarse con algunas posibilidades de éxito a aquellas fuerzas malignas. No era fácil, y los peligros anejos resultaban pavorosos, pero, aun así, a su juicio, merecía la pena adentrarse en aquella ardua labor.

Encontró perfectamente dispuesta la humilde esterilla en

que se sentaba a escribir. Lo mismo hubiera podido decirse de la pluma, el tintero y las claras superficies sobre las que dibujaba, más que trazaba, su hermosa y delicada caligrafía. Al lado, Qala había dispuesto una copa repleta de zumo de naranja fresco. Abdallah bebió un sorbo, chasqueó la lengua complacido y, a continuación, comprobó que el cálamo estuviera lo suficientemente afilado. Podía empezar. Era una lástima que, desde hacía años, Ash-Shaíj no estuviera a su lado para ayudarle en su tarea.

Ya he mencionado algunas de las supersticiones que se han difundido sobre la vida del jinn. Creo que la razón de esas inexactitudes se encuentra en el miedo que la gente común tiene a estos seres. Suele ser habitual —y temo que inefectivo— que la gente cuando se va a referir a los jinaan diga antes, atemorizada, «Bismil·lah». Precisamente por ese miedo, les atribuyen todo tipo de contratiempos con los que puedan encontrarse a lo largo de su vida. Si les duele la cabeza, piensan que detrás de ello hay un jinn; si una mujer no queda encinta, lo atribuyen a un jinn; si las piernas se les hinchan, la culpa recae sobre un jinn. Por supuesto, en la inmensa mayoría de las ocasiones, semejantes atribuciones constituyen un grosero error y lo mejor que podría hacer la persona que sufre es acudir a un médico o incluso orar, en lugar de pensar que ha llamado la atención de un jinn. Si éstos pueden ocasionar daños es algo a lo que me referiré más adelante en este libro, pero ya adelanto que la superstición que ve jinaan por todas partes resulta estúpida y peligrosa.

No menos dañina es la superstición que pretende que adivinos, videntes o brujos pueden proporcionar socorro frente a los jinaan. Semejante creencia constituye una estupidez de la que se originan multitud de males y sufrimientos. En su mayor parte, los que pretenden ver el futuro no son otra cosa que farsantes que se aprovechan de la ingenuidad y la necedad de las gentes para sacarles el dinero, y los que no mienten suelen estar sometidos precisamente al poder demoníaco de los jinaan y, por lo tanto, son dominados por aquellos a los que pretenden dominar. A tales errores se suma otro no menos grave, como es el de invocar a los jinaan en la idea de que así tendrán acceso al futuro. Una conducta semejante se basa en el error y es la fuente de terribles consecuencias.

4

Ash-Shaíj

Al-Ándalus, unos años antes…

De todos aquellos que pueden decir que fueron mudarris
para mí, el primero con quien me encontré en la tariqah de Al·lah fue Abú Yafar al-Uryani. Llegó a Ishbiliya, donde vivía yo, precisamente cuando me esforzaba por iniciarme
en el camino del espíritu. Me apresuré, por lo tanto, a visitar-
lo, y lo que descubrí fue un hombre totalmente entregado a
la oración. Debo aclarar que no se trataba de la oración que
puede contemplarse en las mezquitas o en otros lugares pare-
cidos, sino de una oración realizada mentalmente. Me pre-
senté a él y le expresé mi deseo de aprender. Entonces me
dijo: «¿Estás firmemente decidido a seguir la tariqah de
Al·lah?». Yo le respondí: «El siervo está decidido, pero Al·lah
es el que otorga la firmeza». Al escuchar aquellas palabras,
clavó la mirada en mí y dijo: «Entonces, cierra la puerta, corta los lazos que te atan a las cosas de aquí abajo y siéntate a
esperar que el Dador generoso de todo bien te hable desde
detrás de los velos que lo ocultan».

—¿Era un hombre culto? —preguntó Abdallah.

Ash-Shaíj sonrió divertido antes de responder.

—Era un campesino analfabeto que no sabía ni leer ni escribir, ni siquiera contar, pero también era un verdadero mudarris. Y cuando hablaba del tawhid, de la manera en que el alma puede unirse con Él…, bueno, créeme si te digo que uno no deseaba escuchar otra cosa.

Abdallah no pudo evitar mover la cabeza al oír las últimas palabras. ¿Qué interés —se dijo— podía tener un hombre que ni siquiera sabía leer y escribir?

—Sé lo que te ronda por la cabeza —dijo Ash-Shaíj interrumpiendo sus pensamientos—, pero te equivocas. Sabía de este mundo mucho más que tú y yo juntos. Verás. En cierta ocasión se unió a una caravana para llevar a cabo un viaje; de repente, una noche dijo a sus compañeros: «Mañana nos harán prisioneros a todos».

—¿Y sucedió? —preguntó Abdallah.

—Por supuesto. ¡Claro que sucedió! Al amanecer apareció una partida de nasraníes y los capturaron a todos. A todos sin excepción.

—¿Y qué pasó con él?

—Oh…, lo trataron bien. Le proporcionaron un hospedaje decoroso: una habitación limpia y bonita en la que podía trabajar. Al final pidieron quinientos dinares por su rescate.

—No es poco…

—No. No lo es, pero sus captores confiaban tanto en su honradez que le permitieron regresar a su tierra bajo promesa de que reuniría el dinero y volvería a entregárselo.

—¿Y lo hizo?

—Por supuesto que lo hizo. Cuando relató el rescate que pedían por él, un par de personas se ofrecieron para cubrirlo al completo, pero el mudarris se negó. Dijo que no deseaba ser gravoso para nadie y que recogería la suma pactada en pequeñas cantidades aportadas por un número grande de personas.

—Pero… ¿por qué?

—Por una razón muy sencilla —respondió Ash-Shaíj sonriendo—. Al·lah ha prometido premiar a todos aquellos que entreguen dinero para el rescate de los cautivos, y él deseaba hacer extensiva esa bendición al mayor número posible de sus conocidos.

—Debo reconocer que la respuesta es buena… —dijo Abdallah.

—¡Ya, Abdallah! ¡No seas tan cicatero! ¡Se trataba de un ser excepcional! En cierta ocasión, un hombre arremetió contra él llevando un cuchillo en la mano. Los taliban que estábamos con él nos precipitamos a ayudarlo, pero, derribado en el suelo, nos ordenó que no nos moviéramos. «¡Dejadle que haga lo que le han mandado!», nos gritó. Y entonces, agarrando la mano del que lo había atacado, hizo ademán de intentar cortarse él mismo el cuello.

—¿Y se lo cortó? —preguntó, sorprendido, Abdallah.

—Al·lah no lo permitió. La mano se le torció y el cuchillo ni siquiera le arañó.

—¿Y el hombre que pretendía asesinarlo?

—Se arrojó a sus pies y le pidió perdón. Ya te digo que era absolutamente excepcional.

—Mudarris…, y si no sabía leer, ¿cómo accedía al Qur'an? —preguntó Abdallah.

—Tenías que haberlo visto escuchar cuando alguien lo recitaba —respondió Ash-Shaíj con una sonrisa—. Se le iluminaba el rostro como si detrás de la piel alguien hubiera colocado una lámpara. En ocasiones la emoción se apoderaba de él hasta tal extremo que rompía a llorar. Seguramente no te sorprenderá saber que a fuerza de escucharlo lo había aprendido de memoria.

Pero a Abdallah sí le sorprendió. La experiencia le había enseñado que memorizar las suras, no confundir el orden de las aleyas, no vocalizar erróneamente alguno de los términos… no era tarea fácil. Que un pobre analfabeto hubiera logrado superar aquel conjunto de dificultades se le antojaba prodigioso.

—De todas formas —prosiguió el mudarris—, lo que más impresionaba en él era su amor al Creador. Era capaz de descubrirlo detrás de todos y cada uno de los velos con que se cubre, y cuanto más percibía de Él, más lo amaba.

Ash-Shaíj realizó una pausa y respiró hondo, como si necesitara reunir fuerzas para lo que iba a decir a continuación.

—Abdallah —comenzó con un tono de resolución suave y a la vez firme—. Sé que muchos muslimin no coinciden conmigo en este punto, pero la única religión importante es la que sale del corazón. La otra, la que puede verse en las mezquitas, en las iglesias, en las sinagogas…, ¡ah!, lo que hacen los hombres en esos lugares, cualquier mono bien adiestrado podría repetirlo sin problemas. Si se les enseña adecuadamente, también los micos pueden inclinarse, tocar el suelo con la frente, apoyar las palmas de sus manitas en el suelo e incluso fingir que musitan una oración…

—Mudarris… —le interrumpió Abdallah, alarmado por lo que estaba oyendo—. Creo que…

—¿Te asusta lo que acabas de escuchar? —indagó Ash-Shaíj.

—Es que…, mudarris…

Ash-Shaíj bajó la mirada. De repente Abdallah tuvo la sensación de que sobre la espalda de su maestro había caído un peso difícil de describir pero indudablemente oneroso. Por un instante, le pareció que le costaba respirar.

—¿Te encuentras bien, mudarris? —indagó, inquieto, Abdallah.

—*La, la*… no me pasa nada —respondió Ash-Shaíj extendiendo la mano—. Es simplemente que los años pasan y caen sobre mí.

—Sí…

—Retírate, te lo ruego —dijo Ash-Shaíj con un hilo de voz a la vez que con su gesto empujaba al joven a abandonar la habitación.

Cuando finalmente la puerta se cerró, trastabilló unos pasos y apoyó la espalda contra la pared. Después, como si sus piernas hubieran perdido toda la fuerza, se fue deslizando por el muro hasta desplomarse contra el suelo.

*M*e he referido ya a la manera en que la gente actúa erróneamente al recurrir a videntes o adivinos para librarse del mal influjo de un jinn o incluso para intentar obtener noticia del mundo que no se ve. No menos equivocada que esa conducta es la de recurrir a ciertos expedientes para protegerse de los jinaan o incluso intentar obtener algún beneficio de ellos. En esos casos, las gentes acuden al uso de talismanes, al recitado de conjuros y ensalmos y a la quema de incienso. Para hacer efectivas estas conductas, clasifican a los jinaan en diversas categorías, como: superiores e inferiores; benignos y malignos; sometidos a Shaytán o a Al·lah. Además, hablan del jinn rojo, del jinn verde y del jinn negro; de los jinaan que vuelan, de los que se desplazan por debajo de las aguas y de los que están especialmente habituados a vivir en los desiertos. A cada categoría atribuyen una clase distinta de incienso, de conjuro y de talismán.

En relación con todo esto he de decir que sólo me consta de manera cierta que algunos jinaan viven efectivamente en los desiertos y que otros ansían encontrar su morada en un medio húmedo. También me parece acreditado que pueden desplazarse a enorme rapidez, por lo que algunos han llegado a la conclusión de que vuelan. Sin embargo, en cuanto a los otros aspectos, no tengo certeza alguna de que se correspondan con la realidad, como tampoco creo que pueda asegurarse —como algunos hacen— que los jinaan aparecen en lugares donde no se ha castigado o vengado un asesinato.

A decir verdad, ni incienso, ni oraciones, ni ensalmos sirven de nada por sí mismos para enfrentarse con los jinaan. A fin de cuentas, el incienso no es nada más que un mineral que da buen olor; los ensalmos no pasan de ser supersticiones consignadas por escrito o confiadas a la memoria, y en cuanto a las oraciones, su eficacia no deriva de la repetición ni de la sujeción a una fórmula sino de dos aspectos fundamentales: que se dirijan de manera exclusiva al Creador de los mundos y que procedan de un corazón humilde y limpio. Sin esas dos condiciones, la oración carece del más mínimo valor.

5

Ahmad

Magrib, 1211

El islam considera que la limpieza es extraordinariamente importante —comenzó a decir el mudarris—. Sí, no pongáis esa cara. Ya sé que muchos de vosotros no habéis destacado en ello, pero para el musulmán la limpieza es esencial. A decir verdad, equivale a la mitad de la fe, porque, así como el salat limpia y purifica el corazón, el ghusl y el wuduu fueron prescritos por el rasul-Al·lah (las bendiciones y la paz sean sobre él) para limpiar y purificar el cuerpo, donde se asienta el alma y el órgano más importante, el corazón. ¿Ha quedado comprendido?

Los taliban respondieron con movimientos afirmativos de cabeza acompañados por expresiones rezumantes de asentimiento.

—Entonces, prosigamos —dijo el mudarris—. ¿Qué actos exigen el ghusl?

—Abrazar el islam —respondió con presteza uno de los muchachos.

—*Naam, naam...* Más.

—El final del período de la mujer... —se atrevió a decir, incómodo, otro talib.

—Correcto. Más.

—¿El final del sangrado tras un parto? —preguntó, más que afirmó, un adolescente de orejas despegadas y dentadura irregular.

—*Naam*. Más.

Un silencio incómodo se extendió entre los taliban.

—¡Vamos, vamos, que no sois jovencitas!

—La expulsión de semen —dijo Ahmad armándose de valor—. Sí, el semen y el contacto entre los genitales del marido y de la mujer.

—*Naam*, muy bien —prosiguió el mudarris—. Ya hemos repasado las razones para llevar a cabo el ghusl. Veamos ahora las condiciones. Primero, ¿cuántas son?

—Dos —respondió Ahmad.

—*Naam*, dos. ¿Cuáles?

—La intención…

—*Naam*, la intención, porque es indispensable disponer el corazón para realizar el ghusl. ¿Y cuál es la otra?

El silencio con el que chocó la pregunta llevó al mudarris a pensar que había dado con el cortante escollo de la ignorancia.

—¿Nadie lo sabe? —Intentó encontrar la respuesta entre sus taliban, pero el resultado fue infructuoso. Se llevó la mano a la barba y, molesto ante aquella muestra de desconocimiento, se tironeó de las guedejas—. Veamos… ¿qué pretende el ghusl?

—Limpiar… —adelantó, tímido, uno de los muchachos.

—Exacto, limpiar. Por lo tanto, ¿qué habría que retirar de nuestro cuerpo?

—Lo que impide que hagamos una limpieza a fondo… —se atrevió a decir Ahmad.

—Por supuesto, así es. La grasa, el barro, la harina, la pintura…, todo aquello que impide que el agua cubra nuestros miembros debe ser retirado. Y ahora la parte final. ¿Cómo debe realizarse el ghusl? Es muy sencillo; si me atendéis ahora, no lo olvidaréis nunca. Primero, debéis dejar que el agua toque cada parte de vuestro cuerpo que debe ser lavada. Mientras eso sucede, debéis pronunciar las palabras «*Bismil·lahi ar-Rahman ar-Rahim*». A continuación, os lavaréis las manos tres veces. Después lavaréis aquellas partes de vuestro cuerpo que se encuentren cubiertas con impurezas y entonces podréis dar inicio al ghusl propiamente dicho. ¿Cómo?

Un silencio perplejo fue la única respuesta que recibió el mudarris. Inspiró hondo para no mostrar la irritación que aquella circunstancia le provocaba.

—A ver… ¿qué parte del cuerpo debemos lavar primero?

—La derecha —respondió Ahmad.

—Efectivamente, la derecha. Primero lavamos la parte derecha de nuestro cuerpo y a continuación hacemos lo mismo con la izquierda. ¿Y luego?

—Tiramos el agua.

El gesto que puso el mudarris provocó el enmudecimiento del talib, temeroso de haber pronunciado alguna inconveniencia.

—Conservamos el agua —se adelantó otro de los muchachos, que en realidad desconocía la respuesta pero que la había deducido del desagrado que dejaba de manifiesto la expresión del preceptor.

—Antes —cortó con aspereza el mudarris.

—Procuramos que la limpieza sea adecuada —dijo Ahmad por pura intuición—. Quiero decir que no pasamos sólo el agua por el cuerpo sino que lo limpiamos de verdad.

—Sí —concedió el maestro—, frotamos cada parte de nuestro cuerpo con el agua y de esa manera lo limpiamos adecuadamente. Así concluye el ghusl. ¿Ha quedado claro?

Los taliban asintieron.

—Entonces pasemos ahora al wuduu. ¿Cuáles son sus condiciones?

Ahmad tragó saliva y dijo:

—Dirigir el corazón hacia su realización y quitar todo

aquello que impida que el agua toque los miembros que tienen que ver con el wuduu.

El mudarris lo miró con cierta sorpresa. Aquellos alumnos no destacaban por su inteligencia, pero sin duda ese muchacho era el más espabilado. Quizá, a fin de cuentas, sus esfuerzos no resultaran del todo vanos...

—Bien —señaló mientras echaba mano de un jarro tosco de barro que descansaba a unos pasos y vertía parte de su agua en una escudilla—. El wuduu consta de catorce pasos que deben ejecutarse con el mayor cuidado. Voy a realizarlos delante de vosotros para que aprendáis a llevarlos a cabo de manera correcta.

—A mí me enseñó mi abuelo... —intervino el muchacho de las orejas despegadas.

—¿Tu abuelo era al-muahid? —le interrumpió secamente el mudarris.

—No.

—Pues en ese caso presta más atención que nadie. Muchas veces, una costumbre mal aprendida es peor que no saber nada. Primero, nos lavamos la cara, nos enjuagamos la boca e inhalamos agua por la nariz.

Los muchachos contemplaron la sencilla operación anunciada por el mudarris, que la repitió un par de veces para que no quedara duda alguna sobre cómo debía llevarse a cabo.

—Segundo, nos lavamos las manos hasta los codos una sola vez. Tercero, nos mojamos la cabeza una sola vez, incluidas las orejas. Cuarto, nos lavamos los pies, incluidos los tobillos. Quinto, realizamos cada paso en el orden que estoy señalando. Sexto, evitamos las interrupciones largas entre cada paso. Séptimo, pronunciamos «Bismil·lahi ar-Rahman ar-Rahim». Octavo, usamos un cepillo para enjuagarnos la boca. Noveno, nos lavamos las manos hasta las muñecas. Décimo, nos lavamos los miembros más de una vez, salvo la cabeza. Undécimo, exageramos el enjuagado de la boca y la inhalación de agua por la nariz, salvo que estemos pasando por el ayuno. Duodécimo, expulsamos el agua de la nariz. Decimotercero, empezamos antes con los miembros situados en la parte derecha del cuerpo y sólo después pasamos a los de la parte izquierda. Decimocuarto y último, se pronuncia la du'a después del wuduu.

Dedicó los siguientes instantes a repasar cada uno de los catorce pasos del wuduu. No les costó mucho aprenderlos de la manera correcta, aunque, como solía suceder, no eran pocos los que los practicaban de una forma errónea transmitida quizá durante generaciones. Le apenaba reconocerlo, pero la verdad era que en cuestiones tan elementales quedaba de manifiesto hasta qué punto muchos de los que se decían seguidores del rasul-Al·lah se diferenciaban poco de los kafirun. No sabían purificarse antes del salat, apenas pronunciaban adecuadamente las fórmulas y, en cuanto a otras cuestiones…, causaba consternación verlos y escucharlos. Bien, había llegado el momento de adentrarse en situaciones particulares.

—Veamos. ¿Cómo debe mojarse la cabeza una mujer que tenga el pelo largo? ¿Debe mojarse todo el cabello?

—Mudarris —dijo uno de los muchachos—. Ninguno de nosotros es una mujer…

La intervención provocó algunas risitas, pero el mudarris no estaba dispuesto a que aquel clima de solemnidad se disolviera por culpa de un jovencito necio.

—¿Tampoco pensáis casaros? ¿Tampoco tenéis hermanas a vuestro cargo? ¿Estáis seguros de que no tendréis hijas? ¿Se puede saber cómo las guiaréis si ignoráis algo tan sencillo?

Los taliban se removieron en sus asientos. Eran muy jóvenes y cualquier referencia a las mujeres provocaba una sensación de incomodidad en ellos. La simple idea de tener que ocuparse de una mujer rayaba en lo intolerable.

—Imaginad que vuestra esposa, una mujer joven y buena pero sin conocimientos suficientes, se os acerca y os dice: «Mi señor, ¿debo mojarme todo el pelo o tan sólo la cabeza?». Tendréis que responder de la manera correcta porque deseáis que Al·lah bendiga vuestro hogar, a vuestros hijos y a las esposas que podías tener. Por lo tanto, os lo repito: ¿debe esa piadosa mujer mojarse todo el pelo o sólo la cabeza?

Nadie se atrevió a responder. A decir verdad, salvo en el caso de aquellos que tenían hermanas de muy corta edad, ninguno había tenido la menor oportunidad de contemplar el cabello de una mujer.

—Así que lo ignoráis… Bien, os plantearé otra cuestión. Un hombre calvo, que podría ser vuestro padre o vuestro tío o ese abuelo que os enseñó mal el salat porque a él nunca se lo enseñaron bien, ¿debe mojarse toda la cabeza o sólo la parte en la que tiene pelo?

Ni uno solo de los taliban despegó los labios. Les había costado no poco aprender cada paso del wuduu como para perderse ahora en unas disquisiciones que, además de resultarles lejanas, los abrumaban.

—Tampoco eso lo sabéis. Ya. Y en el caso de una mujer que haya posado sobre su cabeza el velo, ¿debe quitárselo para mojarse la cabeza o puede hacerlo con el velo puesto? Tampoco sabréis, claro está, si hay que mojar la cabeza desde la frente hacia atrás o da lo mismo…

—La mujer —resonó en la madrasa una voz potente y cargada de autoridad— sólo tiene que mojarse la cabeza y no es necesario que se moje todo el pelo. Por supuesto, si va velada, basta con que moje su velo siempre que se encuentre en estado de wuduu. Por lo que se refiere a un hombre calvo, debe comenzar desde la línea de crecimiento del pelo, aunque ya no le crezca, e ir hacia atrás. Las mujeres siempre deben mojar el cabello desde la frente hacia atrás, mientras que los hombres pueden hacerlo en cualquier dirección. Y ahora, dime tú, mudarris, ¿nunca vas a dejar de atormentar a los taliban?

*R*esulta indispensable conocer las propiedades de los jinaan para poder enfrentarse de manera apropiada y correcta a ellos. Creo estar en condiciones de afirmar que, a pesar de su carácter oculto y escondido, esas características de cada jinn pueden establecerse de manera certera. En primer lugar, los jinaan fueron creados antes de que el hombre existiera. Es posible que la materia prima para crearlos fuera el fuego, pero yo soy de la opinión que esa afirmación es un simple símbolo, ya que ¿cómo de lo material podría nacer algo espiritual? En segundo lugar, los jinaan son capaces de mantener relaciones sexuales con mortales y engendrar descendencia. Siendo seres espirituales, es difícil saber qué los atrae —pues lo que impulsa al hombre hacia la mujer y viceversa resulta obvio y natural—, pero esa atracción existe, lo he comprobado en repetidas ocasiones y no puede negarse. En tercer lugar, los jinaan, como seres ocultos que son, pueden vernos a voluntad, pero nosotros rara vez podemos verlos a ellos, salvo que decidan manifestarse o que medie la intervención del Creador de los mundos. En cuarto lugar, los jinaan son capaces de adoptar distintas formas visibles y poseen cualidades que resultan extraordinarias para los mortales. Así, pueden desplazarse a una velocidad enorme de un lugar a otro, adoptar apariencias seductoras como las de una mujer bella o incluso —lo que resulta prodigioso— un ángel de luz, y hablar en diferentes lenguas con notable brillantez. En quinto lugar, resulta indiscutible que los ji-

naan pueden influir en la vida de los mortales de las maneras más diversas, las cuales incluyen el control de los reyes y poderosos. Resulta éste un terreno especialmente delicado, pues aquí los jinaan se manifiestan con notable sutileza y astucia y, por ejemplo, lo que pensamos que es una muestra de buen gobierno no pasa de ser una grosera y burda maniobra de un jinn perverso. De manera semejante, un rey justo, en realidad, no es sino un instrumento dúctil en manos del jinn más inicuo. Aquí, por lo tanto, ha de usarse el mayor discernimiento, y me consta que muchos de los que pretenden saber no son más que necios utilizados también por los jinaan. En sexto lugar, resulta innegable —sé que lo que voy a decir es peligroso y sorprenderá a muchos— que los jinaan, para algunas de sus peores acciones, se valen de la religión, de hombres que se presentan como especialmente religiosos e incluso de hombres santos. A decir verdad, no abrigo la menor duda de que el mismo Shaytán puede disfrazarse, si así lo desea, de ángel de luz. Por lo que se refiere a los jinaan que lo sirven, no tienen dificultad alguna a la hora de presentarse como ministros de la justicia divina. De ahí que resulte indispensable ser prudente y humilde a la hora de enfrentarse a un jinn. Por último debo señalar que los jinaan serán, al fin y a la postre, juzgados. Sin embargo, a pesar de lo importante de esta afirmación, no deberíamos dejarnos llevar excesivamente por el gozo de la conclusión bienaventurada. Esa victoria final tendrá lugar al ocaso de los tiempos, y hasta entonces queda mucho tiempo, incluido el de nuestras vidas.

6

Ahmad

Magrib, 1211

El rostro del mudarris quedó petrificado al escuchar la última frase del recién llegado. Sin embargo, aquella reacción apenas duró un instante. De repente pestañeó y su frente pareció dilatarse por efecto de una luz clara a la vez que sus labios dibujaban una amplia sonrisa.

—¡Suleimán! ¡Suleimán! —repitiendo el nombre del recién llegado, el mudarris se puso en pie de un salto y corrió a su encuentro.

Ambos se fundieron en un abrazo y, acto seguido, sin soltarse, se miraron jubilosos.

—Al·lah te ha preservado. No cabe duda. *Aljandulil·lah.*

—Así es —reconoció el hombre al que había llamado Suleimán—. Sin la mano de Al·lah, yo no estaría aquí...

—¡Muchachos! —gritó el mudarris sin desprenderse del brazo del recién llegado—. Este hombre es uno de los guerreros más nobles y valientes que existen. Sus hazañas son tan grandiosas que serían dignas de ser escritas con la punta de una aguja en el interior de un párpado.

—Exageras... —intentó interrumpirlo Suleimán.

—¿Que exagero? ¡No! ¡De ninguna manera! Tú sabes de

sobra que no es así. Tú eres una verdadera espada del islam. Tú eres uno de los pocos escogidos que han conseguido vivir el yihad. Habla, *min fadlik*, a estos taliban acerca del yihad. Explícales qué es con exactitud.

Los jóvenes habían contemplado a la pareja con cierta perplejidad mientras se preguntaban quién era el recién llegado. Sin embargo, la simple referencia al yihad los sumió en un silencio profundo y expectante.

Suleimán frunció el ceño y observó a los muchachos como un halcón avezado en las artes cinegéticas.

—Me quedaré un rato con vosotros —dijo por fin.

Un murmullo de satisfacción recorrió las filas de los educandos.

—Suleimán —comenzó el mudarris— ha combatido en…

—*La, la* —le interrumpió Suleimán con un gesto de la mano—. No quiero que hablemos de mí. Hablemos de lo que el rasul-Al·lah (las bendiciones y la paz sean sobre él) comunicó. A ver tú… Sí, tú. ¿Qué piensas que es el yihad?

El muchacho al que se había dirigido Suleimán respondió con gesto sonriente:

—Una guerra santa.

—*La, la* —dijo Suleimán sacudiendo exageradamente la cabeza de un lado a otro—. Ése es un gran error.

El mudarris ocultó una sonrisa mientras contemplaba el desconcierto de los talibán.

—¿Os sorprende lo que acabo de decir? —preguntó Suleimán.

Los taliban no se atrevieron a responder.

—Pues bien, debéis saber que el yihad no es una guerra santa. No. Si así fuera, hombres ambiciosos y sin escrúpulos podrían decir que su guerra, porque discurre bajo el nombre de Al·lah, es yihad. Pero esa conducta sería gravemente errónea y perjudicial. *La, la*. El yihad es descrito claramente en la sura At-Tawba, en la ayatus-saif, la aleya de la espada. ¿Alguno de vosotros recuerda lo que dice?

Un silencio espeso descendió sobre los presentes.

—Bien. Entonces…

Suleimán no pudo terminar la frase porque desde el fondo de la habitación se elevó una voz con acento norteafricano que recitaba en árabe:

—«*Fa- 'ida-nsalaja-l-ashuru-l-jurumu fa-qtulu-l-mushrikina jaytu wayadtumuhum wa juduhum wa-jshuruhum wa-q'udu lahum kulla marsadin fa- 'in tabu wa 'aqamu-s-salata wa 'atawu-z-zakata fajallu sabilahum 'inna-l-laha gafurun rajim.*»

Una sensación de sobrecogimiento se apoderó de los presentes al escuchar las frases que el muchacho acababa de pronunciar. Ni una sola duda, ni un instante de vacilación, ni una pérdida de ritmo habían acompañado el meticuloso recitado.

—Está muy bien —dijo Suleimán, impresionado por aquella demostración—. ¿Eres capaz de traducir esa aleya a tu lengua?

Apenas había terminado de formular la pregunta cuando el joven comenzó a decir:

—«Cuando hayan transcurrido los meses inviolables, dad muerte a los asociadores dondequiera que los encontréis. Capturadlos, sometedlos a sitio y sometedlos a todo tipo de emboscada. Sin embargo, si se vuelven atrás, establecen el salat y entregan el zakat, dejadlos. Ciertamente Al·lah es perdonador y misericordioso.»

—Sí, así es —aceptó Suleimán con un gesto de aprobación—. ¿Qué nos enseña esta aleya?

—La manera en que debemos comportarnos con los que no son musulmanes —respondió el mismo que había recitado la aleya.

—Cierto, cierto —asintió Suleimán.

—Debemos combatirlos, vencerlos y someterlos —remachó el talib de las orejas separadas.

—Muy bien —corroboró Suleimán—. Ése es el destino que deben tener los que no forman parte de la ummah.

—Sayidi —sonó trémula la voz de otro muchacho—, ¿y las aleyas del Qur'an que hablan de tolerar a la gente del Libro, a los yahudin, a los…

—Están abrogadas —respondió Suleimán con cortante contundencia—. Hubo una época, al inicio del ministerio del rasul-Al·lah, en que se les permitió existir y practicar su falsa religión, pero esos tiempos concluyeron hace mucho, desde que esta sura fue revelada. La única posibilidad para los que no son musulmanes es abandonar sus creencias erróneas y abrazar el islam. De lo contrario, les espera más que merecidamente la espada.

Calló Suleimán y dio la sensación de que un manto pesado, tupido, sin poros, hubiera descendido sobre los presentes. Así se mantuvo hasta que Suleimán volvió a tomar la palabra.

—Esta aleya nos enseña qué es el yihad. El mundo que conocemos, el que se extiende debajo del sol, se divide en dos partes. Una es el Dar-al-Islam, el territorio que ha abrazado la verdadera religión, la que fue revelada al rasul-Al·lah (las bendiciones y la paz sean sobre él). La otra es el Dar-al-Jarb, la zona que aún no ha abrazado el islam y a la que hay que someter con la espada hasta que, rendidos a Al·lah, impongan el salat y entreguen el zakat, como enseña el Qur'an. Es cierto que, en ocasiones, el abandono necio del recto camino, la suma insoportable de nuestros muchos pecados, la intolerable infidelidad en nuestras propias filas nos impide consumar esa misión, pero Al·lah la ha establecido sin ningún género de dudas. Por eso nuestro deber nos obliga a unir a todos nuestros hermanos y llevarlos a someterse con toda su alma al islam para así conducirlos al yihad definitivo, que concluirá sólo con la transformación del Dar-al-Jarb en una parte más del Dar-al-Islam.

Había pronunciado todo su discurso de manera tranquila, casi serena, pero, a la vez, dotada de una energía cuyo origen todos los presentes, de haber sido interrogados, habrían considerado sobrenatural.

—Y ahora, mis hermanos, si vuestro mudarris otorga su

consentimiento, sólo me queda deciros que se acerca la hora de la oración. Marchemos juntos a la mezquita para cumplir con el precepto que le fue revelado al rasul-Al·lah (las bendiciones y la paz sean sobre él).

El mudarris asintió con un gesto y los jóvenes, presa de un entusiasmo religioso, se pusieron en pie y fueron abandonando el recinto camino de la mezquita. El mudarris se disponía a acompañarlos cuando percibió que Suleimán lo sujetaba del brazo sin dejar de observar la salida. Esperó a que todos se encontraran en el exterior y entonces preguntó:

—¿Cómo se llama ese muchacho que recitó la ayatus-saif?

—Ahmad —respondió el mudarris—. Se llama Ahmad.

L os jinaan causan no pocos trastornos en la vida de los mortales. Tal circunstancia debe quedar de manifiesto desde el principio porque los jinaan, por su propia naturaleza, son peligrosos y desean causar daños a los hijos de Adán.

El primer perjuicio que ocasionan a los mortales es el miedo. Bien mediante susurros procedentes de bocas invisibles, bien mediante el desplazamiento de objetos, bien mediante la ocultación de cosas en el hogar, bien mediante voces que ocasionan el desasosiego, los jinaan infunden el temor a los hijos de Adán.

El segundo daño que procede de los jinaan es la provocación de enfermedades que afectan al alma. Poseen así una habilidad especial para sumir a los mortales en la tristeza, la melancolía y la ansiedad. No resulta tampoco raro encontrar casos en los que un jinn empuja a una persona desesperada a arrancarse la vida o lo lanza contra el suelo víctima de espasmos y envuelto en espumarajos. Cuando me refiero a la acción de un jinn la diferencio claramente de las enfermedades que proceden del alma. Quiero decir con ello que la melancolía nacida de una pérdida no debe atribuirse a un jinn, sino al natural comportamiento ante una desgracia especialmente dolorosa como puede ser enviudar, quedar huérfano o verse abandonado por los amigos o los deudos. En el caso de la acción de los jinaan, los síntomas son otros, como, con la ayuda del Señor de los mundos, espero dejar de manifiesto.

En tercer lugar, los jinaan pueden ocasionar enfermedades físicas, y en este punto hay que repetir lo mismo que ya he señalado en relación con las dolencias del alma. No todas las dolencias del cuerpo tienen su origen en ellos, pero sí algunas, y éstas suelen distinguirse porque surgen sin razón. Así, es lógico esperar que alguien que bebe vino sin mesura acabe sufriendo agudos dolores en el hígado, pero cuando uno lleva una vida sana, sigue una dieta adecuada, vive de manera saludable y, aun así, experimenta una enfermedad, cabe la posibilidad de que detrás de esa desdicha se encuentre la acción de un jinn.

En cuarto lugar, los jinaan provocan alucinaciones. Sobre este extremo resulta preciso ser muy prudente, ya que la alucinación debe ser discernida de las revelaciones espirituales, procedan éstas de Al·lah o del Shaytán. Ahora bien, si nos encontramos ante una alucinación digna de tal nombre, es muy posible que haya que atribuirla a la acción de un jinn.

En quinto lugar, los jinaan muestran una predilección especial por sembrar la discordia entre las gentes. La enemistad, la división, la contienda, el rencor, el resentimiento, el odio son pasiones que nacen del interior de los hombres y que no deben atribuirse a agentes externos sino a la propia maldad. Con todo, los jinaan se las arreglan para agudizar tan dañinas conductas. En cierta medida, comparando, sería algo así: el fuego arde, poco a poco se va extinguiendo y entonces, cuando ya está casi reducido a cenizas, alguien sopla para avivarlo. Ese soplo —rezumante de maldad— es el que insuflan los jinaan.

En sexto lugar, los jinaan muestran una perversa inclinación a dañar las funciones naturales del sexo en hombres y mujeres. A los primeros pueden aquejarlos con impotencia, eyaculación precoz e incluso mutando el uso natural por el deseo hacia otros hombres; a las segundas pueden plagarlas con infecciones, menstruaciones abundantes e ininterrumpidas, o esterilidad. Por una razón o por otra, los jinaan intentan enturbiar el goce de los mortales e impedir que nazcan nuevas criaturas. Es difícil, sin embargo, saber cuál es la causa de esa inquina. Quizá quepa atribuirlo a la envidia de los jinaan hacia aquellos que pueden amar y reproducirse. Ciertamente, se sabe que algunos jinaan se ayuntan con mortales e incluso tienen descendencia, pero nunca pueden gozar los disfrutes de aquellos que fuimos creados del barro y no del fuego.

Finalmente, los jinaan tienen poder suficiente para causar daños a las posesiones humanas. Provistos de una fuerza enorme, pueden provocar incendios, lanzar muebles por puertas y ventanas, arrojar piedras contra una casa y perpetrar otras desdichas.

Con todo, desearía señalar, al acabar esta porción de mi obra, que es absurdo, estúpido e incluso profundamente necio el atribuir todo tipo de males a un jinn y no querer ver la parte de responsabilidad que tenemos en cada desgracia. El que maltrata su cuerpo dejando que lo someta el vicio, acabará destruyéndolo sin que deba culparse a ningún jinn. El que es incapaz de comportarse con dignidad y acumula sobre su alma el pecado, terminará por enfrentarse con las consecuencias y no será lícito responsabilizar de ello a ningún jinn. El que juguetea con la religión imprudente y fanáticamente, acabará teniendo visiones de carácter y origen impíos sin necesidad de que medie un jinn. Tengámoslo en cuenta para que no incurramos en equivocaciones peligrosas y dañinas.

7

Ash-Shaíj

Al-Ándalus, unos años antes…

Entonces, mudarris, ¿el yihad no es tan importante? —preguntó sorprendido Abdallah.

Al oír la pregunta del joven talib, una sombra cubrió el rostro de Ash-Shaíj. Se habría dicho que por delante del suave sol andalusí que los iluminaba había pasado una nube cargada de lluvia. Sin embargo, no había sido así. A decir verdad, los rayos tibios y amarillos seguían acariciando sin obstáculo alguno los muros de barro y las terrazas exentas de las guarecidas viviendas.

—Hay dos clases de yihad —respondió Ash-Shaíj al cabo de unos instantes.

Un murmullo de sorpresa se deslizó entre la reducida concurrencia sentada en el patinillo, sombreado por arrugados árboles de cuyas ramas pendían las perfumadas flores del azahar.

—Sí, así es —cortó los bisbiseos el mudarris—. Ya sé que la mayoría de vosotros creéis que el yihad consiste en tomar las armas para combatir a los kafirun…

—¡Por supuesto! —dejó escapar uno de los taliban más apasionados.

—Por supuesto que estás equivocado —dijo suavemente

Ash-Shaíj provocando algunas risitas entre los compañeros del talib que acababa de intervenir.

Ash-Shaíj cruzó la distancia que le separaba del talib y posó la mano sobre su hombro como si quisiera disolver cualquier mal sentimiento que éste hubiera podido concebir.

—En realidad, existen dos clases de yihad —repitió el mudarris—. Uno es, como has señalado, aquel que es practicado cuando nos defendemos justamente de los que nos agreden sin motivo. Sin embargo, éste es tan sólo el pequeño yihad, el que se refiere a luchar contra seres de carne y sangre con armas materiales, el que se reduce a términos materiales. Tiene importancia, sin duda, pero muy relativa si se compara con el gran yihad.

—¿Qué es el gran yihad? —indagó con cara de sorpresa uno de los taliban.

—La derrota total de los kafirun y la conversión del Dar-al-Jarb en el Dar-al-Islam —respondió con convicción el mismo talib que había intervenido antes.

—*La, la...* —le interrumpió Ash-Shaíj—. El gran yihad es el que combatimos contra nuestras pasiones. Sí, no me miréis así. Ésa es la guerra más grande y la más santa. ¿La codicia pesa sobre tu alma hasta tal punto que el amor a lo material te impide socorrer a los necesitados? ¡Combátela! ¿La lujuria te encadena de manera que eres incapaz de ver a una mujer sin desearla? ¡Combátela! ¿La pereza es tu señora hasta tal punto que no moverías un dedo por el simple gusto de permanecer inactivo? ¡Combátela! ¿La desidia sujeta tus miembros con la fuerza suficiente como para que no ores o, si oras, tu oración resulte fría? ¡Combátela!

Ash-Shaíj realizó una pausa en su exposición y dejó que su mirada discurriera suavemente sobre los rostros de sus taliban. Luego clavó los ojos en ellos, uno por uno, y por fin reemprendió su exposición.

—Luchar en el campo de batalla tiene escaso mérito. —Esperó a ver el impacto que aquellas palabras provocaban en sus oyentes y continuó—: No os sorprendáis. En verdad, exige muy poco. Saber cómo mover la mano que lleva la espada, disparar flechas, arrojar la lanza… todo eso puede llevarlo a cabo incluso un mono bien entrenado.

Había pronunciado la última frase bajando la voz hasta convertirla en apenas perceptible e inclinando su cuerpo como si desde sus labios pudiera llegar por vía más directa hasta los oídos de cada talib. Observolos para captar el impacto de sus palabras y volvió a erguirse.

—No tengo la menor intención de hablar con desprecio de los que combaten bajo el nombre de Al·lah —señaló el mudarris ahora con voz más alta—. Todos sabéis sobradamente que se predica de ellos que ascienden al paraíso nada más morir. Sin embargo, no todos pueden concurrir a ese tipo de yihad, y hay otro, más duro, más peligroso y más prolongado en el tiempo, que resulta mucho más meritorio. Es, como ya os he dicho, el que nos enfrenta con las pasiones.

—Mudarris… —le interrumpió Abdallah—, comprendo lo que dices sobre la codicia, la lujuria, la gula y tantas otras inclinaciones pecaminosas, pero ¿qué sucede con las pasiones que son buenas?

Ash-Shaíj parpadeó un instante, el mismo gesto con el que habría protegido sus pupilas de un inesperado rayo de sol.

—¿Qué entiendes, Abdallah, por pasiones que son buenas? —indagó.

—El amor… —respondió, indeciso, el talib.

—Ajá…, el amor… ¿Qué pensáis los demás?

Un murmullo confuso se apoderó del aula. Saltaba a la vista que los taliban no tenían una idea clara al respecto y que la sangre de la adolescencia era más poderosa que ellos. Ash-Shaíj permitió que se desfogaran durante unos instantes y finalmente volvió a tomar la palabra.

—Abdallah ha realizado un comentario cargado de razón. El amor es una de las pasiones contra las que no hay que luchar. Hay que saber encauzarla, por supuesto, dirigirla hacia la mejor meta y aprovecharla de la forma más adecuada, pero reprimirla… no, jamás, nunca. El amor es, a fin de cuentas, la manifestación más clara de cómo es Al·lah y de cómo debemos sentirnos dispuestos hacia Él. Y ese amor, que tiene su consumación absoluta en Al·lah, presenta diversas formas y manifestaciones. Se puede ver en el que tiene una madre hacia su hijo y un hijo hacia sus padres, pero sobre todo en la relación entre un hombre y una mujer. Sí, ahí es donde podéis contemplar con mayor propiedad el amor de Al·lah. La mujer que no conoce el amor por un hombre, y el hombre que no conoce el amor por una mujer…, ay, no pueden comprender el amor que viene de Al·lah, se ven apartados de la pasión más hermosa que ha sido dada a los mortales bajo el sol y carecen de la posibilidad de acercarse de manera plena al Señor de los mundos.

—Pero, sayidi —interrumpió un talib—. ¿Y los que renuncian a todo? ¿Y los que se apartan del mundo para buscar mejor a Al·lah?

—¿Te refieres a un asceta? —indagó el mudarris.

—*Naam* —asintió el joven con la cabeza.

—Un asceta…, ah, un asceta es un pobre desgraciado que cree que se acerca a Al·lah cuando, en realidad, sólo se está alejando de él.

Ash-Shaíj realizó una pausa, entrecerró los ojos y se sumergió por un instante en un ensueño que depositó sobre sus labios una sonrisa de dicha.

—Cuando hayáis descubierto a la mujer, a la que ahora no conocéis más que como madre o quizá como hermana; cuando sepáis lo que se encierra en sus caricias y en las vuestras; cuando hayáis experimentado la cercanía de su piel; cuando lleguéis a descubrir los besos…, ah, entonces estaréis más cerca de Al·lah de lo que ahora podéis lejanamente imaginar.

*E*stablecido ya que los jinaan pueden causar daños a un mortal, resulta obligado indicar cómo se puede llegar a esa situación. En contra de lo que afirman algunos autores que han estudiado este tema, yo debo señalar que ningún jinn puede penetrar en la vida de alguien si, previamente, no se le ha abierto una puerta para que por ella entre. En otras palabras, el jinn se introduce en la existencia de aquel que se lo permite; es decir, de aquel que le ha entregado, quizá incluso sin saberlo, las llaves para hacerlo. Esas llaves son diversas.

En primer lugar, se encuentra el visitar a brujas, videntes o personas que afirman hablar con muertos. Por supuesto, me consta que los que acuden a estas gentes están convencidos de que podrán hablar con un esposo muerto, con una madre fallecida o con un abuelo difunto. Sé, asimismo, que atribuyen a esos seres las voces que se oyen. Sin embargo, nada de lo afirmado es cierto. O bien las videntes y brujas son embusteras que fingen entrar en contacto con espíritus pero no lo hacen, o bien, si se da esa circunstancia, en realidad con quien hablan es con algún jinn. De esa manera, creyendo haber alcanzado el cumplimiento de sus deseos, lo que están haciendo es abrir la puerta a seres espirituales astutos y malignos, de los que se convertirán en víctimas.

La segunda manera por la que alguien puede quedar sometido a un jinn es acudir a ese tipo de reuniones que reciben el nombre de «zar».

En ellas, hombres y mujeres se juntan para seguir instrucciones que, supuestamente, les permitirán verse libres de alguna enfermedad. Las reglas para este tipo de reuniones zar son diversas. En ocasiones se exige de las personas que lleven cierto tipo de ropa o de joyas; en otras, deben proceder a sacrificar algunos animales, como aves; en otras, están obligados a untarse la sangre en ciertas partes del cuerpo, como el rostro; en otras, encienden velas, tocan tambores o bailan. En esas ocasiones suele ser habitual que las mujeres o los hombres que participan sean poseídos por un jinn que los obliga a contorsionarse y a moverse. Como en el caso de las brujas y de las que afirman hablar con muertos, es innegable que la gente acude a este tipo de reuniones buscando algo bueno. Gran fortuna será si no les sucede nada, porque es más que habitual que caigan bajo el poder de un jinn que los atormentará.

Por otra parte, muchas personas se ven sometidas al poder de un jinn cuando se exceden en la práctica de la religión. Me consta que lo que acabo de escribir causará sorpresa, pero se corresponde con una realidad innegable. Algunos se entregan a ejercicios de ascetismo que incluyen privarse de alimentos, negarse a mantener relaciones sexuales a perpetuidad e incluso causarse daño en el cuerpo mediante telas bastas que se atan contra la piel, asestándose golpes con azotes o vergajos o cortándose la cara o los miembros hasta que la sangre chorrea. Creen los que así actúan que de ese modo se sitúan en una posición más cercana al Creador de los mundos que el resto de los mortales. En realidad, sólo se entregan a un tipo de jinn que se complace en la religiosidad y que los domina engañándolos hasta lo sumo, porque, creyendo servir al Creador, de hecho lo que están haciendo es someterse de lleno a Shaytán. Este tipo de jinn es especialmente engañoso e inicuo, ya que se complace en crear la falsa sensación de santidad en seres que, a cada momento que pasa, se hallan más encadenados al mal.

Algunos estudiosos señalan otras tres razones por las que se puede caer bajo el dominio de un jinn. Son éstas el capricho del jinn que se complace en causar daño sin motivo, igual que actuaría un loco; el amor o el deseo que un jinn pueda sentir por un ser humano, hasta el punto de intentar poseerlo, y el castigo que un jinn desencadena so-

bre un mortal porque éste, sin darse cuenta, ha caído sobre él, le ha ori-
nado encima o le ha tirado una piedra. Yo, sin embargo, creo que nin-
guna de estas circunstancias se convierte en realidad si previamente no
se ha abierto la puerta al jinn de alguna de las maneras que ya he de-
jado consignadas.

8

Ahmad

Magrib, 1211

Qué sabes de los al-Muwahhidun? —preguntó Suleimán a la vez que se llevaba un dátil a la boca.

—Son los que nos gobiernan… —respondió, dubitativo, Ahmad.

Suleimán intercambió una mirada fugaz con el mudarris. Sin duda, el talib conocía bastantes porciones del Qur'an, pero más allá de eso sus conocimientos dejaban mucho que desear.

—*Naam* —convino Suleimán—. Es verdad que los al-Muwahhidun gobiernan estas tierras. Eso es cierto, pero ¿qué más conoces de ellos?

Ahmad bajó la cabeza apesadumbrado. La verdad es que más allá de lo que había respondido no sabía prácticamente nada.

—¿Has oído hablar de Muhammad ibn Tumart? —le dijo Suleimán.

Sin levantar la vista, Ahmad negó con la cabeza.

—Está bien —dijo Suleimán—. Nadie nace sabiendo. Verás, Ahmad, después de que el rasul-Al·lah abandonó este mundo, los musulmanes no tardaron en dividirse. Pero lo peor no fue la división, sino la manera en que no pocos se apartaron de la verdad. Habían recibido la revelación definitiva de Al·lah, pero fueron incapaces de mantenerla en toda su pureza primigenia. Para restaurarla apareció Muhammad ibn Tumart. Cuando tan sólo tenía dieciocho años, abandonó Sus, el lugar donde había nacido, y emprendió un viaje que lo llevó hasta lugares como La Meca, Damasco y Bagdad. Pero lo importante no es que fuera a otras tierras ni tampoco el que conociera a otras gentes. Lo auténticamente importante fue que conoció el verdadero islam.

—¿El verdadero... islam? —señaló, sorprendido, Ahmad.

—*Naam*, me has oído bien —aseguró Suleimán—. Ibn Tumart descubrió que el islam, a medida que había ido avanzando por el mundo, no siempre había acabado con la idolatría, en ocasiones incluso había aceptado en su seno costumbres propias de los asociadores, como el culto a los hombres. Resultaba urgente sacar toda esa basura del interior del islam, purificarlo y difundirlo entre todos aquellos que, por ignorancia, lo desconocían. ¿Tú conoces los tres pilares?

Ahmad volvió a sacudir la cabeza sin despegar los labios.

—Bien —dijo Suleimán—. Escucha con atención, lo que voy a explicarte es esencial para comprender el verdadero islam, el que le fue revelado al rasul-Al·lah (las bendiciones y la paz sean sobre él). En primer lugar, Al·lah es uno...

—Todos sabemos que Al·lah es uno —le interrumpió Ahmad— y que no hay otro como Él.

—*La, la* —dijo Suleimán a la vez que alzaba el índice de la mano derecha para negar con él—. Es cierto que todos los musulmanes lo afirman en la oración, pero, al mismo tiempo, son muchos los que comparan a Al·lah con un hombre. Se refieren a él como si fuera un mortal. Hablan de sus alas o de sus manos o de su cuerpo. Ese comportamiento es absolutamente inaceptable en un buen musulmán, porque Al·lah no se parece a nada y menos que a nada a nosotros, que fuimos creados del barro. Compararlo con nosotros o creer que tiene una forma semejante a la nuestra constituye un horrible pecado. ¿Lo has entendido?

—*Naam*.

—Bien. El segundo pilar del verdadero islam se desprende del primero. Al·lah es el único dios y su existencia es indudable. No sólo negarla sino dudar de ella constituye un grave pecado. Basta con mirar lo que nos rodea. Basta contemplar el sol, la luna y las estrellas para percatarse de que existe un Creador y de que un día ese Creador nos pedirá cuentas porque le debemos la vida y es infinitamente más joven que nosotros aunque existiera mucho antes de que nosotros viéramos la luz. ¿Lo crees así?

—*Naam*, lo creo —respondió Ahmad, al que sorprendía la enorme coherencia de lo que estaba escuchando.

—El tercer pilar viene de los dos anteriores —prosiguió Suleimán—. Puesto que sólo hay un dios, que es Al·lah, y puesto que su existencia resulta evidente, debemos esforzarnos por conocerlo. El conocimiento no es malo en sí mismo. Únicamente lo es cuando se desvía de lo que le fue revelado al rasul-Al·lah. ¿Comprendes también esto?

—Creo que sí —respondió Ahmad.

Suleimán sonrió satisfecho. No se había equivocado al juzgar al muchacho. En medio de aquel aduar rebosante de asnos, Ahmad destacaba extraordinariamente.

—Bien —prosiguió Suleimán—. Ya hemos visto que Al·lah es uno y que esa unicidad no se parece a ninguna otra. Pues bien, una debe ser también la ummah, la comunidad en que estamos reunidos todos los musulmanes. Es una vergüenza que los que seguimos los mandatos que entregó el rasul-Al·lah (las bendiciones y la paz sean sobre él) nos encontremos divididos. No debe ser así. Tenemos que unirnos en una sola ummah de manera que el Dar-al-Jarb se convierta pronto en el Dar-al-Islam. ¿Comprendes?

Ahmad asintió con la cabeza, pero la expresión pintada en su rostro dejaba entrever que alguna pieza no terminaba de encajar en su interior.

—¿Tienes alguna duda? —indagó Suleimán—. No tengas miedo. Abre tu corazón.

—¿Qué pasaría si…? —comenzó a decir Ahmad—. Bueno, no sé… ¿qué sucedería si algunos musulmanes no comprendieran todo lo que has dicho?

—Pasaría lo que ha sucedido durante los últimos años —respondió Suleimán con un aplomo que causó cierto sobrecogimiento a Ahmad—. Nos veríamos obligados a combatirlos para que abandonen sus caminos desviados y vayan por el único que ordenó seguir el rasul-Al·lah, las bendiciones y la paz sean sobre él.

—¿Y eso ha sucedido alguna vez? —indagó Ahmad, que sentía como si ante él se estuvieran abriendo puertas misteriosas cuya simple existencia nunca había sospechado.

—Por supuesto. En el pasado, aquí, en África, tuvimos que luchar con los lamtunas, y hace algo más de medio siglo no hubo más remedio que desembarcar en Al-Ándalus para salvar a los taifas. Mi padre formaba parte de los ejércitos que llegaron a Al-Ándalus y me contó una y otra vez cuánto se habían corrompido: sólo pensaban en el lujo y la holganza. ¡Bebían vino como los kafirun!

—¿De verdad? —exclamó, sorprendido, Ahmad.

—Como lo oyes. Incluso cultivaban sus propios viñedos, y no era extraño que sus fiestas acabaran en borracheras, con el malik totalmente embriagado.

—¿Eran musulmanes y se comportaban así? —preguntó Ahmad mientras la pesadumbre se extendía por su pecho como una mancha de aceite.

—No falto un punto a la verdad. Y en cuanto a sus mujeres… no perdían ocasión para dejar caer el velo.

Ahmad sintió que una agobiante oleada de calor se le enroscaba en las orejas. El último comentario le había provocado una sensación de incómoda vergüenza. Las únicas mujeres a las que había conocido de cerca eran su madre y sus abuelas, y jamás se le había pasado por la cabeza que pudieran quitarse el velo ni siquiera para realizar la oración.

—Si no llega a ser por nosotros —continuó Suleimán—, los kafirun los habrían esclavizado poniéndolos a cuidar cerdos. *Naam, naam,* no te quepa la menor duda. Verás, hace poco más de quince años, un malik nasraní, Adefons, intentó entrar con sus tropas en Al-Ándalus.

—¿Y lo detuvisteis? —dijo Ahmad.

—Sí. —Suleimán sonrió—. Lo hicimos. A decir verdad, poco faltó para que pagara con la vida su osadía. Al·lah estaba con nosotros y humillamos su soberbia.

Ahmad sonrió satisfecho. Él apenas había nacido cuando había tenido lugar aquella batalla de la que ahora oía hablar por primera vez. Sin embargo, se sentía tan orgulloso de esos hechos como si formaran parte sustancial de su propia vida.

—Escúchame —continuó Suleimán—. No existe nada mejor, absolutamente nada, que combatir al servicio del islam para lograr que el Dar-al-Jarb se convierta en el Dar-al-Islam. Nada lo supera. Absolutamente nada. ¿Puedes creerlo?

Ahmad asintió con la cabeza. Sí, lo creía desde lo más hondo de su corazón.

Suleimán respiró hondo y miró al muchacho directamente a los ojos, como si pretendiera encontrar en el fondo de sus oscuras pupilas algo ignoto y, a la vez, muy especial.

—Pronto, muy pronto volveremos a cruzar el mar y desembarcaremos en Al-Ándalus. *Naam, naam,* los kafirun vuelven a amenazar a nuestros hermanos. ¿Quieres unirte a nosotros?

Ahmad sintió como si un torbellino de sensaciones diferentes y poderosas se hubiera apoderado de él. A la alegría se unía el orgullo, a la emoción se sumaba el entusiasmo, al rubor se entrelazaba una calidez hasta entonces desconocida que se había posado sobre su pecho.

—¿Qué me dices? —insistió Suleimán—. ¿Te unirás a nosotros para combatir? ¿Quieres hacerlo?

—Más que nada en el mundo —respondió Ahmad, y le pareció que su voz era tan solemne y decidida como si procediera de una garganta distinta de la suya.

*H*e indicado en secciones anteriores de esta obra que los *jinaan* pueden causar los daños más diversos a los mortales, así como las maneras en que se abre una vía que les permite obtener ese poder sobre los hijos de Adán. A continuación abordaré un aspecto que suele pasarse por alto con demasiada frecuencia a pesar de que resulta esencial. Se trata de la distinción entre ser atormentado por un *jinn* y ser poseído por él. De lo primero ya hemos tratado; a lo segundo me referiré ahora.

La posesión es un fenómeno muy especial porque en el curso del mismo un *jinn*, de la especie que sea, entra en el cuerpo de un mortal y lo domina de la manera más absoluta. Por supuesto, en algunas ocasiones esa posesión resulta muy evidente, pero en otras, quizá la mayoría, es difícil de discernir y, como ya he señalado, alguien que aparenta ser piadoso y religioso y cercano a Al·lah no es sino un siervo del mismo Shaytán y actúa a sus impulsos.

El poseído por un *jinn* suele manifestar algunas características que, sumadas, indican de manera casi indiscutible su situación. Estas características son distintas según la persona está despierta o, por el contrario, se encuentra dormida.

El poseído que se encuentra despierto manifiesta un profundo malestar cuando se le habla del Señor de los mundos, cuando se citan las Escrituras sagradas o cuando se ora ante él. Sin embargo, esta regla no es, ni lejanamente, absoluta. Así, un mortal poseído por un jinn de religiosidad se encontrará muy a su sabor escuchando rezos y participando en ritos donde se utilicen objetos relacionados con el culto. Por lo tanto, esta circunstancia no es una prueba definitiva, e incurre en el error quien la considere tal.

Asimismo, el poseído que se halle despierto puede sufrir ataques, experimentar la paralización de un miembro o verse aquejado de continuos dolores de cabeza, pero, como en la circunstancia anterior, debe quedar claro que la causa del mal es la acción de un jinn y no una razón meramente médica. Es también un signo de la posesión el encolerizarse o llorar sin motivo alguno.

Finalmente, los poseídos suelen verse aquejados de impotencia, esterilidad o menstruaciones irregulares; sentir repugnancia hacia las relaciones sexuales o fracasar repetidamente en los intentos por contraer matrimonio. Todo ello sin que exista razón médica para semejantes padecimientos.

Mientras duermen, los poseídos sufren terribles pesadillas en las que se les aparecen seres horrendos, se ven situados en alturas vertiginosas, se hallan rodeados por serpientes o sufren el acoso de monstruos. Por otra parte, un poseído puede padecer una acentuada incapacidad para conciliar el sueño, una ansiedad angustiosa y un pánico a despertar o a dormir. Por último, es habitual que el poseído grite mientras duerme, gima o gruña.

Todas y cada una de estas características se dan en los poseídos, aunque, como he indicado antes, pueden ser sufridas también por otros mortales. Por eso es preciso utilizar con sumo cuidado el más agudo de los discernimientos.

9

Abdallah

Al-Ándalus, 1211

Se inclinó sobre la mesita de madera, formada por elaboradas piezas unidas con la mayor sencillez, y tomó una copa de barro modestamente pintado. Le agradó la frescura que desprendía el recipiente entre sus dedos, así que se lo acercó a la cara y lo presionó contra los labios, las mejillas y la frente. Luego volvió a dejarlo sobre el oblongo mueblecillo, echó mano de un búcaro metálico y llenó aquel cuenco destinado a recoger los líquidos más variados. Bebió casi con ansia el frío zumo que había dormitado en el fondo de la copa y volvió a colmarla, para vaciarla enseguida. Sólo entonces, cuando comenzó a percibir una confortadora corriente que le refrescaba el interior del cuerpo, se volvió hacia el lecho del que acababa de levantarse.

Uarda seguía sumida en un sueño profundo. Se encontraba completamente desnuda y de espaldas, y Abdallah paseó la mirada por sus cabellos, largos, castaños y ondulados; por su espalda perfecta tan sólo quebrada por una pequeña cicatriz situada un par de pulgadas antes de concluir su columna vertebral, y por sus nalgas suaves. Sabía que un purista de la belleza femenina habría afirmado que no eran lo bastante redondas para ser calificadas de perfectas, pero a él le parecían extraordinariamente hermosas. A decir verdad, él era de la opinión de que Uarda era una mujer extraordinariamente bella.

Con sigilo, bordeó el lecho y se situó enfrente de ella. Sí, no se equivocaba. La observación cercana de su amplia frente, sus largas pestañas, su boca carnosa y sensual como una fruta en sazón, su diminuta hendidura en la barbilla, sus pechos abundantes, aterciopelados y dotados de una firmeza que no había encontrado en ninguna otra mujer, le confirmaba lo que pensaba. Hacía tiempo que Uarda había superado esa edad ideal que habían señalado los puristas y que se situaba en los quince años, ni uno más ni uno menos, pero él estaba totalmente convencido de que ninguna mujer de quince años, de veinte o de treinta podría tener un cuerpo tan bien formado, tan suave y tan placentero como aquella que ahora ocupaba su lecho.

Asediada —no le cabía duda— por los hombres más diversos, deseada seguramente por todos los que tuvieran ojos en la cara y conservaran la capacidad para ansiar a una mujer, Uarda era una compañera excepcional en los ejercicios amatorios. ¿Dónde había adquirido esa destreza? Abdallah lo ignoraba y, por añadidura, no quería saberlo. Jamás había preguntado a Uarda al respecto y no tenía intención de llegar a hacerlo algún día. Le bastaba con enviarle una comunicación para que acudiera a reunirse con él. Abdallah nunca la había visitado en su casa, siempre se encontraban en la de él. Allí se fundían en el lecho, bromeaban, reían, él le ofrecía alguna copia de lo que estuviera escribiendo en esos momentos y volvían a despedirse sin que ninguno de los dos fijara ocasión para la nueva cita que, al menos hasta entonces, siempre había quedado al arbitrio de Abdallah.

Había reflexionado en ello muchas veces y no había podido sino llegar a la conclusión de que no existía una explicación fácil para aquella relación discreta y, a decir verdad, completamente secreta. En otras más o menos similares siempre acababa mediando dinero o el deseo de matrimonio. Abdallah jamás había entregado ni la más minúscula moneda de cobre a Uarda. Ciertamente, le había hecho regalos más de una vez, pero él mismo sabía de sobra que tales obsequios, ya que no se puede vivir de ellos, sólo mantienen en la cercanía a las mujeres que están enamoradas. Por lo que se refería a la otra posibilidad... ésa era una historia abierta a los matices. Abdallah sabía que era capaz de espaciar los encuentros con Uarda, pero no de prescindir de ellos. No se trataba únicamente de que fuera una amante excepcional e incomparable. A decir verdad, lo que siempre lo impulsaba a volver a llamarla era que necesitaba ver su sonrisa —sin duda, una de las más hermosas que pudieran existir bajo el sol—, sentir la incomprensible suavidad de su piel sedosa en las ansiosas yemas de sus dedos, estrecharla contra sí y percibir el palpitar de su cuerpo turgente.

Precisamente porque tenía aquella necesidad y se había rendido a ella, había terminado también por aceptar que Qala y Uarda no se contemplaran con buenos ojos aunque jamás hubieran coincidido juntas en una habitación. En el caso de la esclava, la oposición era silenciosa, casi podría decirse que subterránea. Jamás pronunciaba una mala palabra sobre Uarda, pero algún comentario que se le había escapado ocasionalmente la había delatado. Recordaba, por ejemplo, que una vez él hizo referencia ante Qala a la manera en que Uarda se le había acercado en cierta ocasión y que la siempre silenciosa sierva dejó escapar entonces un suave: «Uarda, Uarda, ¡qué asquerosa!». Nada más. Sólo «¡qué asquerosa!». Cuando Abdallah la miró sorprendido, Qala se había limitado a ahogar una risita, como si le divirtiera el hecho de haber quebrantado por primera vez en su vida su proverbial discreción.

—Uarda —andalusí al fin y al cabo— era mucho más dura. No solía perder ocasión para comentar que en la casa de Abdallah se acumulaba el polvo —una verdad a medias teniendo en cuenta los numerosos pergaminos que albergaba— y que Qala no lo alimentaba debidamente, afirmación ésta bien distante de la realidad. Sin embargo, Abdallah no podía tomarse a mal semejantes comentarios. A fin de cuentas, Uarda no lo compartía con nadie —o, al menos, así lo decía— y, por lo tanto, la idea de que otra mujer simplemente pudiera tener la oportunidad de pasar por el lecho de Abdallah la irritaba.

Abdallah era más que consciente de que la shariah le permitía de sobra tener a ambas mujeres. Sin embargo... sin embargo, por mucho que el rasul-Al·lah hubiera tolerado —incluso recomendado— arreglos de ese tipo, Abdallah no era capaz de aceptarlos en su corazón. Mucho tiempo atrás había decidido que si se entregaba alguna vez a una mujer sería por completo. Por lo tanto, si sólo podía aceptarlo en caso de producirse de una manera tan total y absoluta, resultaba imposible que identificara la relación deseada por él con aquellos encuentros que tan sólo duraban unas horas. Se veía así sometido a un dilema al que no sabía —ésa era la verdad— hallar salida. No amaba a Uarda como para convertirla en la compañera total de su existencia y, a la vez, era incapaz de romper totalmente con ella. Precisamente por ello creía que lo mejor era dejar todo como estaba. *Naam*, sin duda era lo mejor.

Respiró hondo y volvió a clavar la mirada en Uarda. Acababa de darse la vuelta y ahora reposaba boca arriba dejando su cuerpo totalmente al descubierto. Resultaba evidente que, siguiendo los deseos de Abdallah, no cumplía del todo con las normas islámicas sobre el rasurado del pubis. Un motivo más para sentirse atraído por ella. Sí, era increíblemente hermosa, casi podría decirse que lo era de una manera resplandeciente, como el nácar contra el que se estrellan los rayos del sol o la luna vestida con el manto azabache de la noche. ¿Cómo era aquello que decía Ash-Shaíj? Sí... era algo como «cuando hayáis descubierto a la mujer...», sí, «cuando hayáis descubierto a la mujer... a la que... a la que ahora no conocéis más que como madre o quizá como hermana...». ¿Cómo seguía? «Cuando...

sepáis lo que se encierra en sus caricias y en las vuestras; cuando hayáis experimentado la cercanía de su piel; cuando lleguéis a descubrir los besos…, ah, entonces estaréis más cerca de Al·lah de lo que ahora podéis lejanamente imaginar».

¿Era cierta aquella enseñanza de Ash-Shaíj? Pudiera ser, aunque él no había tenido ocasión de comprobarlo. Desde luego, no lo era en el caso de Uarda. En docenas de ocasiones incluso se había preguntado si aquellas citas no velaban la presencia del Creador de los mundos en su corazón. Quizá aquella piel, aquellos cabellos, aquellos labios no lo desvelaban a Él sino que lo ocultaban e incluso lo alejaban. Ciertamente, no podía descartarlo y, sin embargo… sin embargo, Uarda era tan bella…

*E*n todos y cada uno de los casos descritos en el apartado anterior, las víctimas de un jinn han mantenido algún tipo de contacto con personas muy concretas a las que me iré refiriendo con la ayuda del Creador de los mundos.

En primer lugar se hallan aquellos que están involucrados con diferentes clases de magia pero siempre mediante la escritura. Estos seres pretenden que sienten el susurro de los jinaan al oído o que se ven atrapados por su fuerza de tal manera que escriben sin poder evitarlo o modificarlo de acuerdo con su voluntad. También hay que incluir en este grupo a los que pretenden que son capaces de ver frases trazadas en el aire o descubrir letras y palabras grabadas en un objeto. Es asimismo habitual que afirmen que las manos de algún jinn —a veces de manera visible, a veces de manera invisible— agarran una pluma o cualquier otro objeto que sirva para escribir y dejan constancia de una comunicación.

En segundo lugar, entre aquellos que son especialmente peligrosos porque de su contacto se deriva no pocas veces la desgracia de ser atormentado por un jinn, se encuentran gentes a las que se considera sabias. No quiero decir con esto que sean verdaderamente personas eruditas o doctas, sino que, gracias al contacto con un jinn o con varios, se ven investidas de una sabiduría —siempre perversa, aunque oculte esa naturaleza— que supera la de los seres humanos. No deja de ser significa-

tivo que son numerosos los sabios de este tipo que aplican sus conocimientos a acabar con la vida humana, es decir, ayudan a las mujeres a abortar o dan muerte a ancianos o a enfermos pretendiendo que se comportan de manera misericordiosa porque su vida no es digna.

Estas dos categorías están bajo el control directo de un jinn o de varios y tienen como consecuencia desgracias sin cuento, dolor indescriptible y miserias innumerables. Y, por desgracia, no son las únicas.

10

Ash-Shaíj

Al-Ándalus, unos años antes…

*A*hi, ahi, ¡ayúdanos!
   El hombre que había gritado instando su colaboración llevaba la ropa remendada de los almohades, un signo, no pocas veces ficticio, de pobreza.

—*Ahi!* Siempre seremos pocos para limpiar tanta inmundicia… —insistió.

Pero Ash-Shaíj parecía presa de una parálisis que lo clavaba al suelo e incluso le impedía abrir los labios y responder.

—Mudarris…, ¿te sucede algo? —preguntó Abdallah—. ¿Acaso no te encuentras bien?

Ash-Shaíj siguió mudo. Sus ojos parecían haberse convertido en dos diminutas bolas de cristal que apuntaban, sin moverse, en una dirección. Abdallah siguió aquella línea y descubrió lo que parecía una hoguera. Un grupo de personas avivaba la lumbre que prendía en la leña colocada en el suelo formando un montoncito circular. Encender una hoguera no era algo habitual en aquella época del año, en que los escasos fríos en esa zona de Al-Ándalus habían más que pasado. Fue entonces cuando Abdallah se dio cuenta de lo que sucedía. Lo que permitía que aquel fuego tímido y negruzco creciera hasta convertirse en una hoguera roja y poderosa eran libros. Aquellas gentes que habían pedido la colaboración del mudarris estaban arrojando un volumen tras otro a las llamas, que los devoraban como fieras hambrientas.

—¡Quemad ése! ¡Quemad ése! —gritó una voz a sus espaldas.

Abdallah se volvió y su mirada chocó con un rostro redondo, gordo, feo y lleno de granos. El joven fue incapaz de reprimir la sensación de asco que lo invadió, pues esas facciones —que correspondían a una mujer vestida de negro— recordaban a las de un sapo asqueroso y enorme.

—¡Ibn Rush! ¡Cada vez que veo sus libros me dan ganas de prenderles fuego! ¡Que los quemen! ¡Que los quemen!

Abdallah dirigió su mirada hacia Ash-Shaíj, pero el rostro de éste, como si se hubiera sometido a la acción de un jinn, se había transformado en un bloque de piedra incapaz de reflejar la menor emoción.

—Mudarris… —se atrevió a susurrar el joven con una voz apenas audible.

Pero Ash-Shaíj no respondió. No miraba a la horrible mujer, ni tampoco la crepitante hoguera donde seguían lanzando libros y más libros que habían sacado de una casa cercana. Tenía la mirada perdida en algún punto lejano, un lugar que, pensó Abdallah, quizá ni siquiera se encontraba en este mundo.

—¡*Ahi*, ayúdanos a quemar esta inmundicia! —gritó ahora otro hombre que repartía páginas de un volumen a los transeúntes invitándolos a arrojarlas a las llamas.

Ash-Shaíj dio un respingo y, como si acabara de despertar de un sueño profundo, parpadeó.

—¡Vámonos! —dijo de repente—. ¡Vámonos de aquí!

Antes de que Abdallah hubiera asimilado lo que acababa de escuchar, el mudarris había comenzado a andar con una rapidez inusitada. Pasó por delante de las llamas rojinegras a cuyo alrededor danzaban algunos mientras entonaban salmodias y seguían arrojando páginas al fuego. No se detuvo. Por el contrario, como si siguiera una señal que sólo él alcanzaba a ver, continuó andando. Se encontraba ya a casi una treintena de pasos cuando Abdallah comenzó a seguirlo.

Le dio alcance ya fuera de la plaza, en una de las callejuelas perpendiculares. Se colocó a su lado y lo miró, pero Ash-Shaíj no pareció percatarse de su presencia y continuó caminando con grandes zancadas, como si tuviera prisa por llegar a algún lugar que sólo él conocía.

—Mudarris… —musitó Abdallah sin aliento, pero Ash-Shaíj no reaccionó.

Abdallah logró mantener la marcha un tiempo, hasta que se percató de que, en el vano empeño de mantenerse a la altura de Ash-Shaíj, se quedaba sin resuello. Finalmente, se detuvo y se llevó la mano al costado, donde tenía la sensación de que se le había clavado una hoz. Contemplaba cómo la figura del mudarris iba empequeñeciéndose en la distancia cuando de repente observó que se detenía en seco. Por un instante, pareció que se había quedado clavado en tierra. Luego Ash-Shaíj giró sobre sus talones, lo buscó con la mirada y, cuando lo vio, desanduvo el camino.

—Ven, Abdallah —le dijo cuando se encontró de nuevo a su altura—. Te ruego que me acompañes a casa.

Durante los minutos que siguieron, deambularon más lentamente, casi como si estuvieran dando un paseo. Abdallah había escuchado no pocas lecciones de Ash-Shaíj, pero en ese momento se dio cuenta de que nunca antes había estado en su domicilio. Se trataba de una casita de paredes blancas encajada entre otras de una altura similar. No era, desde luego, la morada de un hombre rico, pero presentaba un aspecto digno. Ash-Shaíj sacó un manojo de llaves y abrió una cancela. Tras atravesar un diminuto zaguán, llegaron a la puerta principal, que el mudarris sujetó para que Abdallah pudiera entrar. El joven lo hizo y fue a dar a un corredor amplio de techumbre de madera que desembocaba en un patinillo que albergaba una rumo-rosa fuente.

—Aquí paso buena parte del año —dijo Ash-Shaíj mientras cerraba la puerta—. Es un sitio ideal porque no hace calor y me agrada mucho escuchar el sonido del agua.

—¿Es tuya esta casa, mudarris? —preguntó Abdallah.

—Sí. Desde hace ya tiempo. Sus dueños anteriores…, bue-no, tuvieron que marcharse de la ciudad con cierta premura y… la conseguí a buen precio, ésa es la verdad.

—Es muy hermosa —dijo Abdallah.

—No es un palacio, pero sí, es cierto, es un lugar muy agra-dable para orar, para escribir y para estudiar. Ahí, a la izquierda, tengo la habitación donde estudio. —La señaló con un ges-to—. Y ahí, a la derecha, están mis habitaciones y la cocina. De-trás de la fuente hay un huertecillo. No es gran cosa, pero cul-tivo algunas plantas medicinales y limoneros. Me encantan los limones. ¿A ti no?

Abdallah asintió con la cabeza y, por primera vez en todo el día, Ash-Shaíj sonrió. Dio una palmada y, por una puerta situa-da a la derecha de la espaciosa galería, apareció una mujer que se secaba las manos en un trapo.

—Yamila —dijo el mudarris—. Prepara agua de limón para mi invitado y para mí.

La mujer realizó una leve reverencia y desapareció en el umbroso interior de la casa.

—Ven —dijo el mudarris a Abdallah, que estaba sorprendi-do por la manera en que se había referido a él—. Tengo que enseñarte algo.

Cruzaron un umbral situado a su derecha y dieron en una sala espaciosa de muros blancos y casi totalmente exentos. En cuanto entraron, Abdallah se quedó atónito. Al fondo se veía una porción de una alfombra tejida con un gusto exquisito, aunque extraño, y ya más cerca, otra de forma circular y no menos peregrinos dibujos; frente a ésta había dos asientos de tamaño considerable y color marfileño. Todo eso —incluido el trazado de los dibujos de las alfombras— no habría tenido nada de extraordinario de no ser por el resto de los objetos que llenaban la estancia.

Aquella habitación estaba atestada, abarrotada, henchida de volúmenes de las más diversas formas y colores: rojos, azules y negros; oblongos, alargados y romboidales. Los libros se acumulaban en repletos estantes, en pilas que desafiaban el equilibrio, en montones de todas las maneras. Por un momento, Abdallah tuvo la sensación de que poseían vida propia y se habían extendido por la habitación como una planta trepadora o las ramas de una viña.

—Disculpa el desorden —susurró el mudarris— y toma asiento.

Abdallah se disponía a preguntar dónde podía hacerlo cuando vio, con un sentimiento de ansiedad, que el mudarris se sentaba entre dos columnas de libros dispuestos en tan vano equilibrio que amenazaban con desplomarse sobre él en cualquier instante. Sin embargo, Ash-Shaíj no parecía en absoluto inquieto por aquella circunstancia surgida de la geometría y el volumen. Por el contrario, comenzó a arrellanarse como si dispusiera de espacio más que suficiente a uno y otro lado de su cuerpo.

—Aquí llega Yamila —dijo con una sonrisa, y Abdallah fue testigo de cómo la sierva colocaba en el suelo una bandeja con copas, y una jarra de agua de limón, con una destreza envidiable, pues ni siquiera rozó ninguno de los volúmenes que se enseñoreaban del espacio.

Ash-Shaíj dibujó un gesto con la mano para ordenar a Yamila que se retirara y, acto seguido, sirvió el refresco.

—Es lo mejor que existe para la sed —dijo tras apurar un trago largo—. Yo no soy de vino, ésa es la verdad.

—El rasul-Al·lah (las bendiciones y la paz sean sobre él) lo prohibió claramente —se apresuró a decir Abdallah.

—Sí… eso es cierto —convino el mudarris mientras volvía a llevarse la copia a los labios.

—*Shukran*, mudarris —dijo Abdallah después de probar el fresco líquido—. Está muy bueno.

—Verás… —comenzó a decir Ash-Shaíj—. Lo que… lo que hemos visto hace un rato…, bueno, no deseo ocultártelo…, me parece lamentable…, vergonzoso incluso…

—Mudarris, pero si ese Ibn Rush era malo… —musitó Abdallah.

—… se pueden quemar sus libros, ¿verdad? —le interrumpió Ash-Shaíj.

En otra ocasión, Abdallah habría respondido afirmativamente sin dudarlo, pero la manera en que el mudarris había formulado la pregunta le llevó a pensar que la resolución al enigma no era tan sencilla. Optó pues por guardar un prudente silencio.

—¿Tú sabes quién era Ibn Rush? —preguntó Ash-Shaíj.

Sin despegar los labios, Abdallah negó con la cabeza.

—Yo sí lo sé —dijo el mudarris—. Yo conocí personalmente a Ibn Rush.

*E*ntre aquellos por cuyo simple contacto podemos vernos sometidos a la nefasta influencia de un jinn se encuentran los adivinos. Ver el futuro es algo que tan sólo está al alcance del Señor de los mundos y de aquellos a los que, ocasionalmente, pueda revelárselo dentro de los designios de su libérrima voluntad. Incluso en estos casos, el hombre o la mujer agraciado con ese don no puede hacer uso de él a voluntad sino sólo cuando el Señor de los mundos así lo dispone. No se trata pues de una facultad del alma, como podría resultar el conocimiento de una lengua extranjera o el dominio de un oficio, sino de un regalo que Él realiza de manera inmerecida y gratuita. Bien diferente de esa circunstancia excepcional es el caso de aquellos que afirman que pueden ver el futuro en cualquier momento y adivinar lo que éste deparará a las personas que al respecto le preguntan.

Algo que debe quedar aquí claramente establecido es que la inmensa mayoría de los que sostienen que pueden ver el futuro son única y exclusivamente farsantes. Fingen, mienten, estafan y engañan por torpe ganancia. Insisten en ver, pero no vislumbran nada. Sin embargo, junto a esa aplastante mayoría se encuentran los que, en verdad, tienen posibilidad de anunciar algo que sucederá en el futuro no porque se lo muestre el Señor de los mundos sino porque el Shaytán o algún otro jinn así lo propicia. Este género de gente se vale de instrumentos como cartas, lámparas, cristales y los más diversos objetos no para ver —como ellos anuncian— sino para que el poder de un jinn descienda sobre ellos y, poseyéndolos, les cuente, o aparente contar, lo que desean. Pero la fuerza del jinn no queda limitada al adivino sino que, desbordándolo, cae sobre los que lo consultan abriendo las puertas a una aciaga intervención del mal en sus vidas.

11

Ahmad

Magrib, 1211

Definir la felicidad resulta tan difícil como retener el agua entre los dedos, atrapar el viento o perseguir el curso del sol desde su nacimiento hasta el ocaso. Uno sabe ciertamente cuándo es feliz, y quizá la felicidad se percibe todavía con más claridad cuando ese sentimiento desaparece de nuestra existencia, pero en el fondo existe una ignorancia absoluta sobre sus razones y las condiciones que la determinan. Por supuesto, habrá quien diga que el amor la provoca, pero hay gente que es amada y que ama y, no obstante, no percibe un átomo de dicha. También se señalará la relevancia de las posesiones materiales, pero nadie puede negar que hay indigentes envueltos en un halo de bienaventuranza mientras que no faltan los magnates que ni siquiera son capaces de conciliar el sueño. Tampoco la fe es un foco seguro de felicidad. Sin duda, hay gente que encuentra en ella un escudo frente a la adversidad e incluso un motivo repetido de gozo, pero no es menos cierto que son innumerables los que viven sus creencias de manera agorera y deprimente, como si cargaran sobre sus hombros una pesada losa de dolor y agonía. Ni siquiera la verdad otorga la menor garantía de una existencia dichosa. En realidad, no son escasos los sabios que insisten en que el conocimiento de la verdad es fuente directa de pesar y consternación.

Ahmad no incurrió en ninguna de aquellas reflexiones en los meses que siguieron a su conversación con Suleimán. Simplemente se limitó a ser feliz, muy feliz. Durante toda su vida anterior sus días habían transcurrido sin el menor aliciente, más allá de acudir a la boda de alguna persona que vivía en su mismo aduar o de celebrar la cena que señalaba la ruptura del ayuno del mes de ramadán. Había tenido, hora tras hora, instante tras instante, una existencia sin sobresaltos ni amarguras. Ni siquiera cuando sus abuelos fallecieron con una diferencia de apenas unos meses se sintió especialmente afectado. Ambos habían marchado al destino que Al·lah reservaba a los musulmanes justo cuando había dispuesto que así fuera. Se trataba de un hecho normal de la vida. Así se le había enseñado y así lo había aceptado.

El hecho de que sus padres dispusieran no de abundancia pero sí de cierto desahogo lo había apartado de labores como guardar ovejas o atender los campos y le había permitido acudir a una madrasa a aprender el Qur'an. A decir verdad, Ahmad se había aficionado al texto revelado al rasul-Al·lah por una razón tan sencilla como que horadaba la monotonía que lo rodeaba y le abría las puertas a una perspectiva nueva; ni lo atraía de manera especial ni se sentía demasiado identificado con él, simplemente aportaba unas horas de novedad en su devenir cotidiano. Y entonces, de la manera más inesperada, había llegado Suleimán y su vida había dado un vuelco absoluto. De repente, todo, absolutamente todo, parecía haberse privado del velo que lo envolvía y había adquirido una nitidez insospechada hasta ese momento. No estaba sentenciado a vivir en el norte de África y a, un día, repartir la heredad paterna con su hermano menor. No estaba determinado que el resto de su existencia fuera a transcurrir vigilando a los trabajadores de los campos, ocupándose de trasladar los productos del agro a los aduares y entregándose al regateo incansable vinculado a la compraventa. Ni siquiera iba a quedarse unido a la misma tierra en la que sus antepasados habían vivido desde hacía siglos. Ahora sabía que más pronto que tarde cruzaría el Estrecho sobre el que se erguía, poderoso, el Yebel de Al-Tarik; que al otro lado le esperaba una tierra rebosante de jardines y de estanques de aguas limpias y frías; que recibiría terrenos más feraces que los que nunca había visto ni imaginado, y que aquel viaje no tendría punto de contacto con la manera en que se movían los braceros, a los que había visto recogiendo higos, almendras y olivas, sino que era un hilo, sí, sólo un hilo, pero un hilo precioso, del tejido que el propio Al·lah había elaborado.

Aquella certeza que se había apoderado de su corazón provocó que en el interior de su pecho se rompiera algo semejante a una vasija repleta de un líquido ardiente que caldeó su corazón y lo llenó de dicha. Escuchando a Suleimán, sentía un entusiasmo, una euforia, una dicha que nunca antes había experimentado. En ocasiones, cuando regresaba desde la madrasa al lugar donde vivía, Ahmad llegaba a pensar que sus pies ni siquiera tocaban el suelo.

Aquella ligereza que se había apoderado de sus miembros alcanzó lo más profundo de su corazón y lo llevó a absorber todas las enseñanzas de Suleimán cual una esponja arrojada al mar. Las aleyas que conocía con anterioridad recibieron a partir de entonces una nueva luz y las ignoradas se incorporaron a su memoria con enorme facilidad ya que, por primera vez en su vida, el Qur'an le parecía un todo homogéneo, unido y armónico y los Hadices le resultaban comprensibles e incluso fáciles de recordar.

Pero no se trataba sólo de aquellas enseñanzas.

Ahmad nunca había sentido una atracción especial por el ejercicio físico. Le gustaba pasear, ocasionalmente se había subido a lomos de un asno e incluso le complacía nadar, pero más allá de esos ejemplos su vida discurría en un grato sedentarismo. Sin embargo, había descubierto el esfuerzo necesario para blandir la espada y poder esgrimirla contra los golpes de un adversario. Había sufrido en sus propias carnes el dolor que se extiende por todos los miembros cuando se monta a lomos de caballo durante un tiempo prolongado. Había captado la especial dificultad que deriva de no poder realizar adecuadamente funciones tan elementales como beber, comer, descansar o dormir. Y ni una sola de esas dificultades, de esas carencias, de esas penalidades le impidieron continuar con su aprendizaje. Por el contrario, le sirvieron de acicate para entregarse a todas ellas con renovado placer. Cuando al cabo de unas semanas se le comunicó que la esperada expedición hacia Al-Ándalus iba a tener lugar en un par de días, Ahmad sintió que había llegado el momento supremo de su vida.

La despedida de sus padres podía haber sido triste, pero resultó más bien una ocasión gozosa. Cuando besó a su madre y abrazó a su padre, sintió que las últimas ataduras que lo vinculaban con un pasado aburrido se habían roto y por fin podía alzar el vuelo como un halcón libre que agita las alas en busca de la presa que va a derribar. Sólo que no voló. Llegó a Al-Ándalus a bordo de un barco negro, estrecho y pequeño que cabeceaba hasta el punto de parecer que se sumergiría en las olas. Casi todos los jóvenes de su edad comenzaron a vomitar en cuanto la embarcación se adentró en el mar y ni siquiera el hecho de contemplar la costa de Al-Ándalus, brumosa y lejana, les libró de vaciar las entrañas. Con Ahmad fue distinto. Tenía miedo, pero había decidido que nadie, absolutamente nadie, lo supiera o lo percibiera. Clavó los dedos de la mano derecha en un rollo de cuerda y así se mantuvo, con los pies fijos en el suelo y la mirada en un punto indeterminado del horizonte, durante toda la travesía.

Cuando la quilla del barco se empotró en la arena de una playa dorada y serena, Ahmad ocultó el alivio que sentía ante la certeza de que pronto pisaría tierra firme. En el momento en que sus pies caldeados por la obligada inmovilidad del barco se hundieron en el agua verdosa y notó el embate de las olas blanquecinas que se estrellaban contra sus piernas, Ahmad supo que había llegado al lugar donde se dirimiría su destino y, mientras sus pulmones se llenaban de aire salitroso, se sintió feliz. Tan feliz como no lo había sido jamás.

*T*ambién puede cualquier mortal quedar sometido al poder de un jinn si acude a aquellos que practican el arte de fascinar mirando a los ojos o que utilizan la mirada para escrutar las entrañas de los animales. En diversas ocasiones he sido testigo de la acción de ambos y puedo dar fe de que tan sólo trae desgracias sin cuento. Los primeros no dudan en someter a su voluntad a cualquier infeliz que acuda a ellos buscando su ayuda, y en ocasiones pueden obligarlo a creer que es un animal o incluso una hortaliza y a comportarse como tal. En cuanto a los segundos, no pasan de ser farsantes como, en general, lo son todos los que afirman poder ver el futuro por sus propias facultades. El gran problema de someterse a su influencia no se limita, sin embargo, al engaño o a la merma económica, sino que se extiende a la manera en que un jinn puede acabar dominando el alma del infeliz que acude a este tipo de sujetos. Son muchos los casos que he tenido ocasión de ver a lo largo de mi vida, y debo decir de todos ellos que siempre resultan dañinos y perjudiciales. Pero ¿acaso podría ser de otra manera cuando se actúa en contra de los mandamientos del Señor de los mundos?

12

Ash-Shaíj

Al-Ándalus, algunos años antes…

Abdallah no pudo reprimir un respingo al oír la última frase del mudarris. Hacía tiempo que sentía una vaga inquietud al escuchar las enseñanzas de Ash-Shaíj, pero en ese momento aquella difusa sensación se convirtió en un malestar que se fijó sobre su pecho como un peso opresivo.

—No creo que la gente sea mejor o peor por el lugar en el que nace o la familia de la que procede —dijo Ash-Shaíj—, pero lo cierto es que yo soy árabe y pertenezco a una estirpe noble. Tú has vivido siempre bajo el gobierno de los almohades. Para ti son lo habitual, pero yo… yo vine a este mundo quinientos sesenta años después de que el rasul-Al·lah (las bendiciones y la paz sean sobre él) marchara a Medina, en Mursiya, durante el reinado de Abu Abdallah Muhammad ben Sad ben Mardanis. Era un malik independiente, y Mursiya, un territorio próspero con una huerta feraz que nos daba de comer ricamente a todos. En el año 563,* cuando yo no entendía nada del mundo, Abu Yaqub Yusuf, el almohade que se había hecho proclamar Amir al-muminin, firmó tratados con los re-

---

* Estas fechas corresponden a la Era de la hégira.

yes de León y de Castilla. No es que buscara la paz, no, tan sólo deseaba tener seguridad en sus fronteras para poder ir dominando Al-Ándalus. Al año siguiente, Ibn Hamushk, un pariente de Ibn Mardanis que comprendía que la situación estaba cambiando, abandonó a éste y se sumó a la causa almohade. Fue como la señal a la que responden los jinetes para emprender la carrera. En apenas unas semanas, Qurtuba, Ishbiliya, Granata fueron pasando a manos de Abu Yaqub. Seguramente, con Mursiya hubiera sucedido lo mismo de no ser porque el almohade cayó enfermo y tuvo que detener sus conquistas. Gracias a los muros de mi ciudad natal y a la habilidad de Ibn Mardanis, fuimos libres un par de años más, pero en 567 Ibn Mardanis murió y…

El mudarris hizo una pausa y tomó un largo trago de la copa. Conservó el líquido en la boca, como si aquel gesto lo ayudara a rememorar mejor el pasado, y al final lo deglutió de un golpe.

—No es fácil explicar lo que significa un cambio de gobierno —prosiguió Ash-Shaíj—. Por regla general, la gente espera que les vaya mejor o, más bien, que no les vaya peor que con el gobernante anterior. Los solteros anhelan encontrar las condiciones que les permitan casarse, y los casados, las que les ayuden a criar a sus hijos. Los ricos sueñan con retener y, si es posible, acrecentar lo que poseen, y los pobres, con salir de su miseria. Unos y otros no se mueven mucho y simplemente esperan. Pero al final…, bueno, es el Señor de los mundos el que decide. Mi padre resolvió marchar a la capital, a Ishbiliya, a servir al sultán Abu Yaqub. Era el nuevo señor, ¿por qué no iba a amoldarse a él como todos lo estaban haciendo?

—¿Y cómo le fue?

—Abu Yaqub era un hombre… —buscó la palabra exacta para calificar al sultán— religioso, digámoslo así. Estudiaba el Qur'an, se sabía de memoria los dos Sajij, le apasionaba la Historia del Islam… Pero no se trataba sólo de eso. Prohibió de manera tajante cualquier bebida alcohólica. Ordenó que aquellos que no cumplieran con las cinco oraciones diarias fueran considerados renegados. Anunció que los nasraníes y los yahudin debían abrazar el islam o abandonar sus territorios… Sus seguidores estaban encantados con él, convencidos de que aquella fidelidad a los mandatos del rasul-Al·lah tan sólo podría traer bendiciones al reino. Y por lo que a nosotros se refiere… supongo que quisimos creer lo mismo. Además, había otras preocupaciones, claro está.

Volvió a beber de la copa. Había dejado de mirar a su talib y tenía la vista fija en algún lugar perdido; sólo él sabía con seguridad dónde se encontraba.

—Tendría yo unos trece, no… catorce años, sí, catorce, cuando el río Wad-al-Qabir se desbordó. Hasta entonces, para mí, su curso siempre había estado unido a la prosperidad y a la belleza. Había contemplado su corriente de color dorado, me había bañado en sus aguas cristalinas y había paseado por sus sosegadas orillas. Pues bien, de repente invadió los campos, arruinó los cultivos y sembró la miseria. Es difícil imaginar lo que significa no tener nada que llevarse a la boca cuando nunca se ha pasado hambre. Se apodera del cuerpo no sólo la desazón por no haber llenado el estómago, sino también el miedo, el frío, la angustia. Y eso sólo es el principio. Poco después viene la enfermedad, que se extiende como un aliento fétido. Y cuando un reino sufre hambre y enfermedad…, bueno, los otros reinos que lo rodean no tardan en atacarlo. Ese mismo año, los tratados que el sultán de los almohades había firmado con los reyes de León, Castilla y Portugal expiraron. El rey portugués envió a su hijo a lanzarse sobre Al-Ándalus y…

Ash-Shaíj cruzó blandamente los brazos e inclinó la cabeza como si alguien hubiera descargado sobre sus hombros un peso insoportable. Permaneció así unos instantes en los que Abdallah no supo qué hacer.

—Las tropas nasraníes aplastaron a los almohades —dijo Ash-Shaíj sin levantar la vista.

—¡Qué desastre! —exclamó, desconsolado, Abdallah.

—Sí, lo fue, no cabe duda, pero… pero debo reconocer que a mí no me afectó lo más mínimo. En esos tiempos yo estudiaba el Qur'an. Comencé a hacerlo con un maestro que venía a casa de mis padres. Era un hombre de la tariqah que se llamaba Abu Abdallah al-Jayyat. Puedo asegurarte que era un mudarris ejemplar y piadoso. ¿Quieres un poco más de agua de limón?

—*Naam, shukran* —respondió Abdallah asintiendo con la cabeza.

Ash-Shaíj sirvió a su talib. Cuando retomó el relato, sus ojos traslucían una melancolía pesada.

—Yo… yo no me comportaba correctamente por aquel entonces. Sé que algunos considerarían que era un buen muchacho, pero se equivocarían totalmente. Por supuesto, estudiaba el Qur'an, acudía a la mezquita a orar e incluso buscaba a Al·lah, pero la verdad es que, por encima de todo, pensaba en divertirme. No es que fuera con prostitutas o con efebos. No. Tampoco jugaba o apostaba. Mucho menos me entregaba a la mentira o el hurto. No había nada de eso, pero deseaba con toda mi alma estar con mis amigos y comer, comer hasta la saciedad, y beber. Sí, beber vino, mucho, mucho vino. Me gustaba el vino, Abdallah, y no me importaba lo más mínimo que estuviera fuera de la shariah. Sabía distinguir las diferentes clases. Era un experto en combinarlas con la carne, con los pescados, con los pastelillos. Un día…

Ash-Shaíj se detuvo y respiró hondo, como si le faltara el aire. Era obvio que le costaba extraer de su pecho lo que iba a relatar.

—Un día, comenzamos a comer. Habíamos engullido… lo que no te imaginas, y entonces, al final de aquel almuerzo, empezaron a repartir las copas. Yo eché mano de la mía, feliz, alegre, contento. La sostuve un instante en el hueco de la mano y me dispuse a llevármela a la boca y entonces… entonces…

Ash-Shaíj se llevó la mano a la cara y se frotó los labios y la nariz, casi parecía que quisiera contener lo que estaba relatando.

—Abdallah, escucha bien lo que te voy a decir porque es muy importante —dijo mientras clavaba su mirada en el talib—. Ese día, cuando estaba a punto de beber, cuando tenía los labios puestos en el borde de la copa, escuché una voz que pronunciaba mi nombre y decía: «No es para eso para lo que has sido creado».

—No es para eso para lo que has sido creado… —repitió, asombrado, Abdallah.

—Sí, exactamente eso mismo fue lo que escuché —respondió Ash-Shaíj—, pero no se trató de una voz normal. Quiero decir que no sé si aquellas palabras sonaron en mis oídos como ahora tú me oyes a mí o si sólo fue mi corazón el que las captó. Da igual. Quien las pronunció hablaba con autoridad, tanta que resultó irresistible para mí. En aquel mismo momento, arrojé la copa que tenía en la mano y salí trastabillando de la sala. Me dirigí hacia mi casa pensando en todo aquello y al llegar a la entrada me encontré con un pastor que tenía el uasír, un hombre que siempre iba sucio y cubierto de polvo. Le pedí entonces que me acompañara a la salida de la ciudad y allí le ofrecí cambiar su ropa por la mía. Yo iba muy bien vestido, de manera que aceptó de muy buena gana. La verdad era que no sabía adónde dirigirme, de manera que anduve caminando hasta llegar a una almacabra que estaba situada a la orilla de una corriente de agua y allí decidí quedarme.

—¿En una almacabra? —preguntó Abdallah, sorprendido.

Ash-Shaíj sonrió por primera vez desde el momento en que había visto cómo ardían los libros.

—Comprendo tu sorpresa —dijo al fin—, pero no resultó tan mal como puedas pensar. En medio de la almacabra había una tumba en ruinas que se había visto reducida a la condición de cueva. Entré ahí y me quedé. Sólo salía para realizar la oración en las horas prescritas.

—¿Estuviste allí mucho tiempo? —quiso saber Abdallah, cada vez más asombrado.

—Tan sólo cuatro días —respondió Ash-Shaíj—, pero cuando abandoné ese lugar ya tenía todo el conocimiento que poseo ahora.

—¿Cómo puede ser eso posible?

—Porque fue un conocimiento de aquí —respondió el mudarris señalándose el corazón—. Se trata de un conocimiento que no se adquiere del oír a otros, sino del sentir con tu propio espíritu. No se percibe por los sentidos, como el tocar, el gustar o el oler, pero es infinitamente más poderoso que cualquiera de ellos y, sobre todo, es más real, porque uno no encuentra sino que es encontrado.

—No sé si…

—Verás, Abdallah —dijo Ash-Shaíj conteniendo a duras penas su excitación—. La gente cree que busca a Al·lah. Lo cree sinceramente. Piensa que si practica el ayuno durante el ramadán, si reza cinco veces al día, si no come carne de cerdo, en fin, si lleva a cabo todas esas acciones encontrará la protección de Al·lah. Pero… pero esa visión de las cosas no es… adecuada. Es el que Ama el que nos busca y nos encuentra.

—¿El que Ama? —preguntó, atónito, Abdallah.

Ash-Shaíj asintió con un leve movimiento de cabeza.

—No te entiendo, mudarris —dijo, desolado, el muchacho.

—Verás. La mayoría de los muslimin creen que el Señor de los mundos tan sólo dispensa protección. Buscan contar con Su refugio y Su amparo y…

—¿Y eso está mal? —le interrumpió Abdallah.

—No está mal, pero es muy pobre, porque el Señor de los mundos no sólo dispensa su cuidado sino que es Amor y espera que nosotros lo amemos.

—¿Amor? —repitió, sorprendido, Abdallah—. Pero… eso no es posible. ¿Cómo va a ser Al·lah amor? Ni uno solo de sus noventa y nueve nombres es amor, y además… además ¿cómo podemos amar a quien no conocemos sino de manera muy limitada? Es… es absurdo…

—Sí, reconozco que puede parecerlo —dijo Ash-Shaíj—, pero en el corazón es donde se descubre que lo absurdo es mucho más real que aquello que consideramos lógico. Eso fue lo que yo descubrí en la cueva. Eso es lo que comprendió también Ibn Rush.

Abdallah sintió una incómoda presión en el pecho al escuchar la mención de Ibn Rush. ¿Qué estaba ocurriendo? ¿Quién era realmente Ash-Shaíj? ¿Por qué sucedía todo aquello?

—Sólo me encontré con Ibn Rush una vez —comenzó a relatar el mudarris.

A divinos que pueden colocar a alguien bajo el influjo de un jinn son también aquellos que pretenden adivinar valiéndose de señales, de la observación del canto y el vuelo de las aves, de los fenómenos aéreos y de otras señales y observaciones.

Sin embargo, la adivinación no es la única actividad inicua que puede conducir a un mortal a la servidumbre espiritual. De no menor relevancia son aquellos que se dedican a las oraciones. Resulta obligado usar de la prudencia en grado sumo al abordar esta cuestión. De todos es sabido que la oración es en sí misma buena y que nos permite comunicarnos con el Señor de los mundos para alabarlo, manifestarle nuestras inquietudes o presentarle nuestras súplicas. Sin embargo, no son pocos los que han convertido la oración en un mecanismo similar a la magia en virtud del cual no se manifiesta la sumisión ante el Creador sino que, por el contrario, se intenta forzarle a concedernos lo que pedimos. Creen éstos que el conocimiento de determinadas fórmulas, la realización de ritos concretos, o la sumisión a unas reglas establecidas colocan al mortal en la posición de obtener lo que desea, al igual que el mago, el hechicero o el brujo creen dominar a las criaturas mediante sus conjuros y ensalmos. Tal visión no sólo es errónea sino peligrosa. Aquel que se coloca bajo la autoridad de alguien que —supuestamente— es depositario de este tipo de oraciones, y pone en él su confianza, no tiene acceso a un poder espiritual. Por el contrario, se está colocando bajo el dominio de una potencia perversa que lo esclavizará creando la falsa sensación de que le da fuerza y poder. Esa potencia —sobra decirlo— es un jinn.

El mismo fenómeno se observa cuando el mortal acepta la idea —totalmente falsa y perjudicial— de que algunos lugares —santuarios, sepulcros, cuevas…— son mejores que otros para elevar las oraciones al Creador de los mundos. Éste desea que los que lo adoran lo hagan en espíritu y en verdad, y no en un lugar o en otro. Los que anhelan adorarlo de la manera adecuada deben tener todo esto en mente; de lo contrario, también caerán bajo el influjo de un jinn.

Añadiré, finalmente, una referencia a las imágenes. Tanto la Taurah de Musa, como el Injil de Isa y el Qur'an del rasul-Al·lah prohíben expresamente rendir culto a las imágenes. Sin embargo, a pesar de la claridad de este mandato, no son pocos los que se inclinan ante una imagen de madera, piedra o metal o llevan consigo alguna imagen pensando que les dará suerte. Pocas vías existen más seguras para quedar uncidos al poder aciago de los más terribles y crueles jinaan. Igualmente, pocos caminos hay más seguros para dejar de manifiesto que un hombre puede ser, a la vez, religioso y necio. Religioso porque se inclina ante una imagen llevado por un impulso de ese tipo, pero necio porque olvida que las imágenes tienen ojos y no ven, tienen boca y no hablan, y tienen pies pero son incapaces de dar un solo paso.

13

Ash-Shaíj

Sucedió en casa de mi padre —comenzó a relatar Ash-Shaíj—. Después de aquellos días que pasé en la almacabra, regresé al lugar donde vivía. Por supuesto, mi familia estaba muy preocupada, pero el simple hecho de volver a verme los tranquilizó y llenó de alegría. No había muerto, no me habían secuestrado y, por añadidura, estaba firmemente resuelto a abandonar la vida que había llevado hasta entonces y a encaminar mi existencia en la obediencia del que Ama. Quizá pensaron que se me pasaría, o simplemente llegaron a la conclusión de que el cambio, durara lo que durase, había sido para mejor. El caso es que no pusieron ningún reparo, ésa es la verdad. Estudiaba, realizaba mis oraciones y apenas salía de mi domicilio. Eso era todo. Me encontraba un día ocupado en la caligrafía cuando uno de los sirvientes de la casa me avisó de que mi padre deseaba verme. Acudí prontamente y, al entrar en la habitación, lo descubrí charlando con un hombre al que no conocía. Estaba sentado, pero nada más verme se puso en pie y se acercó a mí dispensándome grandes muestras de amistad y consideración, como si me conociera de mucho tiempo atrás. Finalmente, me abrazó con fuerza, demostrándome un afecto desusado. Entonces me miró y me dijo: «*Naam*».

—¿*Naam*? —preguntó Abdallah, perplejo.

—«*Naam*» —repitió Ash-Shaíj.

—¿Y tu qué le dijiste? —indagó Abdallah.

—Le dije lo mismo: «*Naam*».

—¿Sólo eso?

El mudarris asintió con la cabeza.

—Bueno… ¿y qué pasó entonces?

—Aquel hombre se puso muy contento, pero mucho, de verdad. Entonces yo capté lo que había causado su alegría y le dije: «*La*». En ese momento, se encogió, cambió de color y, con voz temblorosa, me preguntó: «¿Qué solución has encontrado para la iluminación y la inspiración divina? ¿La misma que la que hemos descubierto nosotros pensando racionalmente?».

—¿Y qué le dijiste?

—Le dije: «Sí y no. Entre el sí y el no, los espíritus levantan el vuelo fuera de su materia». Al escuchar aquellas palabras, el hombre palideció y empezó a temblar como si fuera presa de una enfermedad. Me miró fijamente y apenas acertó a musitar con un hilo de voz: «Sólo en Al·lah hay poder». Aquel hombre era Ibn Rush.

Abdallah se sentía aturdido. ¿Qué era todo aquello de la iluminación divina? ¿A qué se refería con lo del pensamiento racional? ¿Qué tenía que ver todo eso con el hecho de que en la calle estuvieran quemando los libros de Ibn Rush tantos años después de aquel encuentro?

—Ibn Rush era un filósofo —prosiguió el mudarris—. Buscaba conocer a través de la razón, esa cualidad que el Señor de los mundos nos ha dado diferenciándonos de otros seres que también se ven obligados a respirar para vivir. Pero, para su desgracia, Ibn Rush fue descubriendo que lo que la razón le enseñaba no siempre coincidía con lo contenido en el Qur'an…

Abdallah sintió que se le nublaba la vista. ¿Qué clase de

mudarris era aquel hombre? ¿Acaso pretendía justificar lo que creía Ibn Rush? ¿Se atrevería a pensar siquiera que el Qur'an no contenía toda la verdad?

—Pero, mudarris… —balbució—. Ese hombre… Ibn Rush… ¿cómo…?

—Tranquilízate, Abdallah —dijo Ash-Shaíj—. Ibn Rush no negaba que el Qur'an fuera cierto. Lo único que él veía era que algunas de sus afirmaciones podían ser adecuadas en términos religiosos, pero no en términos filosóficos y…

—Pero eso es una locura, ¡una herejía…! —exclamó Abdallah a la vez que hacía ademán de ponerse en pie—. Comprendo que quemaran sus libros… ¿Cómo puede alguien…?

—Tal vez deberías intentar comprender antes de condenar —dijo con voz suave el mudarris.

Esa sentencia llevó al joven a sentarse de nuevo, pero en su interior seguía bullendo un malestar que entrecortaba su respiración.

—Ibn Rush creía en dos verdades —continuó Ash-Shaíj—. La primera era la verdad religiosa, la que deriva del Qur'an, y ésa no la negaba en absoluto. Sin embargo, también creía que existía una verdad filosófica que sólo podía ser comprendida a partir de la razón. ¿Por qué no aceptar las dos verdades en lugar de enfrentarlas?

—¿Eso es lo que tú piensas también? —preguntó, angustiado, Abdallah.

—No —reconoció el mudarris—. Creo que la razón es un instrumento limitado de conocimiento, pero no por eso me parece que haya que arrojar los libros al fuego.

—Pero si enseñan mentiras…

—¿Cómo sabes que son mentiras? Sí, ¿cómo lo sabes? Yo te lo diré. Crees que sabes, pero en realidad no sabes nada o casi nada. El verdadero conocimiento no está en los libros ni en los discursos de los ulemas ni en las predicaciones de las mezquitas. El verdadero conocimiento se percibe en lo más hondo del espíritu, y cuando uno pasa por esa experiencia…, ah, Abdallah, créeme, entonces uno sabe lo que es cierto y lo que sólo es un velo que nos muestra lo cierto.

—¿Como te pasó a ti en la almacabra? —preguntó Abdallah con irritación apenas contenida.

—Sí, así es —respondió Ash-Shaíj con voz queda.

—Muy bien —dijo, encolerizado, Abdallah—. ¿Y qué viste allí? ¿Qué oíste allí? ¿Qué te encontraste allí?

—Vi a Isa ibn Maryam —respondió Ash-Shaíj.

—¿A… a Isa ibn Maryam?

—Sí, fue mi primer mudarris.

—¿Tu primer mudarris? Pero… pero ¡si vivió hace siglos! ¡Estás loco, sayidi!

—Fue Isa ibn Maryam quien provocó mi tawha. Sí, mi tawha: el deseo ferviente y resuelto de cambiar de vida, de regresar al Señor de los mundos, de acabar con una existencia extraviada. Se me apareció, oró por mí para que permaneciera en el din correcto y me dijo que era su amado. Me ordenó practicar la renuncia, el zujd o disciplina y el tadshrid o desprendimiento. Me manifestó una benevolencia inmensa y desde entonces no me ha descuidado un solo instante.

—Pero… pero ¡qué locura es ésta! —gritó Abdallah poniéndose en pie—. ¿Cómo pudiste hablar con Isa? Como… como si fueras un nasraní… ¿Y tus padres? ¿Qué te hicieron tus padres? ¿Cómo es que no te dieron muerte?

—De mis padres no te voy a hablar —respondió Ash-Shaíj con una voz rezumante de paz—, pero sí quiero decirte que mi padre me anunció quince días antes de su fallecimiento que iba a morir y, efectivamente, así fue. El mismo día en que expiró, se me acercó, a pesar de estar gravemente enfermo, sin necesidad de apoyarse en nada, y me dijo: «Hijo mío, hoy es la marcha y el encuentro». Yo, entonces…, yo… —Los ojos del mudarris se empañaron. Tragó saliva, cerró y abrió los párpados, y continuó—: Al escuchar aquellas palabras… bueno, yo pensé que estaba diciendo verdad y le respondí: «Al·lah ha puesto en ese viaje tu salvación y te bendecirá cuando tenga lugar ese encuentro». Luego lo abracé y le dije que me marchaba a la mezquita a orar por él hasta que me llevaran la noticia de su fallecimiento. Sucedió aquel mediodía.

—Tú no eres un loco —le interrumpió Abdallah gritando—. Tú eres... mucho peor. Tú eres un apóstata al que cualquiera debe dar muerte. ¡Regresa! ¡Regresa al islam!

—Ibn Rush —continuó Ash-Shaíj como si no le escuchara— tuvo que marcharse de Al-Ándalus. Tomó la decisión desde el mismo momento en que se enteró de que habían comenzado a quemar sus libros. Estaba convencido de que los que empiezan arrojando libros al fuego, terminan haciendo lo mismo con las personas.

—Pues no fue muy efectivo... —replicó fuera de sí Abdallah—. Por lo que hemos visto esta mañana, aún queda gente que guarda sus libros.

—*Naam*, siempre hay alguien que esconde los libros —respondió el mudarris— y siempre hay un lugar en el que encontrar refugio.

Abdallah quedó paralizado ante aquella afirmación de Ash-Shaíj. ¿Acaso le estaba anunciando que se marchaba? ¿Acaso la visión de la hoguera le había decidido a hacer lo mismo que había hecho Ibn Rush? ¿Acaso toda aquella conversación no era más que una despedida, una despedida dirigida sólo a él, que era el preferido de sus taliban?

—Tú... tú pretendes marcharte... —dijo con voz temblorosa Abdallah—. Tienes intención de huir de la justicia de Al·lah. Sí, eso es lo que piensas hacer, pero... pero... yo...

Ash-Shaíj se puso en pie con un gesto tranquilo, sereno, exento de cualquier agitación. Cubrió la escasa distancia que le separaba de Abdallah y le puso la diestra sobre el hombro.

—Hubo un tiempo en que yo rechazaba a mi prójimo si su visión de la religión no era como la mía. Ahora mi corazón es un recipiente en el que encuentran cabida todas aquellas formas de religión que son puras. Es pradera para las gacelas y claustro para los monjes nasraníes. Es templo para los idólatras y Kaaba para los peregrinos. Incluye las Tablas de la Ley de Musa y los textos del Qur'an. Es así porque yo profeso la religión del Amor y me dirijo hacia donde quiera que Él cabalgue, porque el Amor es mi credo y es mi fe. Si tú…

Abdallah no esperó a que el mudarris terminara de hablar. Horrorizado, echó a correr hacia la puerta de la casa, la atravesó jadeante y se apartó de ella a toda la velocidad que pudo. No hubiera sabido decir cuánto tiempo estuvo surcando sin rumbo las callejuelas y las plazas de la ciudad. Sólo recordaba que había conseguido franquear sus murallas y adentrarse en el campo extramuros y que, al final, exhausto, se había desplomado bajo un olivo para romper a llorar inconteniblemente.

SEGUNDA PARTE

La llegada de los jinaan

*H*e indicado en los apartados anteriores cómo el contacto con determinadas personas y prácticas expone peligrosamente a verse dominado, poseído u oprimido por un jinn. Sin embargo, semejante exposición no resulta exhaustiva. A decir verdad, existen males muy semejantes al de la posesión por un jinn, hasta el punto de que no pocas veces se confunden con ella y de que en numerosas ocasiones van unidos a la misma hasta convertirse en una de sus manifestaciones. Me refiero a la situación de aquellos que están poseídos por pasiones malignas como la envidia. No resulta difícil identificar al envidioso porque posee unas características muy concretas y sencillas de ver.

En primer lugar, el envidioso siempre está enfadado con los decretos del Señor de los mundos. Todo lo que sucede le parece mal y no duda en culparle de cualquier situación. De esta manera deja de manifiesto que es un necio, ya que insiste una y otra vez en apartar al Señor de los mundos de su vida y luego se queja porque, a su juicio, no interviene en ella. Es igual que el niño que rehúye la autoridad de sus padres y luego, cuando sufre las consecuencias de su desobediencia, se queja porque su padre o su madre no se impusieron por la fuerza a su necia voluntad.

En segundo lugar, el envidioso suele ser una persona que se queja continuamente de su suerte —incluso aunque posea el más poderoso de los reinos o la más rica de las haciendas— y, por regla general, no da las gracias por su fortuna al Señor de los mundos o lo hace de mala gana.

En tercer lugar, el envidioso se dedica a buscar las faltas de aquel a quien envidia; intenta exponerlas a la luz pública; las exagera e incluso las inventa mintiendo descaradamente porque le resulta insoportable que ese mortal pueda ser más bello o más fuerte o más rico o más inteligente que él. Así, el envidioso de un hombre famoso por su arte en la seducción de las mujeres dirá que es un afeminado; de un santo al que el Señor de los mundos ha concedido la facultad de realizar milagros, dirá que obras semejantes no pasan de ser trucos o hechicería; de un sabio que es capaz de escribir docenas de libros, dirá que no son obra suya, y de una mujer virtuosa, afirmará que tan sólo es una prostituta artera que sabe esconder sus fornicaciones y adulterios.

En cuarto lugar, el envidioso oculta, ignora o minimiza las cualidades y virtudes de aquel a quien envidia. Si es erudito, insiste en que es pedante; si es trabajador, dice que es un necio que no sabe disfrutar de la vida; si es una mujer hermosa, afirma que todo en ella son afeites y vestiduras lujosas. No puede soportar lo bueno y lo hermoso en otros, y por ello lo niega o lo desprovee neciamente de su importancia real.

En quinto lugar, el envidioso no puede hablar delante de aquel a quien envidia sin saludarlo con risitas o de manera jocosa, aunque en lo más profundo de su corazón no alberga más que odio y pesar.

En sexto lugar, el envidioso está siempre buscando oportunidades para causar cualquier daño al que aborrece. Propala rumores injuriosos, inventa historias calumniosas y difunde relatos mentirosos. De todo ello obtiene un placer momentáneo y efímero, placer que desaparece muy pronto porque la envidia sigue dominándolo con la misma fuerza que un jinn.

Finalmente, el envidioso es un hombre desdichado. El resentimiento que rebosa su corazón lo hunde en la depresión, en la ira y en el pesar. A decir verdad, es el único pecado del que nunca brota satisfacción alguna —por ilícita que resulte— para el pecador.

Estar poseído por la envidia no necesariamente equivale a estar poseído por un jinn, pero rara vez constituye una situación mejor.

1

Abdallah

Al-Ándalus, algunos años antes…

Abdallah nunca pudo precisar cuánto tiempo estuvo lloran-
do bajo aquel retorcido y añoso olivo. Sin embargo, recordaba el tacto áspero del suelo, el sabor acre de la tierra mez-
clada con lágrimas y mocos en sus labios húmedos, y la dureza
desapacible del terreno. Durante un tiempo se había sentido
lleno de entusiasmo, alegre, feliz. La razón —aunque él no llegara a dilucidarla— era que había creído descubrir las claves
desconocidas que permitían entender el mundo que lo rodeaba. Escuchando a los pies de aquel mudarris, había pensado
que se le descorría el velo que cubría los espíritus lo suficiente
como para vislumbrar arcanos que nadie conocía. Esa sensación
no experimentada hasta entonces había caldeado su pecho con
una dicha inusitada. Había una explicación para todo, desde la
salida del sol hasta el canto de las aves. Había una explicación
para todo, y la mayoría, la inmensa mayoría de los mortales, la
ignoraban. Había una explicación para todo, y el mudarris se
la había ido proporcionando poco a poco. Y ahora… ahora descubría que aquel hombre era un hereje repugnante, que no
creía con todo el corazón en las enseñanzas del rasul-Al·lah,
que incluso no tenía el menor pudor en difundir las abomina-

ciones más odiosas y en defender a los maestros más dañinos y asquerosos. ¿Cómo, *ya* Al·lah, cómo había podido estar tan ciego? ¿Cómo había podido extraviarse tanto? ¿Cómo había podido creer que veía la luz cuando, en realidad, se deslizaba por el camino que conduce al abismo, donde sólo se suministra agua hirviendo y comida con sal?

En el curso de aquellas horas amargas, Abdallah pensó una y otra vez en la posibilidad de delatar al mudarris. No había duda de que era lo que tenía que hacer. Dirigirse al primer caíd que pudiera encontrar e informarle de la inmundicia que brotaba de los labios de aquel hombre. ¡Y que lo detuvieran y que quemaran sus libros y que lo descuartizaran! Sin embargo, cada vez que llegaba hasta aquella explosión de ira, algo en su interior lo retenía, lo mantenía pegado al suelo, lo sujetaba contra su voluntad de formular la pertinente denuncia. Y entonces, cual un rayo de luz que se filtra entre las últimas sombras de la noche, le vino a la cabeza una idea muy distinta. Bien considerado, aquel hombre era inteligente, era sabio, incluso…, sí, Abdallah incluso se habría atrevido a decir que era bueno. Si estaba, por lo tanto, en el error, no podía ser a causa de la mala fe sino de otras razones. Quizá su extravío se debiera, en todo o en parte, al aislamiento de otros musulmanes nobles y fieles. O también cabía atribuirlo al pesar ante lo que le había sucedido a su amigo Ibn Rush. No, por supuesto, esa circunstancia no lo justificaba ni lo exculpaba, pero en ocasiones la consternación por una desgracia impulsa al alma a decir y pensar monstruosidades. Si ése fuera el caso…, bueno, entonces, quizá…

Antes de que pudiera poner orden en sus pensamientos, se encontró dirigiéndose hacia la casa del mudarris. Cuando la vislumbró a lo lejos, le invadió la sensación de estar contemplando algo neblinoso, fantasmal, que en realidad no pertenecía a este mundo. A decir verdad, era un edificio modesto, pero de repente le pareció que estaba envuelto en una luz especial, rojiza sobre gris. Abdallah se detuvo un instante, se llevó la mano al pecho y se lo frotó, quizá para darse ánimos. Luego musitó una oración impetrando la protección de Al·lah, y a continuación cubrió la distancia que lo separaba del hogar del mudarris.

Encontró la puerta entornada, como si alguien hubiera deseado dejarla abierta y, a la vez, dar la sensación contraria. Golpeó suavemente con los nudillos la pulida jamba, pero nadie respondió. Insistió con más fuerza, pero, nada más hacerlo, se apartó amedrentado por el temor de haber llamado la atención de los vecinos. Deseó marcharse, pero apenas se había apartado un par de pasos, se dijo que resultaría una estupidez no entrar después de haber llegado hasta el final del camino. Finalmente, respiró hondo y empujó la puerta, que cedió a su impulso sin dificultad ni ruido, como si se tratara de un mecanismo extraordinariamente bien engrasado.

—¿Mudarris? —dijo mientras se adentraba al otro lado de la cancela, pero la única respuesta que obtuvo fue un silencio envolvente.

Se encaminó hacia la habitación donde Ash-Shaíj enseñaba y repitió la llamada, pero, de nuevo, no escuchó la menor respuesta. Penetró en la estancia con paso quedo. Allí no había nadie. Todo estaba igual. Libros que desbordaban los escasos muebles, anotaciones por todas partes, objetos extraños cuya interpretación y contenido resultaban prácticamente imposibles... Todo igual, aunque... En medio de aquella abigarrada vorágine, Abdallah tuvo la impresión de que distinguía algo diferente. Sí, algo... algo no estaba igual, pero ¿qué exactamente?

Giró sobre sí mismo intentando captar esa diferencia. Incluso estiró las manos como si, moviéndolas extendidas, pudieran ayudarle a descubrir aquel punto que no encajaba y que no lograba descubrir.

—Voy a volverme loco... —acabó diciendo con un tono de voz a mitad de camino entre la rabia y la desesperación—. Pero ¿quién podría captar nada en este sitio atestado de cosas?

Desalentado, se dejó caer en el suelo, apoyó los codos en las rodillas y depositó la cabeza entre las palmas de las manos. Se sentía totalmente abrumado por lo sucedido en las últimas horas, desconcertado, solo, vacío. Y ahora, como un estúpido, sí, un verdadero estúpido, estaba buscando lo que era imposible encontrar. Una vez más, un pujo de romper a llorar comenzó a subirle desde el estómago hasta la garganta. Levantó la cabeza, angustiado, y entonces lo percibió. Sí, ahí estaba. Ésa... ésa era la diferencia.

Tendió la mano temblorosa hacia un papel que estaba aislado de los libros que llenaban de manera irregular y casi opresiva todos los espacios. Sí, no se había equivocado. Aquel texto, escrito con una caligrafía delicada y elegante, que se elevaba como si quisiera alcanzar las alturas, estaba dirigido a él. Acercó la vista y comenzó a leer en voz baja:

Dilecto Abdallah. Si lees estas líneas es porque has regresado a la casa. De ser así es porque el Señor de los mundos te ha dado una nueva oportunidad de enderezar tu vida hacia la Luz que ilumina a todo ser humano. Ante ti se abren ahora dos caminos. El primero es delatarme a las autoridades para que me prendan fuego de la misma manera que lo harían con mis libros y que ya lo han hecho con las obras del insigne Ibn Rush. Si lo haces, lo comprenderé, pero al comportarte así perderías una oportunidad de aprender que podría cambiar tu vida. El segundo es examinar todo antes de condenarlo. Es lo lógico aunque —lo reconozco— no siempre es lo habitual. Lee y reflexiona.

Abdallah apartó la mirada del texto. ¿Podía ser cierto lo que se decía en él? ¿Realmente el mudarris estaba dispuesto a arriesgarse hasta el extremo de que pudiera resultarle fatal? Regresó a la nota.

Yo he emprendido un largo viaje.

¿Un largo viaje?, Abdallah volvió a interrumpir la lectura. ¿Qué era aquello de un largo viaje? ¿Adónde? Emitió algunos sonidos como si estuviera a punto de refunfuñar, pero finalmente regresó al texto.

Yo he emprendido un largo viaje. Ignoro si regresaré. Si deseas aprender, quédate en mi casa y comienza a leer todo lo que hay en ella. He tardado años en reunir esa biblioteca, y no menos años tardarás tú en conocerla. Mientras lo consigues, puedes considerarte el mayordomo que he colocado sobre todos los bienes que he dejado tras de mí. Vive de lo que hay en la casa y en el huerto como si todo fuera tuyo. Tan sólo procura administrarlo bien.

Abdallah se frotó los ojos. ¿Podía ser verdad lo que había leído? ¿Sería cierto o se trataba, en realidad, de una burla cruel? Por otro lado, si todo era real, ¿por qué lo había escogido precisamente a él? Y si, efectivamente, había sido objeto de una elección especial, ¿cómo debía interpretarla? ¿Era el Señor de los mundos el que estaba detrás de todo aquello o era el mismísimo Shaytán, empeñado en arrastrarlo por el camino de la perdición eterna, esa senda que concluiría en verse arrojado a un lugar reseco en el que sólo se ofrece agua hirviendo que no apaga la sed y donde la comida es salada y no alimenta? Respiró hondo y volvió a posar la mirada en el texto.

En la habitación de al lado encontrarás un arcón redondo. En su fondo hay algo de dinero. No mucho porque nunca me interesó acumularlo y porque me he visto obligado a llevar una parte conmigo. Si decides delatarme y no quedarte en mi casa a estudiar, aprender y seguir el camino de la sabiduría, te ruego que lo entregues en limosnas a los pobres. Si, por el contrario, permaneces donde estás, úsalo para que te ayude a dar los

primeros pasos en esta nueva vida. Ya nada más me queda por
ofrecerte. Sólo un consejo. Comienza la lectura por el pequeño libro verde que hay encima de la mesa. Lo escribí hace algunos años y reúne no poco de lo que creo con firmeza porque así lo he ido descubriendo con el paso del tiempo. Y en tu
largo camino hacia la Luz no dejes nunca de encomendarte a
ella, porque el que busca, encuentra, y al que llama, se le abre,
y al que pide, se le concede. Que el Señor de los mundos te
colme de bendiciones y permita que nos reencontremos si no
en este mundo al menos en el venidero.

Leyó la misiva por segunda vez, y a ésta siguieron una tercera, una cuarta y una quinta. Sólo cuando sus ojos hubieron
recorrido por siete veces las líneas trazadas por Ash-Shaíj, dejó
reposar el texto sobre la mesita y echó mano del librito verde.
En voz alta leyó la primera frase:

—«¡De cuánto sería consciente si conocieran el corazón
que poseían!»… Pero… pero ¿esto qué quiere decir?

Recorrió en silencio unas cuantas líneas más y, de nuevo,
volvió a leer en voz alta:

—«En el día de la marcha no ensillaron los camellos ya ma-
duros de color blanquirrojizo hasta que hubieron montado sobre ellos los pavos reales»… *Al·lah*, *ar-Rahman*, *ar-Rahim*, ¿qué
puede significar esto?

Y apenas formulada la pregunta, Abdallah se tendió cuan
largo era en el fresco suelo de la habitación, colocó el libro ante
sus ojos y con toda la atención de que era capaz comenzó a pasar las páginas.

*S*in duda, otro de los males provocados por los jinaan, y que, caso de no ser ocasionado por ellos, no es inferior al daño que pueden causar directamente, es la indiferencia. Para muchos mortales, este grave pecado no es considerado como tal e incluso aparece cubierto con velos que la confunden con la prudencia, la experiencia, la sabiduría o la inteligencia. Sin embargo, ninguna de esas cuatro cualidades tiene, en realidad, nada que ver con la indiferencia.

El mirar hacia otro lado mientras las mujeres pierden sus hijos; el no querer ver que se priva de su vida a los ancianos; el aparentar que no se sabe que las arcas del reino se vacían por la corrupción, no es un signo de prudencia. El llegar a la conclusión de que es peligroso decir la verdad; el mantener la boca cerrada ante los poderosos; el optar por el silencio frente a los fuertes, no es una señal de experiencia. No, no lo son y tampoco reflejan sabiduría o inteligencia.

A decir verdad, la indiferencia es una enfermedad letal que afecta a las partes más íntimas del alma. Se trata de una lepra que no se puede ver, que no deja cicatrices y que va desgastando, corroyendo y secando nuestro interior hasta convertirlo en algo tan insensible, rugoso y áspero como la corteza de un alcornoque.

En ocasiones esa indiferencia es provocada directamente por los jinaan, que tan sólo desean que el mortal deje de ser humano y se parezca lo más posible a una acémila. Sin embargo, en no pocos casos deriva simplemente de un corazón que decide, de manera más o menos confesa, abandonar el camino que conduce hacia las zonas más elevadas del espíritu y seguir una senda que no es ni recta ni lineal sino descendente. Por supuesto, no es fácil saber cuándo nos encontramos ante un caso o ante otro. Quizá distinguirlos no sea tan importante. Ambos tienen terribles consecuencias, las mismas que se aprecian al contemplar un huerto que pudo dar frutos sazonados y terminó convertido en un árido desierto.

2

Alfonso

Castilla, algunos años antes…

Respiró hondo, como si de esa manera pudiera hacer llegar hasta el fondo de su pecho el preciado aire que tanto necesitaba y que, cada vez más a menudo, sentía que le faltaba. Quizá otro se habría consolado diciéndose que era el rey más poderoso de España. Quizá. A él, esa posibilidad se le escapaba por completo. Seguramente algún cortesano diría que no se había recuperado desde que los almohades… ¡Ah, malditos almohades a los que Dios confundiera! Se removió incómodo pensando en aquellos guerreros venidos del otro lado del Estrecho. Sí, desde su llegada a España todo había sido llanto y desolación; pero su malestar, su falta de sueño, aquella incómoda sensación de no lograr que el pecho se le llenara de aire… todo eso venía de mucho tiempo atrás.

En ocasiones se había preguntado a qué parte de su revuelta sangre le debía aquella angustia. Por la línea paterna, más allá de la limpia sangre castellana, tenía parientes procedentes de los reyes de la Casa de Borgoña y de los condes de Barcelona, ese intrépido condado que había logrado independizarse del imperio de los francos, que hablaba un dialecto del provenzal y que, en una muestra de extraordinaria astucia política, había conseguido emparentar con el rey de Aragón. Por lo que a su madre se refería, su relación de parentesco llegaba a los reyes de Navarra y al mismísimo Cid, el héroe castellano que había vencido a los invasores de Al-Ándalus incluso después de muerto. Le costaba creer que aquellos incómodos sofocos, aquellas dolorosas opresiones en el pecho, aquellos angustiosos vértigos pudieran venir de gente que había dado una lección tras otra a los infieles o que se había descolgado de las montañas de Navarra con la pretensión de reconstruir el reino aniquilado de los visigodos.

No, su impresión era que no había nacido con esa ansiedad sino que se le había metido bajo la piel algo más tarde. Su padre, Sancho III, había muerto cuando él tenía sólo tres años. En circunstancias normales, ser hijo de un rey cuya principal misión es ir avanzando en la recuperación, palmo a palmo, de un territorio ocupado desde hace siglos por invasores ya habría significado una tarea ardua. Verse sometido a una regencia y, sobre todo, a la rivalidad de dos familias nobiliarias había significado un auténtico infierno. Para nadie resulta fácil recordar lo que fueron los primeros años de su vida. A lo sumo, quedan retazos perdidos que se relacionan con juegos, con besos maternos, con órdenes paternas, con carreras. Aquí y allá, el rostro de un compañero de juegos se entrecruza con un camino a cuya vera se ha corrido, con un aroma a pan crujiente o con la textura de un juguete, por humilde que éste sea. Sin embargo, Alfonso contaba con un número impresionante de remembranzas de aquellos tiempos primeros que habían seguido a su tercer año de vida. De una manera que le cortaba la respiración, podía ver el rostro de Gutierre Fernández de Castro, su tutor, y el de los Castro, y el de la familia rival, los Lara. Sentía, como si estuviera sucediendo en ese mismo instante, aquellas manos fuertes, inmensas, más garras que extremidades humanas, que lo aferraron y lo sacaron una noche de su cuarto para llevárselo, secuestrado como un rehén de importancia, a Haza, uno de los territorios de los Lara.

¿Había sido consciente de que él no era más que una pieza en una partida de ajedrez en que estaba en juego el reino de Castilla? No. No tenía esa impresión. Pero sí había bebido, como si fueran las gotas de una colmada copa de acíbar, innumerables instantes de amargura, inacabables días de hambre, gélidas noches de frío. Recordaba incluso la pérdida de Logroño. Tenía tan sólo cuatro años cuando la gente que lo guardaba había comentado angustiada que Logroño ya no estaba en manos de Castilla. Lo ignoraba entonces, claro está, pero mientras los Castro y los Lara arrastraban a Castilla a la guerra civil, Navarra y León se habían aprovechado de la situación para apoderarse de cualquier territorio castellano que pudiera estar a su alcance. Que el rey de Navarra —el que se había aprovechado para tomar Logroño y algunos territorios de la Rioja— era un canalla resultaba indiscutible. Que el rey de León era uno de los mayores hideputas de la época constituía un dogma tan seguro como el de que Dios se había encarnado para redimir a los pecadores. Fernando II, rey de León y tío suyo, había entrado en Burgos como si fuera suya. Difícilmente se podría haber caído más bajo, pues Burgos, además de no haber sido leonesa jamás, había forjado su historia enfrentándose con el despotismo leonés. En León podían soñar con reconstruir el reino de los visigodos que los moros habían aniquilado siglos antes, pero los castellanos, empezando por los burgaleses, veían todo de manera muy diferente. Eran hombres libres, de una tierra liberada en la que no iban a permitir ni el despotismo del islam ni el de los leoneses. Pero ¿qué le importaba la libertad a su tío Fernando? Y así, con apenas cinco años de edad, Alfonso comenzó a despertarse angustiado por las noches pensando en un tío suyo al que no había visto jamás pero que no tenía el menor empacho en robarle ciudades enteras.

Andaba por los cinco años cuando lo sacaron de su encierro en Haza. De nuevo, el sobresalto nocturno, el vestirse apresurado, el montar adormilado a caballo, el frío, el miedo, el traqueteo. No lo sabía, pero los Lara habían sido vencidos por los Castro en Lobregal y, ante el temor de que pudieran apoderarse de él, lo trasladaron a Soria. ¡Soria! Aguas frías, noches frías, comidas frías, habitaciones frías, pero, sobre todo, horas frías. Más de una vez se había preguntado si a los Lara se les pasó alguna vez por la cabeza que existía el peligro de que muriera congelado. Si así fue, no le dieron la menor importancia.

Con tan sólo siete años, su suerte cambió. Los Lara estaban tan agobiados por las derrotas, que pensaron en sacar tajada entregándolo a su tío, el hideputa leonés. Así habría sido, con los resultados más horribles que cabía imaginar, de no ser porque un hidalgo castellano se les adelantó. Claro que de todo aquello se había enterado después. En aquellos momentos sólo sintió por enésima vez la dureza de la silla de montar, el miedo de la huida y el ineludible frío. Así, mientras retenía unas lágrimas que procedían más del miedo que del dolor, comenzó una nueva etapa de su vida.

Lo que vino después fue distinto, aunque no habría podido calificarlo de grato. Implicó pasar de una villa a otra, del castillo de San Esteban de Gormaz a Atienza, de Atienza a Ávila. Pero debía reconocer que los habitantes de las villas parecían quererlo, respetarlo, protegerlo, le decían continuamente que no lo entregarían al leonés ni al navarro y que no cejarían hasta verlo en el trono. Pasó así ocho años, mes arriba, mes abajo, escuchando las mejores palabras y no creyendo casi ninguna, porque ¿quién le garantizaba que los Lara o los Castro o los leoneses o los navarros o cualquier otro no caerían sobre él una noche y lo llevarían a un lugar de donde no pudiera escapar?

Así llegó a los quince años, y con ellos, a la mayoría de edad, y con la mayoría de edad, a la coronación, y con la coronación, a su matrimonio pactado con Leonor, la fría princesa hija de Enrique de Inglaterra y de Leonor de Aquitania, la que se decía que había cabalgado con los pechos descubiertos para estimular a los cruzados a lanzarse al combate. Lo que él hubiera deseado en aquellos momentos habría sido dormir. Sí, dormir, descansar, reposar, sosegarse, todo lo que no había podido hacer durante los primeros quince años de su vida. Pero no pudo ser. Primero tuvo que desflorar a aquella princesa más parecida a un pescado del norte de Castilla que a una moza atractiva. Luego vino el preñarla, porque no hay monarquía estable sin múltiples herederos. A continuación llegaron las guerras, porque habían atacado tanto a Castilla en los años en que había sido un niño que no tenía otra salida que intentar recuperar las tierras arrebatadas por la traición.

Nunca se había hecho ilusiones sobre el carácter verdadero de los monarcas con los que había tenido que pactar o combatir. Estaba convencido de que si hubieran tenido un mínimo de decencia, de honradez, de dignidad, habrían evitado sus diferencias para lanzarse juntos contra los invasores venidos del norte de África. Pero como no era así, se entregaban continuamente a la mezquina tarea de observarse para encontrar la mejor manera de consumirse a dentelladas. Alfonso de Aragón, el denominado Casto, se alió con él no por el menor sentido de la justicia sino meramente porque le convenía asestar un golpe a Sancho de Navarra. Entre ambos lograron recuperar algunas comarcas que habían arrancado a Castilla, pero no se había hecho la menor ilusión. El Aragón que ahora lo ayudaba podía atacarlo en cualquier momento si así le convenía. Precisamente por eso buscó un cimiento más sólido para la alianza. Lo encontró en el lecho. No en el que se dedica al placer o al descanso sino en el que se dedica a forjar colaboraciones. Dispuso así que Sancha, su tía, fuera prometida a Alfonso el aragonés. No pudo suceder en mejor momento, pues los almohades hicieron acto de presencia justo por aquella época.

No era él tan estúpido como para pensar que todos los moros fueran iguales, pero sí estaba convencido —sobrado de razones, más bien— de que ninguno de ellos era digno de confianza. Su meta era engañarte, robarte, esquilmarte, y además justificaban aquella conducta señalando que sus víctimas no creían en la doctrina perniciosa de Mahoma. Sin embargo, entre ellos había algunos con los que se podía intentar convivir, si se era prudente, y otros que sólo entendían la espada. Ése era el caso de los almohades. Fanáticos y salvajes, pero también intrépidos y gallardos, no había tardado en percatarse del peligro que representaban. Lo descubrió en sus territorios y carne, los territorios suyos y la carne de sus súbditos, que eran apresados o muertos por aquellas huestes procedentes del otro lado del mar. Con diecinueve años tan sólo, se había encontrado mirando en todas direcciones en busca de guerreros que le ayudaran. No los había hallado. Los nobles del norte aún se lamían las heridas de la guerra civil y no deseaban sino ver cómo maduraban las mieses. Los clérigos insistían, como siempre, en sus privilegios, pero se resistían a poner una sola moneda al servicio de la lucha contra los infieles. Por lo que se refería a los otros reyes…, justo es reconocer que se conformaba con que no aprovecharan aquella situación para darle una puñalada por la espalda. Como siempre, hubo cuervos que aprovecharon la ausencia de águilas. Los caballeros de Calatrava y de Santiago se mostraron dispuestos a servir de parapeto frente a los moros, pero, por supuesto, exigiendo un alto precio por la colaboración de sus diestras espadas. Los de Calatrava se quedaron con la fortaleza de Zorita de los Canes y con su alfoz, y los de Santiago con la villa de Uclés. Seguramente había gente que confiaba en aquellos que colocaban una cruz sobre su armadura e incluso que, por esa circunstancia, los consideraban aún mejor. No era su caso. La experiencia le había dicho que no pocas veces detrás de las mayores cruces se ocultaba el mismísimo Diablo y que para ver las peores pasiones, aquellas que condenan irremisiblemente a los hombres al mismísimo infierno, sólo tenía que buscar a alguien que llevara un hábito de estameña o que sujetara una mitra.

Nada de aquello le había ayudado a dormir mejor ni a sentir menos angustia. Tampoco contribuyó a suavizar su ansiedad ninguno de los tres años de guerra que vinieron a continuación. Sí. Es cierto que para cuando terminó aquel trienio de sangre y fuego y humo, en la festividad de San Mateo, había entrado con sus tropas en Cuenca, pero lo que sigue directamente en horror a una batalla perdida es una ganada. Con veintidós años apenas cumplidos, ya sabía más que de sobra que, tras la victoria, no llega la paz ni mucho menos el sosiego, sino sólo un apresurado respiro encaminado a prepararse para el nuevo choque.

Habría deseado entregarse a otras tareas. Si hubiera estado en su mano, no sólo habría fundado un *Studium Generale* en Palencia sino en otras ciudades del reino, y también habría traído más trovadores a su corte y más sabios y más eruditos y más… No había podido ser. Precisamente por eso tampoco había estado en su mano dormir sosegadamente o reposar con placidez.

Respiró hondo, clavó el codo izquierdo en el lecho y se giró. Ella sí que lo conseguía. Y eso que no lo tenía fácil. Extendió con suavidad la mano y atrapó con dos de sus dedos la delgada gasa que cubría aquel cuerpo que había acariciado miles de veces sin por ello saciarse. Recorrió con la mirada los cabellos negros y ondulados que descendían por los hombros y la espalda; las caderas, anchas y redondas; las opulentas nalgas; los poderosos muslos… Últimamente ella se quejaba de que sus formas no eran tan turgentes como antes. Reprimió una sonrisa al recordarlo. En ocasiones como aquélla la vanidad femenina le parecía algo divertidamente pueril. Y, sin embargo, sin ella, sin sus maneras presumidas, sin sus conversaciones no pocas veces absurdas, sin sus caricias prolongadas, sin sus besos repetidos como las picaduras de un enjambre, ¿habría logrado dormir en paz alguna vez en los últimos años?

Otra de las acciones directas relacionadas con la influencia de los peores jinaan es la ignorancia. No se trata únicamente de que los sometidos a un jinn encargado de esparcir la ignorancia no sepan. Eso sería grave, pero, hasta cierto punto, remediable. Alguien que es ignorante siempre podría acudir a un mudarris, aprender a leer, escuchar. Sin embargo, la ignorancia sembrada por los jinaan es de otro tipo. No consiste sólo en ocultar el conocimiento verdadero sino también en esparcir un conocimiento falso disfrazado con la apariencia de sabiduría. ¿Cómo puede distinguirse la ignorancia que siembra un jinn del conocimiento? La ignorancia que inyecta el jinn posee características muy definidas y, en cierta medida, fáciles de detectar.

En primer lugar, el jinn logra que sus víctimas crean que poseen una verdad que lo explica todo. Por supuesto, cualquier persona sabe que ningún mortal puede abarcar ese tipo de verdad. Creerlo sería una necedad semejante a la de pensar que un recipiente puede contener en su interior toda el agua del orbe. La copa, el vaso, el jarro pueden ser magníficos y, por añadidura, muy grandes, pero ni lejanamente podrían albergarlo todo. Cuando alguien pretende poseer un instrumento que da explicación a todo puede ser un loco, claro está, pero también es posible que sea el instrumento de un jinn perverso. Por supuesto, esta circunstancia queda de manifiesto observando las afirmaciones pretenciosas que formulan. Supongamos —y acéptese el absurdo— que alguien, bajo el influjo de un jinn, afirmara que el mal de todo lo que sucede deriva de que el agua del mar es salada. Si el agua del mar fuera dulce —podría argumentar—, no sufriríamos las desgracias que sufrimos. En consecuencia, si la cosecha fuera mala, diría que es así porque no hubo agua suficiente y no hubo agua suficiente porque la que llena el mar es salada. De la misma manera, podría explicar un naufragio como efecto de la sal del mar, y la sed, como consecuencia no de la falta de acueductos sino de la abundancia de sal en el mar, y el hambre, como consecuencia de que no se pueda aprovechar el agua desecada del mar a causa de la sal. En apariencia, todo encaja, pero cualquiera sabe que una explicación semejante es un disparate total y absoluto. Ése es el tipo de enseñanza difundida por los jinaan como si de una verdad se tratara. Pero esa característica no es la única. Los que difunden estas falsedades que pretenden revelar la verdad de una manera que lo abarca todo y a todo responde, se empeñan además en hacerlo de manera excluyente. Nadie puede intentar dar una explicación alternativa a la sequía, al hambre o a la necesidad que no sea la sal que hay en el agua del mar. Este último aserto es una verdad excluyente y, por eso mismo, única. Finalmente, esa falsedad —que lo que busca es aherrojar a los mortales en la ignorancia— se impone mediante el miedo, la amenaza y la violencia. Así tiene que ser, porque, tarde o temprano, cualquier persona con un poco de cordura se percatará de que las explicaciones que le están dando no son ciertas o, al menos, no sirven para nada a la hora de enfrentarse con sus problemas cotidianos. Y es que detrás de ese tipo de verdad sólo hay mentira; sólo hay la dureza del corazón de los mortales convenientemente manipulada por la acción de los jinaan más despiadados; sólo hay ignorancia. Ciertamente, pocas circunstancias dejan más de manifiesto la acción de los jinaan que la extensión de la ignorancia. Y es que pocas realidades son más adecuadas para la difusión del mal en todas sus manifestaciones que la ignorancia.

3

Abdallah

Al-Ándalus, algunos años antes…

Cuando camina sobre el pavimento de cristal puedes ver un sol colocado sobra una esfera celestial en el seno de Idris.» —Abdallah hizo una pausa en la lectura. No le costaba reconocer que aquella manera de expresarse no le resultaba fácil de entender. Con todo, tenía la certeza de que, poco a poco, estaba dominando tan abstruso estilo. Por ejemplo, estaba convencido de que el sujeto de la frase que acababa de leer era la Sabiduría, que sólo puede venir del Creador y que debe buscarse por encima de todas las cosas. No le cabía duda.

—«Cuando mata con sus miradas, su habla restaura a la vida, como si, al dar la vida, fuera Isa» —siguió leyendo—. «La suave superficie de sus piernas es como la Torah en todo su brillo, y yo la sigo y continúo en sus pasos como si fuera Musa… Ha silenciado a todos los que son eruditos en nuestra religión, a todos los que han estudiado los salmos de Daud, a todos los sabios yahudin y a todos los sacerdotes nasraníes.»

Abdallah cerró los ojos e intentó poner orden a sus ideas. Si había entendido bien lo que había leído en las últimas horas, Ash-Shaíj insistía en que había una sabiduría que procedía directamente del Creador y que estaba muy por encima de lo que uno podía contemplar en las diversas manifestaciones religiosas. Había verdad —¿qué duda cabía?— en lo que enseñaban los rabinos judíos, los monjes nasraníes y los maestros del islam, pero esa verdad, sí, por amargo que resultara aceptarlo, era limitada y, en su limitación, podía incluso incurrir en el error parcial y hasta en la falsedad manifiesta. Respiró hondo. Si aquello era cierto —y le costaba inmensamente creer que así pudiera ser—, ¿dónde podía él hallar aquella sabiduría? Todavía más: ¿en qué consistía esa sabiduría cuyo origen era limpio y puro, tan limpio y puro que manaba directamente del corazón del Creador de los mundos?

Siguió leyendo y entonces sus ojos se quedaron clavados en una nueva porción del texto:

—«Ella dijo: Me maravillo de aquel amante que como muestra de sus méritos camina con orgullo entre las flores en un jardín. Yo respondí: No te maravilles de lo que ves porque te has mirado en el espejo de un hombre.»

De nuevo el amor... Ash-Shaíj insistía mucho en el amor, pero el Qur'an... Al·lah es compasivo, es misericordioso, es protector, es juez..., sí, pero ningún musulmán instruido puede creer que Al·lah es amor. A decir verdad, ¿cómo podría amarnos siendo como somos. Y, sobre todo, cómo podríamos nosotros amarle si no lo conocemos ni podemos conocerlo más allá de ciertas manifestaciones de su inmenso poder? Y, sin embargo, la Sabiduría..., ah, esa Sabiduría divina insistía en que buscaba quien la amara como alguien que entrega su corazón a su amado, de la misma manera que se narra en los relatos sobre enamorados. Pero ¿cómo... cómo podía suceder algo semejante? Y, sobre todo, ¿cómo se podía armonizar todo aquello con lo que se enseñaba en sinagogas, en kanisatun y en mezquitas?

—«Y ¿cuál es el rango del Templo en comparación con la dignidad del hombre?» —leyó y no pudo dejar de sentir que aquellas palabras eran una respuesta a la pregunta que se había apoderado de su corazón como si fuera una presa inerme. Sí, quizá no se hallaba tan lejos…

—«Mi corazón es un recipiente en el que encuentran cabida todas aquellas formas que son puras. Es pradera para las gacelas y claustro para los monjes nasraníes. Es templo para los idólatras y Kaaba para los peregrinos. Incluye las Tablas de la Torah y el libro del Qur'an. Yo sigo la religión del Amor y a donde los camellos del Amor me llevan, ésa es mi religión y mi fe.»

Esas palabras…, sí, claro, había escuchado a Ash-Shaíj pronunciarlas. Si no eran esas mismas, desde luego, se había tratado de otras muy semejantes. En aquel momento habían causado su escándalo y su horror, y sin embargo ahora…

Pasó el resto del día leyendo el libro hasta concluirlo. Al llegar a la última frase no hubiera podido asegurar que su visión fuera más clara que antes de comenzarlo y, sobre todo, ignoraba si su antiguo mudarris era un hombre noble o un sujeto impulsado por el mismo Shaytán. Amor… ¡qué idea más peregrina!

Años después, con el paso del tiempo, no habría sido capaz de decir con seguridad cuánto tiempo estuvo leyendo de manera casi ininterrumpida, deteniéndose sólo para beber unos sorbos de agua o comer alguna pieza de fruta. Pero tampoco entonces soltaba el libro; al contrario, lo sujetaba entre los dedos como si su vida dependiera directamente de ello. A aquel librito verde le siguió otro más pequeño y encuadernado en una delicada piel de color negro, y a éste uno rojizo, y a éste, a su vez, uno que carecía de tapas y prácticamente se reducía a un cartapacio de páginas sueltas.

En ocasiones, a lo largo de sus ininterrumpidas lecturas, Abdallah tenía la impresión de que comenzaba a vislumbrar una luz, diminuta, pero clara, que le indicaba el camino hacia la Verdad y, sobre todo, la Sabiduría que procede del corazón del mismo Creador. Sin embargo, otras veces, tenía la sensación de moverse a oscuras, de desplazarse a tientas, de ir a ciegas, sin avanzar un solo paso en la dirección adecuada. Con todo, poco a poco, muy poco a poco, Abdallah fue llegando a ciertas conclusiones que le parecieron jalones hacia la meta última. La primera fue que, como habían enseñado Moisés, Jesús o Muhammad, el Creador, el único Dios verdadero, había enviado distintos profetas a lo largo de la Historia. La segunda fue que esos profetas siempre se habían referido a un Dios único y verdadero. Nunca habían predicado la existencia de varias divinidades, ni habían aceptado que se rindiera culto a otro ser, ni mucho menos se habían inclinado ante una imagen que pretendiera representar a Aquel que no podía ser representado. La tercera fue que esos profetas nunca se contradecían entre sí. Era verdad que algunos de ellos enseñaban doctrinas más sublimes y puras desconocidas hasta entonces, pero éstas nunca chocaban con lo que el Creador había revelado previamente.

Una vez que concluyó que estas tres aseveraciones resultaban correctas, Abdallah sintió repentinamente que pisaba un terreno más firme y, a la vez, más resbaladizo. Sí, se dijo, la Torah de Musa, los salmos de Daud, el Injil de Isa eran ciertos, pero ¿hasta qué punto sus seguidores eran fieles a sus enseñanzas? Los yahudin seguían fielmente los mandatos de Ibrahim y de Musa al adorar a un solo Dios y al negarse a rendir culto a imágenes o a otros seres. También obedecían las enseñanzas divinas sobre el adulterio, la mentira, el robo o el homicidio. Sin embargo, al negar que Isa fuera el mesías y al volver la espalda a su revelación del Amor, se cerraban al mensaje del Creador. Algo similar podía decirse de los nasraníes. Seguían a Isa, propagaban su enseñanza y conservaban su enseñanza sobre el Amor, hasta el punto de creer que el Creador se había encarnado en un sublime acto de amor. Sin embargo, al mismo tiempo, se habían desviado gravemente de la enseñanza del Creador al rendir culto a imágenes y al inclinarse ante otros seres que no eran el propio Dios, conductas ambas que constituían gravísimos pecados. Por lo que se refería a los musulmanes…, ni incurrían en la idolatría ni rendían culto a otros seres distintos del Creador, aunque… —le dolía reconocerlo— ignoraban totalmente lo más importante de la revelación del Creador, que el único Dios verdadero es Amor, que se manifiesta a través del Amor y que sólo puede ser adorado de manera adecuada mediante un corazón amoroso. Esa enseñanza era la que Ash-Shaíj había intentado mostrarle. Si a él le había parecido repugnante era, simplemente, porque lo que le había sido enseñado antes le impedía ver con claridad.

Llegado a ese punto, Abdallah se sintió atrapado en un torbellino de sensaciones, como si se encontrara en una confusa encrucijada y soplaran vientos diferentes desde las cuatro esquinas del cielo. Así, comenzó a atormentarse pensando en cómo su apresurada necedad había obligado a Ash-Shaíj a marchar al destierro. Si hubiera estado dispuesto a escuchar, si hubiera abierto su corazón un poco, si hubiera aceptado que podía estar equivocado siquiera en parte, su mudarris estaría ahora en la casa y hubiera podido explicarle con más claridad lo que a él le había costado tanto descubrir.

A esa tortura se sumó la ansiedad de comprender que había pasado de ser un musulmán dichoso a transformarse en algo que no era capaz de definir. Si los yahudin no se hubieran negado a aceptar a otros profetas como Isa, si los nasraníes no se hubieran comportado idolátricamente inclinándose ante imágenes y rindiendo culto a Maryam y a otras criaturas, si los musulmanes no hubieran desconocido la bella —y esencial— doctrina del Amor, centro fundamental de la Sabiduría que brota del corazón del Dios único y verdadero, si cualquiera de ellos hubiera conservado toda la verdad, con ése habría arrojado su suerte. Sin embargo, hasta donde él sabía, ninguno lo había hecho.

Al llegar a ese punto, un pesar espeso, negro, hondo cayó sobre él como un manto tupido y negro que no sólo le impidiera ver sino incluso respirar. ¿Qué iba a ser de él en los próximos años? ¿Tendría que huir como había hecho su mudarris o aquel Ibn Rush del que tan bien hablaba? ¿Estaría obligado a esconderse a todas horas a la espera de que unos u otros le dieran muerte simplemente porque ni pensaba ni sentía como ellos? ¿Resultaría, al fin y a la postre, un soplo su vida porque otros no estarían dispuestos a permitir que se entendiera?

Las preguntas siguieron repitiéndose y girando en el interior de su corazón y, al hacerlo, fueron hundiéndolo en un pozo de insoportable consternación. Estiró las manos, como si pudiera aferrarse a algo, por muy desconocido que fuera, que le impidiera verse absorbido por tanta negrura. Tendió los dedos y su respiración devino cada vez más difícil, los latidos de su corazón le resultaron más dolorosos, y su boca se volvió más seca. Por primera vez en su vida sintió lo que era la muerte. Comprendió que era una ruptura absoluta, brutal, completa con lo que había vivido hasta ese momento, pero aquella comprensión apenas duró un instante. De repente, en medio de la total opacidad en que estaba inmerso, percibió un punto de luz. Diminuto, brillante, esperanzador, horadó la oscuridad total y pareció dirigirse hacia un lugar situado en su pecho. Entonces todo sucedió con una rapidez inusitada. La luz se amplió y él captó una silueta y supo a quién pertenecía y sintió que *algo* tocaba su corazón y que *algo* era limpiado y que *algo* se rompía y que *algo* derramaba un extraordinario calor que se extendía por todo su ser. En ese instante, que pudo durar un segundo o toda una era de la inacabable eternidad, percibió que el Amor lo había alcanzado y que era verdadero y que ya no tenía preguntas sino únicamente certezas relativas a una realidad superior a lo que pudiera explicar el sabio más elocuente.

Otra muestra indiscutible de la acción de un jinn o de varios es la cobardía. El hecho de oponerse al mal exige no ser cobarde. Pues bien, cualquier jinn intentará introducir el miedo en el corazón de los mortales. En primer lugar, utilizará el miedo a la muerte —algo, si bien se mira, absurdo, puesto que todos hemos de morir—, el miedo a la enfermedad, el miedo a la pobreza, el miedo a la vergüenza, el miedo al ridículo, e incluso el miedo dirigido hacia nada en concreto. Atenazado, paralizado, amordazado por la cobardía, el mortal no abrirá la boca, no moverá un dedo, no dará un paso para enfrentarse con el mal. En ese sentido, la cobardía es un instrumento privilegiado de ayuda a la ignorancia. Estoy convencido de no errar si afirmo que un reino cuyos habitantes se encuentran sometidos a la ignorancia y a la cobardía es un reino sometido a la acción de los jinaan. En ese reino sería posible quitarles la vida a los niños, arrancar a los hijos de sus familias, asesinar a sus ancianos, y muy pocos se atreverían a indicar que no están de acuerdo con las citadas iniquidades.

Debo, no obstante, formular una última observación sobre la cobardía. En ocasiones ésta es pasiva, callada y reticente; pero, en otras, es activa, agresiva y violenta. No pocas veces los cobardes se doblegan bajo los tiranos no limitándose a obedecerlos sino golpeando también en tumulto a los que dicen la verdad; escupiendo sobre los que sí protestan frente a la iniquidad o maldiciendo a los que pretenden vivir con decencia. Quizá sea ésa la peor forma de cobardía, la del grupo que, como un miserable rebaño de fieras enfurecidas, arremete contra los que muestran la realidad desnuda. En ellos se ve, mejor que en ningún otro, la acción de los jinaan más perversos.

4

Alfonso

Castilla, algunos años antes…

Apartó la mirada de la mujer y, con cuidado de no desper-tarla, se incorporó y abandonó el lecho. Un escalofrío re-corrió todo su cuerpo cuando las plantas de sus pies se posaron sobre las gélidas baldosas de la alcoba. Instintivamente, cruzó los brazos sobre el pecho y se frotó con fuerza los hombros y lue-go los codos. Caminó unos pasos y echó mano de un ropón blanco que reposaba en el brazo de un sillón. Lo alzó sobre la cabeza, dejó que se deslizase sobre su cuerpo y, por un instan-te, se complació en el extenso abrigo que le proporcionaba la gruesa prenda.

Una nube grisácea se desplazó en el cielo y permitió que la plateada luz lunar asaltara la espalda de la mujer. Era hermosa. Sí, lo era a pesar del transcurso de los años, pero no era eso lo que más le importaba a Alfonso. Lo que más apreciaba en su cercanía era que podía hablar con ella y comer sin otro deseo que comer y folgar sin más ansia que la de folgar. No era una mujer desinteresada —¿había alguien en este mundo que lo fuera? ¡Desde luego, no los obispos ni los caballeros de las ór-denes!—, pero sus pretensiones le parecían de lo más modestas en comparación con las de otra gente que le recordaba continuamente cuánto lo amaban y reverenciaban y obedecían. A fin de cuentas, ¿qué le pedía ella? Poco, muy poco. En ocasiones, aparte de desear que cenara con ella tranquilamente o que pasara en su lecho unos días y no tan sólo unos instantes, había intercedido para que no golpearan a los judíos en las calles, no les quemaran los comercios, no los expulsaran de alguna población… Por regla general, Alfonso creía que le había concedido lo solicitado, y no, como decían los maliciosos, porque yaciera con él, sino por la sencilla razón de que creía que los judíos no causaban ningún daño. Entendámonos. Tampoco es que los considerara seres de moral acrisolada y conducta intachable. Había de todo, como en todas partes, pero en lo que se refería a robar, sabía que, por ejemplo, en la recaudación de impuestos, eran mucho más de fiar que un clérigo o un obispo. Le constaba que esa prueba la había hecho más de uno de sus nobles. Presionado por los gritos de algún fraile, había arrancado de manos judías la recogida de gabelas y la había depositado en otras con acentuado olor a incienso eclesial. El cambio no había superado el año de duración. Al cabo de entre tres y seis meses, los judíos volvían a rendir servicios al rey, al conde o al cardenal por la sencilla razón de que eran más competentes y, sobre todo, robaban mucho menos, si es que lo hacían. Devolverles el favor no constituía una muestra de magnanimidad sino de mero sentido común. ¡Dichosos judíos! Hasta en ellos tenía que confiar para dormir.

No podía decirse lo mismo de los seguidores de Mahoma. Ésos eran sólo un peligro a la espera del mejor momento para saltarte al cuello.

¿Qué edad tenía entonces? ¿Veintidós? No, algo más. Quizá veintitrés o incluso veinticuatro. Fue cuando llegó al acuerdo de Cazola con el aragonés. Hubiera deseado que Alfonso II de Aragón se comprometiera a colaborar en la lucha contra los moros. Ni por asomo. El aragonés tenía sus ojos puestos en otra parte. Dónde exactamente sólo lo sabía Dios. Tras mucho hablar, tras mucho discutir, tras mucho gastar saliva, lo más que había aceptado Alfonso II era que Castilla acometiera por su cuenta la reconquista del reino moro de Murcia y a cambio —por eso de que en otra época lo había ambicionado— que Castilla renunciara a los derechos de vasallaje que tenía sobre el rey aragonés. Cualquiera sabía cómo los cronistas relatarían en el futuro semejante acción, pero la realidad era que Aragón renunciaba formalmente a un territorio, Murcia, que ni era suyo ni podía conquistar; que Castilla asumía poner en solitario el oro y la sangre necesarios para la empresa y que, como muestra de generosidad sin compensación, renunciaba a que Alfonso se reconociera, como era de derecho, como vasallo.

Los años siguientes —años en que sólo había conseguido conciliar el sueño cuando escapaba a Toledo para descansar al lado de la judía que en esos momentos dormía a pocos pasos de él— habían transcurrido en un intento tras otro de ir forjando una alianza firme con los otros reinos cristianos para evitar que los almohades los tomaran desprevenidos. Primero había tenido que ir recosiendo poco a poco a los nobles castellanos como adorno de su manto regio. Eran ambiciosos, egoístas, orgullosos, soberbios… Sí, eso y más, pero acabaron aceptando porque los convenció de que la Rioja tenía que ser recuperada. Los navarros fueron derrotados en toda regla por los caballeros de Castilla. Que su reino era, con mucho, lo mejor de aquella España dividida no admitía discusión, pero tampoco podía cuestionarse que, por sí solo, no tenía la menor posibilidad de derrotar a los almohades.

El principal problema le vino —como siempre— de las tierras frías y turbias de León. Nadie que supiera cómo se habían desarrollado aquellos años pondría en duda que su tío había sido el peor hideputa con el que había tenido la desgracia de cruzarse en sus primeros días. Su primo Alfonso IX no había sido mucho mejor. Se habían reunido en Carrión de los Condes a la muerte del leonés Fernando, y entre libaciones continuadas y pingües asados, se habían prometido llegar a un acuerdo de buena voluntad. Al cabo de unos meses, los campos estaban empapados de sangre castellana y leonesa. Él deseaba una campaña corta, pero aquella guerra duró seis años. León atacaba, Castilla contraatacaba; León se retiraba, Castilla recuperaba los territorios que habían sido arrebatados cuando él era un niño amedrentado que pasaba frío en poder de los Lara. Al final llegaron a una solución salomónica. A cambio de devolver las tierras recuperadas, casaría a su hija Berenguela con el rey de León y si éste moría sin descendencia, León formaría parte de la corona de Castilla. Todo podía acabar bien. O mal. En cualquier caso, era impensable mantener seis años más una situación de guerra como aquélla; los almohades estaban cada vez más asentados, ya no eran simples aliados de los reyezuelos moros y no tenían la menor intención de retirarse al otro lado del Estrecho. Todo lo contrario. O mucho se equivocaba o su propósito era remontar valle tras valle hasta alcanzar el mar, como Tarik y Muza habían hecho casi cinco siglos atrás.

Justo lo que había sucedido entonces… el califa de los almohades había cruzado el Estrecho para desembarcar en Tarifa. No se había dirigido contra las tierras de Aragón —¿por qué iba a hacerlo si Aragón no deseaba combatir a los moros ni aunque los tuviera pegados a sus fronteras?— sino directamente contra el territorio de la corona de Castilla. Él había intentado que León, Navarra y Aragón lo ayudaran; no mucho, cierto era, pero al menos sí lo bastante como para contener a los almohades en un primer momento. Los tres reyes le dieron buenas palabras. Ya se sabe, ese tipo de referencias a la fraternidad que existe entre los reyes, a la Historia común, a los intereses mutuos… Las declaraciones —deseaba ser ecuánime en su juicio— no estuvieron mal, pero la ayuda real fue absolutamente nula. A mediados del mes de julio, con un sol que parecía plomo fundido cayendo sobre sus tropas —sí, sus tropas, pues no hubo un solo peón de las de los otros reyes—, se encontró frente a frente con los almohades en un lugar llamado Alarcos. Había reconstruido mentalmente aquella batalla una y otra y otra vez. Con seguridad, podía indicar con los ojos cerrados cada movimiento que habían dado sus infantes, sus caballeros, sus portaestandartes. Hacía ya mucho tiempo que había llegado a la conclusión de que cualquier variación sobre aquella estrategia habría dado los mismos resultados; es decir, la derrota aplastante que le habían infligido los almohades era inevitable.

Fue como si sobre un puñadito de sucias moscas se hubiera derramado una vasija de miel o como si sobre unos granitos de sal se hubiera precipitado un ánfora de aceite. No fue posible resistir por la sencilla razón de que la superioridad numérica de los almohades era abrumadora. Durante los inicios de aquel pavoroso combate, los castellanos lograron deshacer alguna de sus cargas, provocar aquí y allá un leve retroceso, imponer su dominio en ese o en otro sitio, pero no era más que la calma tensa que precede al desastre. Mientras sus filas se iban descuajando bajo el efecto de un embate tras otro, las de los almohades parecían cada vez más sólidas, como forjadas en una piedra negra y berroqueña. El sol no había comenzado a ponerse cuando la catástrofe era ya imposible de negar.

La retirada se llevó a cabo bajo un tupido diluvio de flechas africanas y el acoso incesante de las inagotables huestes almohades. Quizá se equivocara, pero tenía la sensación de que no había habido un solo instante en que hubiera dejado de escuchar los alaridos, los gritos, los aullidos de sus hombres, que caían heridos y muertos en el fútil intento de retirarse a salvo. Él mismo había sido uno de los pocos, poquísimos, que habían escapado a la muerte o a la cautividad aquel terrible día de julio.

Lo que siguió después había resultado pavoroso. Durante días, huyeron sin dejar de mirar a sus espaldas, temerosos de que un nuevo ataque almohade les arrancara la vida. Estaba seguro de que en el curso de aquel repliegue había espoleado su caballo entre sueños e incluso algunos de sus hombres le confesaron que habían caminado dormidos, en la seguridad de que, de haberse detenido, ya no habrían regresado del sueño vivos. Al fin y a la postre lograron llegar a sus líneas, pero… se llevó las manos a los ojos y se retiró las lágrimas que habían comenzado a rebasarle los párpados. Lo que sucedió a continuación le resultaba conocido, pero no por ello menos horrible. Primero sintió un peso sobre el pecho, como si se lo estuvieran oprimiendo entre dos lajas de metal colocadas en la espalda y el torso. Luego vino el frío, aquel frío húmedo e inhumano que, apenas le había arrancado unos escalofríos, se transformaba en un calor que se enroscaba en torno a sus orejas. Finalmente, la sensación de que le faltaba el resuello, de que todavía era capaz de respirar, pero que, de un momento a otro, caería asfixiado.

—Raquel… —musitó mientras estiraba la mano hacia el lecho donde dormía la mujer que no parecía escuchar cómo pronunciaban su nombre. Por el contrario, sin despegar los párpados y con gesto perezoso, se dio la vuelta en la cama y continuó durmiendo boca arriba.

En otras circunstancias, el rey de Castilla hubiera recreado su mirada en la visión de los pechos redondos, el vientre voluptuoso y el poblado pubis de la judía. En ese momento, sin embargo, no necesitaba a la amante complaciente sino a la mujer que podía sanarlo.

—¡Raquel! ¡Raquel! —insistió con un hilo de voz que sonó agudo y metálico, como si procediera de un clarín militar.

Esta vez la judía sí oyó el imperativo ruego de su regio amante. Abrió los ojos sobresaltada, se sentó de un brinco y clavó la mirada en Alfonso. Pero éste ya no alcanzó a verla. Yacía desplomado en el suelo con las manos tendidas hacia el lecho.

*D*ado que el carácter de los jinaan resulta extremadamente perverso y peligroso, parece innegable que el bienestar común exige que haya gente dispuesta a enfrentarse a ellos y a neutralizar su sendero de maldad. Sin embargo, a pesar de lo indispensable de ese oficio, hay que admitir que no es tarea fácil. Por supuesto, son muchísimos los que evitan entrar en esa lid por ignorancia, por fanatismo o por cobardía. Con todo, algunos deciden hacerlo. De éstos, no pocos emprenden semejante tarea por deseo de ganancias o por soberbia. Ambas motivaciones son inicuas e impiden de manera radical que los que están presos de ellas puedan ayudar a nadie. Me consta que algunos personajes codiciosos o vanidosos se ocupan de esta tarea, e incluso hay quien dice que obtienen buenos resultados. Sin embargo, debo decir con absoluta claridad que en esos casos los jinaan nunca son vencidos: simplemente lo fingen. En realidad, mantienen su control no sólo sobre sus víctimas sino también sobre los que, supuestamente, los han derrotado. A decir verdad, éstos, por regla general, sufren profundamente —aunque no suelen contarlo— porque se saben, a su vez, atormentados por los jinaan.

La persona que acepte la misión de enfrentarse con los jinaan debe contar con cualidades muy concretas e irrenunciables.

La primera de las condiciones indispensables para combatir a un jinn es la pureza de corazón. El mortal que asuma tal tarea no debe *buscar su propio engrandecimiento, ni su fortuna personal, ni la fama. Por el contrario, lo que debe empujarle a la acción es su amor al Señor de los mundos y su amor a los que sufren. Si uno carece de esa limpieza de corazón, no debería emprender la lucha contra un jinn, pues las brumas que llenan su espíritu serán utilizadas en su contra y, pensando vencer al mal, sólo será sometido a su dominio.*

5

Abdallah

Al-Ándalus, algunos años antes…

Para Abdallah, relatar con un mínimo de orden y coherencia lo que aconteció en los años siguientes podía ser una tarea extraordinariamente fácil o absolutamente imposible. Tras aquella noche, su vida había cambiado por completo, de eso no cabía duda. Una fuerza desconocida, una claridad inusitada y una valentía inesperada se apoderaron de él. Veía el mundo de manera radicalmente diferente, y esa visión le impulsaba a vivir de una manera que no era la que seguían los demás. Sabía, y sabía de una manera que no se comunica, no se aprende en los libros, no se transmite…, porque todos esos caminos son sólo senderos previos al conocimiento del que él ya disfrutaba. Ahora contemplaba los ritos, escuchaba las predicaciones, leía los manuales de shariah y le parecían pálidas y desvaídas aproximaciones a la verdad, cuando no peligrosos obstáculos para descubrirla. Sin embargo, aquella circunstancia no le amilanó ni le intimidó. Se dijo con resolución que podía vivir en la sombra enseñando a los que buscaran de todo corazón al único Dios verdadero. Eso —a fin de cuentas— era lo que había intentado hacer Ash-Shaíj, y él, con su estúpida cerrazón, había impedido. No estaba dispuesto a caer en el mismo error. No. Acudiría a las oraciones de la mezquita, guardaría el ayuno del ramadán y cumpliría las exigencias externas de la shariah. Pero también hablaría con yahudin y nasraníes y, en todos y cada uno de los casos, se limitaría a observar a la búsqueda de otros ávidos por conocer la verdad y a esos pocos les revelaría todo.

Sin embargo, aquel plan resultó mucho más fácil de concebir que de llevar a la práctica. Es cierto que con el paso del tiempo —que no tardó en ir convirtiendo los días en semanas, las semanas en meses y los meses en años— Abdallah pudo ganarse la vida sin dificultad. Además de escribir libros de poesía, era conocido por ciertas peculiaridades curiosas, como su insólita capacidad para interpretar sueños, su conocimiento poco común de remedios para poder dormir, o su prodigiosa memoria para recordar detalles peregrinos relacionados con pueblos lejanos y prácticamente desconocidos. Así acabó reuniendo a su alrededor a un pequeño grupo de personas que deseaban escuchar sus palabras. Sin embargo, a partir de ahí, nada salió como había imaginado. En contra de lo que había creído, descubrió que nadie, absolutamente nadie, deseaba conocer la verdad.

En términos generales, todos los hombres podían dividirse en dos grupos: el de los convencidos y el de los desengañados. Los primeros no estaban dispuestos, bajo ningún concepto, a examinar las bases religiosas sobre las que sustentaban su existencia. Cuando había hablado con uno de los yahudin y le había señalado que Isa era, en verdad, el mashíaj que Israel había esperado durante siglos, o cuando había departido con un nasraní y le había sugerido que no podía rendir culto a Maryam por la sencilla razón de que semejante acto sólo podía tener como destinatario a Dios, ambos habían respondido con la misma suficiencia: ellos sabían la verdad porque pertenecían a esa religión, y no él, que a fin de cuentas era un extraño. Acto seguido, los dos se empeñaban en negar lo evidente. El primero rechazaba que las profecías sobre el mashíaj se hubieran cumplido por decenas en Isa, y el segundo insistía contra la lógica más elemental en que el rendir culto a Maryam —o a tantos otros— no iba en contra de la prohibición de rendir culto a cualquiera que no fuera Dios. El argumento no pasaba de ser una excusa tan necia como la del adúltero que dijera que acostarse con un varón no era perpetrar adulterio porque no había engañado a su mujer con otra hembra. Abdallah no tardó en descubrir que aquellas gentes nunca encontrarían la verdad por la sencilla razón de que ni la buscaban ni la amaban. De haber nacido en otra época y en otro reino habrían practicado cualquier otra religión, y la que ahora seguían tenía más que ver con su deseo de no complicarse la existencia que con el de adherirse a la verdad. Creían sin razón, y no habría razón que los llevara a dejar de creer. Su fe —¿por qué no llamarla así ya que creían en algo que no se veía?— era dura y sólida, pero carente del menor punto de contacto con el Dios que él conocía y que deseaba comunicar Su Amor.

Sin embargo, no todos los que profesaban una religión tenían creencias tan firmes. También abundaban los que, en lo más profundo de su corazón, habían dejado de creer. La estupidez y el fanatismo de los rabinos, de los sacerdotes y de los ulemas habían sacudido la seguridad que habían tenido tiempo atrás. Casi todos ellos querían creer en algún dios pero no podían aceptar que los que decían ser sus representantes tuvieran algo que ver con la Divinidad ni con cualidades tan claramente humanas como la compasión y la misericordia. Por supuesto, llevaban a sus hijos a circuncidar o a bautizar, acudían a la mezquita y jamás se habrían casado fuera de la religión que practicaban. No creían, pero tampoco deseaban perder la protección social que aquel tipo de prácticas les proporcionaba. ¿Por qué correr el riesgo de perder al cónyuge o a los hijos? ¿Por qué arriesgar el trabajo o el negocio? ¿Por qué dificultar su ascenso en la corte? ¿Por qué no disfrutar del aprecio de los vecinos? No. Sabían en muchos casos lo que no era verdad, pero ni se apartarían de ello ni buscarían lo verdadero.

Y así fue como Abdallah descubrió con creciente horror que la mayoría de sus contemporáneos ni buscaban al Creador de los mundos, ni amaban la Verdad, ni pretendían alcanzar la Sabiduría, sino que preferían continuar sumidos en la seguridad de lo falso, chapotear en la comodidad del engaño o sobrevivir gracias a la cobardía del silencio. Y al llegar a esa conclusión, Abdallah percibió cómo su corazón, incapaz de entender, se veía sumergido en un pesar indescriptible.

Había soñado docenas de veces con tener amigos, verdaderos hermanos, con los que compartir la Sabiduría, con los que hablar del Creador, que era Amor, y con los que experimentar ese Amor en cada pequeño detalle de la vida. Descubrió entonces, con un dolor creciente, que esa posibilidad no le era dada. Abdallah se negó a aceptar semejante realidad e incluso intentó compensarla dedicando más tiempo a visitar a los menesterosos, a atender a los necesitados y a procurar mejorar la suerte de los enfermos. Descubrió entonces que todas aquellas conductas, a pesar de que aliviaban algo el dolor que existía en el mundo, no cambiaban en absoluto la naturaleza de los mortales. El mendigo que recibía un pedazo de pan, por regla general, no pensaba en compartir con otros sino que, por el contrario, pensaba que había recibido poco, que el que había ejercido la caridad con él era un avaricioso y que alguien —cualquiera, el que fuera, pero nunca él— tenía la culpa de su situación. No era muy distinta la postura del enfermo. Si estaba en su mano, esclavizaba a sus familiares con insólita y cruel tiranía, y, por supuesto, nunca pensaba que recibía la atención suficiente. Por lo que se refería a aquellos que eran objeto de alguna desgracia nacida en el seno de la naturaleza…, había visto el resultado de inundaciones y epidemias, de pestes y hambrunas, y casi nunca había escuchado a alguien que se atribuyera una parte de la responsabilidad en lo sucedido. Si nadie había previsto la posibilidad de que un río se desbordara, no se pensaba en esa negligencia sino en que quizá algún wasir no se había comportado como debía o en que Dios había lanzado un castigo terrible. ¡Qué raro era que alguien considerara que una minúscula partícula de culpa pudiera recaer sobre él!

Fue así como, de manera paulatina pero segura, se percató de que el mal —y no el bien— fundamentaba la conducta de los mortales. El rencor y la envidia, la estupidez y el egoísmo, la codicia y la soberbia, la vanidad y la ceguera, el fanatismo y la ignorancia, la ingratitud y la cobardía eran las características que definían a los seres humanos en mayor o menor medida y que explicaban más que sobradamente lo que sucedía a cada hora del día en cualquier lugar del mundo.

Había deseado Abdallah abrir su corazón a todos, pero, poco a poco, casi siempre de manera dolorosa, comprendió que debía cerrarlo, a menos que estuviera dispuesto a permitir que saquearan cuanto guardaba en su interior con la misma ausencia de delicadeza con la que unos cerdos pisotearían unas rosas colocadas ante su paso. ¡Cuántas veces se topó con que los que decían amarlo tan sólo deseaban obtener algún beneficio, los que se le confesaban fieles lo abandonaban si alguien ofrecía más y los encargados de custodiar su bienestar tan sólo ansiaban el beneficio de su posición privilegiada!

A lo largo de los años, mientras sus poemas y sus libros ganaban en celebridad —que no en comprensión—, mientras las personas más diversas se acumulaban a su puerta buscando la interpretación de sus terribles pesadillas, mientras los necesitados le suplicaban alivio para su dolor, mientras buscaba en vano —aunque ocasionalmente se produjo el espejismo— una mujer con la que compartirlo todo, tan sólo dos personas habían dado muestras de una desprendida y absoluta generosidad. Las dos eran mujeres. Las dos habían aparecido sin llamarlas. Las dos seguían en su vida. Las dos significaban sendos problemas que no sabía cómo remediar.

La primera era Uarda, a la que había conocido de manera tan inesperada como casual. Una mañana, cuando recorría el suq, uno de los libreros le había indicado con un gesto malicioso que una mujer situada a pocos pasos estaba interesada en uno de sus volúmenes de poesía.

—Sayidi, ¿ves a esa mujer? Acaba de adquirir uno de tus libros…

Abdallah dirigió la mirada hacia el lugar señalado por el tendero. Al ver que la mujer llevaba el rostro cubierto por un velo sintió cierta desilusión. Su figura, incluso oculta bajo un holgado vestido negro, le parecía hermosa, pero ¿cómo ir más allá de la imaginación? Si al menos hubiera podido observar su perfil… Fue entonces, en el momento en que estaba a punto de apartar la vista, cuando todo cambió. La mujer se acercó el volumen a los ojos, como para poder leerlo mejor, y luego, disgustada, meneó la cabeza. Repitió el gesto una, dos, tres veces, con una irritación creciente. Finalmente, con un gesto de ira, se apartó el velo de la cara y volvió a acercarse el libro a los ojos. Pero a Abdallah no le importaba si aquella mujer leía ahora mejor o peor. Lo que tuvo el efecto de apoderarse de su corazón fue aquel rostro inesperadamente descubierto. Orlada por unos cabellos ondulados de color castaño, la cara de esa mujer constituía una suma armoniosa de facciones extraordinariamente hermosas.

Abdallah habría deseado ser capaz de controlar sus sentimientos, pero descubrió que semejante empeño se hallaba fuera de su alcance cuando la mujer se volvió hacia él y sus labios dibujaron una sonrisa que se le antojó tan luminosa como una ráfaga de blancos rayos de luna. ¿Cómo era posible que nadie le hubiera hablado de aquella hembra tan regalada por el Creador de los mundos de una y mil bellezas? Echó a andar y no se detuvo hasta encontrarse a unos pasos de ella.

—Podría desear que la luna me regenerara con su luz de plata, pero ¿de qué me serviría si tus pestañas se trenzan para impedir que vea tus ojos?

La mujer abrió la boca, atónita por lo que acababa de escuchar. Por un instante, Abdallah temió haberse precipitado en su comportamiento, pero cuando ésta bajó la mirada y volvió a sonreír, evidentemente complacida, sintió que había surcado el camino adecuado.

—Miras mis ojos enrojecidos. Así se hallan no por el vino sino por las heridas que le han causado los dardos arrojados por tus pupilas.

Esta vez la mujer logró a duras penas contener la risa. Sí, era obvio que se sentía agradada.

—Veo que te gusta la poesía y no lo entiendo. ¿Acaso el ruiseñor pierde el tiempo escuchando al tañedor de laúd?

Tuvo que enhebrar tres o cuatro poesías improvisadas antes de que la mujer aceptara recibirlo. Se manifestó dispuesta a invitarlo a comer, pero sólo a condición de que la obsequiara con alguno de los libros que había escrito. Abdallah se dijo que no era mal trato. Cuando llegó a la casa, ya había averiguado que se trataba de una viuda joven y sin hijos llamada Uarda. Pisaba —quiso creer— un terreno más que firme para expugnar cualquier resistencia. De hecho, apenas habían despachado un par de platillos, deliciosamente condimentados, cuando le planteó de manera directa, aunque cortés, la posibilidad de que fueran amantes.

—No… no es necesario… —acertó ella a balbucir mientras Abdallah se preguntaba repentinamente si no se habría apresurado en demasía al exponer sus pretensiones—. Quiero decir, sayidi, que me basta con escucharte, con leer tus poesías, con observar tu delicadeza…

—*Naam* —aceptó Abdallah—. Ciertamente no es indispensable que nos convirtamos en amantes. Nuestra comunión puede ser meramente espiritual. ¿Quién podría dudarlo?

Abdallah hablaba de todo corazón porque creía en lo que le había enseñado años atrás Ash-Shaíj. No se había expresado con hipocresía. Sin embargo, aquella misma noche, el deseo de ambos fue más poderoso que cualquier otra consideración y Uarda se entregó a Abdallah. Para ambos se trató de un descubrimiento ardiente que les encendió hasta el último rincón de la piel. Abdallah nunca había conocido una mujer tan hermosa, y durante las siguientes semanas se dedicó a ella de manera total. No hubo parte de su cuerpo que no modelara con sus besos, que no cantara con sus poesías, que no acariciara con una mirada incansable. Y así, poco a poco, en lo más íntimo de su ser fue creciendo el deseo de mantener a aquella mujer a su lado hasta el momento en que la Desanudadora de destinos viniera a buscarlo.

Como si administrara una medicina que requiere una cuidadosa dosificación, Abdallah comenzó a inocular en el corazón de Uarda lo que llevaba años atesorando en lo más hondo de su espíritu. Se trató de una tarea extraordinariamente cuidadosa, tan afiligranada como la obra de un platero y tan prudente como la intervención de un cirujano. Le fue exponiendo la necesidad de una religión del corazón, la insignificancia de las formas, la esencia del amor en la relación con un Dios que sólo podía definirse por el amor... Pero Uarda, que era una muestra indiscutible de cómo la belleza podía reunirse en el interior de un cuerpo de la misma manera que una vasija puede guardar el más delicioso licor en su seno, no logró entender a Abdallah. Ni siquiera se acercó a vislumbrar los rudimentos de sus creencias. Lo amaba, por supuesto. Incluso, en cierta medida, habría podido afirmar sin mentir que lo quería como a ningún hombre al que hubiera conocido antes. Ansiaba entregarse a él y habría permanecido en sus brazos no horas sino días y semanas experimentando un vuelco tras otro de unos sentimientos que unas veces le parecían un estallido de vida, y otras creía sentirse desplazada hasta un lugar cercano a la extinción y la muerte. Pero por lo que se refería a aquellas doctrinas que daban sentido a la existencia de Abdallah, la verdad era que no entendía por qué debía dedicarles un solo instante.

No es que las despreciara —lo cierto era que deseaba encontrarles algún interés—, pero no alcanzaba a descubrir la necesidad de adentrarse en aquellas honduras.

Un día, Abdallah acudió a su casa y le propuso matrimonio. Sin embargo, formuló su ofrecimiento en términos muy especiales. Contraería matrimonio con ella y la convertiría en su compañera para toda la vida si aceptaba ejecutar algunos cambios en su vida, cambios que, al fin y a la postre, significarían asumir su visión de la existencia. Uarda lo escuchó primero con sorpresa y luego con estupor. Ciertamente, Abdallah parecía realmente interesado en aquel trato, pero a ella no le resultaba de tanta relevancia.

—Abdallah —le interrumpió Uarda—. Yo nunca te he pedido nada… Y, a decir verdad, no quiero nada. Me conformo con que nos veamos, con que nos acariciemos, con que nos amemos. El resto…, bien, si a ti te parece importante… sin duda, debe de serlo, pero yo…

Aquella conversación tuvo como efecto inmediato desentrelazar una relación que hasta entonces había sido la de dos amantes apasionados que podían convertirse en marido y mujer, y la transformó en la unión cada vez más laxa de dos seres que habían descubierto que el único punto en común que existía entre ellos era el lecho. A partir de aquel día, los encuentros entre Abdallah y Uarda se fueron haciendo cada vez más distantes y espaciados. En varias ocasiones Abdallah se empeñó incluso en ponerles fin. Era obvio que, unido a Uarda, nunca podría subir a las alturas en las que no había dejado de soñar durante años. Sin embargo, el deseo de tener entre sus brazos aquel cuerpo incomparablemente hermoso lo acababa venciendo y volvía a ponerse en contacto con la mujer. Entonces, por unos instantes, le parecía sentir de nuevo toda la belleza sublime que había tenido sujeta a su mirada y a las yemas de sus dedos en el pasado. Pero la sensación, al fin y al cabo, se revelaba dolorosamente fugaz, y cada vez que se despedía de Uarda se prometía que nunca más volvería a llamarla a su lado.

El doloroso pujo de asfixiante soledad que aquellos encuentros le provocaban se habría convertido en un tormento insoportable de no ser por una circunstancia que entró en su vida de la manera más inesperada. Lo hizo bajo la forma, extraordinariamente pálida y suave, de una esclava que atendía al nombre de Qala.

*L*a segunda condición indispensable para poder enfrentarse con un *jinn es estar plenamente sometido al Señor de los mundos. No me refiero con esta afirmación a ser religioso. No pocas veces la religión y los que la siguen están controlados de manera directa por un tipo de jinn especialmente maligno. La sumisión debe estar dirigida no a un maestro espiritual, una religión o un grupo religioso sino, de manera directa y sin mediador, al mismísimo Hacedor de todo. Ningún ser humano que no esté dispuesto por completo a dejar que toda su vida discurra por los cauces marcados por Él puede siquiera intentar enfrentarse con un jinn.*

Sería tan absurdo como salir hacia el campo de batalla aferrado a una bandera, pero, a la vez, desnudo e inerme. La apariencia puede llegar a ser impresionante —¿quién lo duda?—, pero frente a un enemigo de envergadura, ¿qué resistencia se puede oponer sin armas, sin coraza y sin escudo?

Por esa razón, los mortales que caen en la soberbia, que chapotean en la inmundicia del adulterio, que manchan su alma con la espantosa suciedad del culto a las imágenes, que se apoderan de la propiedad de otros, que privan de su vida a sus semejantes, que mienten, todos esos mortales y otros semejantes no podrían enfrentarse con un jinn por muy nobles que fueran sus intenciones. De hecho, si lo hi-

cieran, correrían un riesgo real de verse reducidos a cenizas, de caer en la locura más horrible que pueda imaginar el hombre o de sumirse en terribles enfermedades que le consumirán los huesos, la carne y la sangre.

6

Ahmad

Al-Ándalus, finales de 1211

Durante meses, Ahmad había oído hablar de las incontables delicias de Al-Ándalus. Los que habían cruzado en otro tiempo el Estrecho insistían en que aquella tierra era un pedazo del Dar-al-Islam que podía rivalizar por su inconmesurable belleza con las insólitas bendiciones que esperaban a los musulmanes en la otra vida. Basado en aquellas afirmaciones, el joven se había entregado a no pocas fantasías, pero, dado que su conocimiento del mundo era limitado, no había podido ir muy lejos en ellas. Pensaba —eso sí era verdad— que en vez de un solo algarrobo, vería varios, y que en lugar de un arroyo quebrado, encontraría otro algo más ancho. Sin embargo, más allá de esas comparaciones, establecidas sobre todo en términos de extensión, no había podido ir. Precisamente por ello su llegada a Al-Ándalus resultó semejante a un relámpago de brillantes luces, fragantes aromas y vivos colores.

No es que en Al-Ándalus hubiera más algarrobos, sino que sus caminos serpentinos estaban rebosantes de naranjos y limoneros que los perfumaban. En cierta ocasión la consistente fragancia del azahar lo había embriagado tanto que a punto había estado de caer de su caballo mientras subían la senda irregular que llevaba desde la costa hasta el interior.

Lo que fue viendo entonces anegó sus sentidos en multitud de percepciones nunca experimentadas. Los ríos de Al-Ándalus no sólo eran grandes, además despedían un destello rutilante de irisaciones argénteas. Las colinas, recortadas con formas hermosas, estaban tapizadas en tonalidades lujuriosamente verdes. Los cielos, tachonados por nubes algodonosas, presentaban tonalidades que iban del añil al púrpura en un prodigioso juego de colores que superaba al de los vestidos de las mujeres más atrevidas. Los árboles encajaban en infinidad de formas que Ahmad nunca había contemplado y que desafiaban la imaginación de cualquier cuentacuentos que pudiera encontrarse en los suqs del norte de África. Las frutas se presentaban en tamaños, sabores y aromas desconocidos y siempre sabrosos. ¿Acaso podía tener Al·lah bendiciones mayores para los que se habían entregado a Él de todo corazón?

Pero no sólo lo que se veía y se palpaba llamó la atención del joven Ahmad. A decir verdad, el aire nuevo de Al-Ándalus y sus múltiples efluvios cautivaron también su corazón de manera inesperada. No se trataba únicamente de los desconocidos aromas, de los penetrantes olores, de las suaves fragancias sino, de manera muy especial, de la clemente temperatura. A lo largo de su breve existencia, Ahmad sólo había conocido calores abrasadores, ventosos y desasosegados apenas suavizados en algún momento aislado por una tormenta. Y también en eso Al-Ándalus se le presentó como un mundo totalmente distinto. Los días podían ser luminosos y cálidos, pero daban lugar a tardes tibias y policromadas y desembocaban en noches frescas y perfumadas. El cómo podía alterarse un paisaje de manera tan hermosamente radical se le escapaba a un Ahmad que, al igual que sus otros compañeros de tropa, no daba crédito a lo que veía, olía y sentía en la piel.

Por lo que se refería a los sabores, tampoco habrían podido

imaginarlos ni Ahmad ni sus conmilitones. Los higos eran más grandes y jugosos; la miel, más dulce y cristalina; la leche, más cremosa y consistente; las naranjas, más azucaradas y coloridas... Si en algún momento Ahmad hubiera contemplado un ancho arroyo en cuyo lecho discurriera néctar o el vino que no embriaga del Paraíso, no le habría sorprendido lo más mínimo. Así, cruzando albas alquerías, recoletas almunias y sobrios aduares empotrados en los montes como joyas blanquecinas y rutilantes, el ejército de Ahmad se fue distanciando de las costas y adentrándose en el interior de Al-Ándalus. Fue precisamente entonces, a medida que atravesaban las grandes ciudades, cuando el gozo de Ahmad comenzó a trocarse en ira. Con sorpresa inaudita, descubrió, por ejemplo, que sus correligionarios acudían alegremente a las tabernas y consumían sin la menor moderación las más diversas clases de vino. ¿Cómo podían desobedecer de manera tan descarada e impía lo que había dispuesto con claridad meridiana el rasul-Al·lah? ¿Acaso no temían que los castigara por su pecaminosa desobediencia? ¿Es que no se percataban de que comportamientos así constituían la explicación de los siglos de derrotas que llevaban sufriendo a manos de los nasraníes? Su irritación fue creciendo de tal manera, al unísono de la de sus compañeros, que Suleimán, la primera noche que pasaron en una de aquellas ciudades, se vio obligado a reunirlos con la intención de tranquilizarlos.

—Conteneos —les dijo—. Conteneos de la misma manera que sabéis tascar el freno a vuestros corceles. Mi corazón también arde al contemplar tanta indignidad, tanto pecado, tanta miseria, pero por ahora debemos saber controlarnos. Llegado el momento, la shariah será cumplida de la manera más estricta en estas tierras. Ahora observad, callad y conteneos.

Aquellas palabras sólo los tranquilizaron a medias. Se trató únicamente de un reposo de unas horas, pero fue llegar a la capital y sentir que la cólera que los había invadido en las jornadas anteriores se encendía con más ardor que nunca. Y es que ahora no sólo veían a borrachos, a yahudin y a nasraníes, sino, sobre todo, a las andalusíes. Eran éstas unas mujeres tan hermosas como las cimbreantes palmeras o las gráciles gacelas, pero, a la vez, eran desvergonzadas e impúdicas. En apariencia se comportaban como musulmanas dignas, pero a la menor oportunidad caían en la indecencia. La manera como se dirigían a los tenderos del suq, la forma en que alzaban la voz, el descaro con que, para probar un alimento, dejaban caer el velo y luego no se lo volvían a sujetar, la impureza con que movían las caderas y las nalgas… todo aquello resultaba abiertamente intolerable. Suleimán tuvo que intervenir una vez más para impedir que Ahmad y algunos de sus compañeros la emprendieran a vergajazos con aquellas hembras cuya conducta nunca hubiera sido aceptada al otro lado del Estrecho. *La, la*, estaba claro que aquélla era una tierra perdida que había que recuperar. Esa noche, Suleimán les confirmó que semejante interpretación era cristalinamente exacta.

—Lo habéis visto con vuestros ojos —les dijo con voz suave, pero firme—. Al-Ándalus rezuma de mujeres que no saben o, lo que es peor, no quieren comportarse como el rasul-Al·lah dispuso. Los varones, por su parte, no sólo no imponen el orden en sus hogares sino que pasan el tiempo en tugurios donde el vino y otras bebidas prohibidas trasiegan sin cesar. ¿Acaso os extraña que sean sus hembras, que deberían estar convenientemente sujetas, las que mandan, disponen y ordenan? ¿Acaso os sorprende que sean tan amujerados como para no saber defenderse? ¿Acaso os llama la atención que tengan que recurrir a nosotros para luchar contra los kafirun?

Sin embargo, Ahmad no tardó en darse cuenta de que el mayor pecado de Al-Ándalus no era ni la repugnante blandura de sus varones ni la inicua desvergüenza de sus hembras. No, en realidad la raíz de todos esos males se hallaba en el gusto febril que los andalusíes tenían hacia eso que llamaban belleza y cultura. ¿Cómo era posible que un hombre que debería estarse adiestrando para blandir la espada contra los kafirun perdiera horas y horas con la cabeza inclinada sobre un libro que no era el Qur'an o escuchando a un holgazán acicalado como una mujer que recibía el nombre de «poeta»? ¿Cómo era posible que una esposa que debería estar lavando los pies de su marido y criando a sus hijos se permitiera pasar la tarde tocando un instrumento de cuerda o componiendo qasidas? ¿Cómo era posible que un malik del que dependían la justicia y la obediencia a la shariah prefiriera tumbarse para que lo bañaran o ungieran con aceite perfumado a estar cabalgando en las fronteras de su reino con la finalidad de ensancharlas?

Fue así como en el corazón de Ahmad, sin darse cuenta, se fue solidificando una visión muy concreta de Al-Ándalus. La tierra, el paisaje, el cultivo, el agua… todo estaba, sin duda, tocado por una indescriptible hermosura que procedía directamente de la mano de Al·lah. Sin embargo, sobre toda aquella belleza se había ido posando una capa de suciedad, una pátina de inmundicia, una costra de impureza que exigía una limpieza a profundidad. Aquellas mujeres que desconocían su papel, aquellos varones que parecían damiselas, aquellos borrachos y, sobre todo, aquellos que amaban los libros, la poesía, la discusión continua tenían que ser extirpados para que la tierra volviera a sanearse y en ella arraigara la buena semilla del islam. Sería una tarea semejante a la de quitar los gusanos que devoran las verduras o los pulgones que atacan los árboles. Se trataría de una simple operación de limpieza para que se conservara lo bueno y los frutos futuros fueran aún mejores. *Alhamdu lil·lah!* Todo ello estaba al alcance de la mano, se llevaría a cabo pronto y él sería uno de los encargados de ejecutar tan sagrada misión.

*L*a tercera condición para enfrentarse con un jinn es el conocimiento. Cierto es que el inicio de ese tipo de conocimiento es el temor del Señor de los mundos, pero con ese comienzo no basta, de la misma manera que aquel que da los primeros pasos no puede considerar que ha concluido el viaje que en esos momentos empieza. Y de la misma manera que nadie pretende viajar sin saber mínimamente hacia dónde se dirige y cómo alcanzar su destino, nadie puede emprender un camino tan erizado de riesgos como es enfrentarse con un jinn sin conocer en profundidad todo lo que estoy dejando consignando en esta obra y lo que, con la ayuda del Señor de los mundos, contaré.

El despreciar el conocimiento espiritual, el pasar por alto la sabiduría que sólo procede del Amor sumo, el desdeñar la ciencia que únicamente tiene su origen en el Creador constituye una de las peores muestras de necedad en que pueda incurrir un mortal. Pero semejante estupidez se troca en un peligro extraordinario cuando con ella se acomete la tarea de enfrentarse con un jinn. Comportarse de esa manera es comparable con la conducta enfermiza del que intenta cazar leones sin saber siquiera cómo tensar un arco o del que pretende utilizar una serpiente en un espectáculo sin siquiera conocer los remedios para su mordedura letal. Sin embargo, debo decir que son muchos los que se conducen así convencidos de que pueden sustituir ese conocimiento mediante el recitado de suras del Qur'an, la pronunciación de fórmulas *piadosas o la utilización de imágenes religiosas. Ni uno solo de esos remedios —y los testimonios que conozco al respecto son numerosos— sirven de nada salvo para provocar las carcajadas del jinn, que puede ocasionalmente fingir su derrota tan sólo para burlarse, regresar y someter todo a un dominio más cruel.*

7

Alfonso

Castilla, 1211

Abrió los ojos Alfonso y su mirada, extraviada y confusa, se
detuvo ante un rostro atezado y fino que pendía, presa de
la inquietud, sobre el suyo.

—Raquel… —acertó apenas a musitar—. Raquel…

La mujer colocó suavemente su diestra sobre los labios
del rey en un gesto de imposición de silencio. Sin embargo,
Alfonso le apartó los dedos y los retuvo en el hueco de su
mano.

—¿Ha vuelto a suceder? —indagó con un hilo de voz.

La judía cerró los ojos en señal de asentimiento justo antes
de que el rey emitiera un resoplido de amargura.

—¡En menudo despojo tienen que descansar los castellanos…! —acertó a decir con pesar al tiempo que se percataba
de que sentía un dolor agudo pero soportable en el pecho.

—No lo habéis hecho tan mal, mi señor… —intentó argumentar la judía.

Alfonso alzó la mano derecha para acallar a su amante. So-
portaba mal la adulación, pero que le negaran la realidad le resultaba intolerable.

—No —dijo en un tono de agria ironía—. Podía haber

sido peor. ¡Qué duda cabe! ¡En Alarcos podía haber caído prisionero y terminar descuartizado!

—Conservasteis la libertad y la vida —susurró la judía.

—Yo sí, Raquel, yo sí, pero millares de desgraciados murieron en el campo de batalla o acabaron convertidos en esclavos de los almohades. Sí, no mováis esa naricita tan bien esculpida que Dios os ha dado. Ésa es la triste realidad. Si no hubieran estado tan exhaustos tras matar a nuestra gente, si no se les hubieran disuelto los alfanjes de tanto correr por ellos la sangre…

—De habéroslo propuesto, habríais sido un magnífico poeta —le interrumpió Raquel.

—Sí, claro —dijo con un rictus el rey—. Como los que vienen a mi corte a vivir de los mendrugos que les arrojo…

—No son mendrugos —protestó la judía—. Los tratáis como no lo haría nadie.

—Quizá sí, pero no dejan de ser mendrugos. Es como mi salud…, será la de un rey, pero la de un rey que se muere y que cualquier día puede caerse del caballo y ser incapaz de levantarse.

—No digáis eso —suplicó Raquel a la vez que le pasaba la mano por la frente.

—Vos sois testigo de que no exagero. —Alfonso sonrió—. Otra vez, y ya he perdido la cuenta de las veces que ha sucedido, me he desplomado por la sencilla razón de que el aire, ¡el aire!, se negaba a entrar en mi pecho. Un día de éstos me pasará lo mismo en el campo de batalla, en una cacería o en una de tantas noches, todas las noches, a decir verdad, en que no consigo conciliar el sueño. Y entonces todo habrá concluido. Alfonso VIII, rey de Castilla, se pasó toda su existencia intentando pegar ojo sin conseguirlo, saltó de caramanchón en caramanchón siendo niño y de silla en silla siendo mozo. Robado a manos llenas por sus parientes, por los obispos y por los caballeros de las distintas órdenes religiosas, los almohades le asestaron una derrota descomunal en Alarcos, pero murió por la sencilla razón de que no pudo respirar. *Requiescat in pace... Dies irae, dies illa!*

—¡Oh, vamos, vamos, mi señor! —Raquel le golpeó cariñosamente en el hombro—. Os estáis mofando de mí.

—No, no es así —dijo Alfonso a la vez que se reincorporaba—. Lejos de mí befarme de la única persona que cuida de que no abandone cuanto antes este valle de lágrimas. Tan sólo estaba describiendo la realidad. ¿Qué cabe esperar de un rey que no puede dormir por las noches ni respirar durante el día y que, por añadidura, está rodeado de fementidos y canallas por todas partes mientras los moros se afilan los dientes para asestar nuevos bocados a su reino?

—¿Creéis que habrá una nueva guerra? —preguntó la judía con la voz velada.

—No es que lo crea, Raquel, es que lo sé —respondió Alfonso al tiempo que sentía cómo volvía a posársele sobre el pecho una losa que dificultaba su respiración.

—Pero... ¿por qué estáis tan seguro?

Alfonso cerró los ojos y respiró hondo. Experimentó un leve alivio, de manera que optó por no abrir los párpados.

—Los almohades están reuniendo un ejército en el sur. Han traído millares... ¿qué digo millares?, centenares de miles de guerreros. En las plazas y los zocos se jactan de que llevarán a sus caballos a abrevar más allá de los montes que nos separan de los francos. Afirman que incluso llegarán a Roma, aunque, todo hay que decirlo, esa aseveración puede deberse simplemente a que son unos ignorantes en geografía. Volverán a arremeter contra nosotros, Raquel. Ésa es la realidad. No se trata de que intentemos conservar la paz. Es que van a venir a por nosotros y no sé cómo vamos a contenerlos.

—Los reinos cristianos... —comenzó a decir la judía.

—Los reinos cristianos afilarán los cuchillos pensando en qué parte de mi reino pueden cortar mientras los moros se me echan encima —comentó el rey con amargura—. En el caso de León, no me cabe la menor duda. Mi primo no es mejor que mi tío y hará lo que pueda para quitarme alguna plaza. Aragón… No me fio lo más mínimo del rey de Aragón. A poco que me descuide, tendré a sus mesnadas entrando en mis territorios que, desde luego, son más fáciles de conquistar que los que tienen los moros.

—¿Y Navarra?

—Pues lo mismo, querida Raquel, lo mismo. Me dará la puñalada en cuanto me tenga a su alcance. La verdad es que, bien mirado, trae más a cuenta morir combatiendo a los moros. Por lo menos me ahorraré contemplar tantas traiciones. No sé yo si habéis hecho bien hace un rato…

No pudo concluir la frase porque Raquel se abalanzó sobre él y le selló los labios con un beso. Intentó que pareciera una muestra de pasión, pero Alfonso captó que no era sino una manifestación de miedo. Sí, aquella mujer tenía sus propias razones para temer. ¿Qué podía esperar la amante, judía por más señas, de un monarca derrotado? Conociendo a su esposa, cualquier desgracia. Había cumplido bien con el cometido de darle hijos, eso había que reconocerlo, pero más allá… No, se mirara como se mirase, su cónyuge no era una mujer sino un castigo. No se atrevía a decir que una cruz porque, teniendo en cuenta su insomnio, su dificultad para respirar, sus vecinos cristianos y la amenaza mora, andaba sobrado de cruces aunque lo acompañara una mesnada de cireneos.

—Bueno —dijo al fin a la vez que apartaba a Raquel—. No adelantemos acontecimientos. Y no lloréis…, por algún lado saldremos adelante.

Un solloro ahogado le dejó de manifiesto que la judía no era tan optimista. Alfonso estiró el brazo y la apretó contra él. Le gustaba el tacto de aquella mujer. Por un lado, era lo suficientemente pequeña como para poder abarcarla sin dificultad. Por otro, su redondez le provocaba una sensación de bienestar semejante a beber una copa de vino caliente en medio del invierno, a descansar en el lecho tras un día extenuante o a sumergirse en un baño reparador. La separó de sí, levantó su rostro con el índice y la miró a los ojos.

—No sé cómo lo hacéis —dijo sonriendo— pero cada día que pasa estáis más hermosa y más... más..., ¿cómo diría yo?, ebúrnea. Sí, eso es, ebúrnea.

Raquel frunció el ceño.

—¿Queréis decir que empiezo a parecerme a una vaca?

Alfonso echó la cabeza hacia atrás y soltó una poderosa carcajada.

—Eso no se me pasaría por la cabeza jamás —respondió al tiempo que calmaba la risa.

La mujer se apretó contra él como si en el cuerpo enfermo del rey pudiera encontrar algo del sosiego que la había abandonado en los minutos anteriores.

—¿Y vuestro Dios? —preguntó la judía, adherida al costado del rey como si fueran una sola carne.

—Mi Dios es el mismo que el vuestro, Raquel —respondió Alfonso—. Entre nuestras religiones hay algunas cosas diferentes, incluso es posible que se trate de cuestiones de importancia, pero el Dios es el mismo.

—Los clérigos...

—Los clérigos —la interrumpió el monarca—, por regla general, a diferencia de vuestros rabinos, no son gente especialmente instruida, pero...

El rey detuvo sus palabras como si algo totalmente inesperado e invisible lo hubiera tocado.

—¿Os sucede algo? —indagó, preocupada, Raquel.

Alfonso no respondió. Su mirada parecía haber quedado prendida en algún lugar que la judía no alcanzaba a distinguir.

—¿Os encontráis bien? —insistió la mujer golpeando ahora con suavidad el costado del monarca.

Alfonso parpadeó como si despertara de un sueño y se

volvió hacia Raquel. En sus ojos, habitualmente melancólicos, la judía creyó percibir una luz viva, casi un chispazo de alegría.

—Mi señor… —intentó hablar pero el monarca le colocó la mano sobre los labios en un gesto más tranquilizador que imperioso.

—Tu señor —dijo mientras se inclinaba sobre el cuello de Raquel y comenzaba a besarlo— ha llegado a la conclusión de que no desea malgastar ni uno solo de los maravillosos momentos que pueda pasar a tu lado.

*L*a cuarta condición indispensable para poder enfrentarse con un jinn es la experiencia. No creo que nadie sea tan necio como para pedir a un pescadero que le cure un ojo, como para pedir a un hortelano que le extraiga una muela cariada, a un carnicero que intervenga un absceso. Quien así actuara sólo merecería las burlas y el desprecio de las gentes, ya que únicamente un docto cirujano sería apto para acometer tan delicadas tareas. Por supuesto, ese cirujano no puede limitar su conocimiento a lo que ha escuchado a maestros o lo que ha leído en los libros, sino que ha tenido que ver con sus ojos, palpar con sus manos y oler con su nariz todas esas dolencias en numerosas ocasiones.

De manera semejante, el que no ha visto cara a cara a un jinn en repetidas ocasiones; el que no se ha enfrentado directamente a él y lo ha obligado a retroceder de verdad y no sólo en apariencia; el que no ha aliviado a otros mortales de tan malvada presión, jamás debería dedicarse a este tipo de acciones ni aceptar que otros lo arrastraran o invitaran a llevarlas a cabo. De hacerlo, no sólo pondría en peligro la vida de las personas atormentadas por un jinn sino también la suya propia.

8

Abdallah

Al-Ándalus, algunos años antes…

La desilusión sufrida con Uarda y, especialmente, la forma en que a partir de entonces se vio alterada su relación estuvo a punto de sumir a Abdallah en la melancolía más profunda. Él no fue consciente de esa eventualidad porque, con el paso de los años, se había acostumbrado a atravesar épocas de consternación motivadas fundamentalmente por el comportamiento indeseable de no pocos mortales; solía enfrentarse a esos tristes períodos recurriendo a hábitos en los que hallaba un enorme consuelo, como era el caso del estudio profundo o la oración continuada. Sin embargo, Uarda había penetrado tan a fondo en lo más íntimo de su alma que, con absoluta seguridad, Abdallah no habría podido soportar a solas su pesar. Si finalmente no aconteció así se debió a un episodio en el que reflexionaría una y otra vez en el curso de los años siguientes.

A lo largo de su existencia como buscador de la verdad, Abdallah había tenido poco tiempo para atender las tareas domésticas. Era cierto que el desorden que invadía la casa —mayor todavía con él que con Ash-Shaíj— dificultaba su limpieza, y no era menos verdad que comprar alimentos y cocinarlos era una tarea sin mayor relevancia, pues quedaba al arbitrio de su austeridad en el yantar o al de alguna doméstica que antes había servido a Ash-Shaíj. Así pues, nunca se había planteado comprar un esclavo, y ello no porque sintiera reparos morales —a decir verdad, nunca había reflexionado sobre el tema— sino por la sencilla razón de que nunca le había parecido necesario. Hasta que un día la vieja sirvienta le anunció que se marchaba a vivir con una hija que iba a contraer matrimonio y que acompañaría a su marido a la costa. Fue entonces cuando Abdallah descubrió que atender determinados quehaceres no sólo no le resultaba grato sino que además le distraía de tareas que consideraba más importantes.

La clave para salir de aquella incómoda situación le vino a través de Shaul, un rabino con el que mantenía cierta amistad. En circunstancias normales, Shaul no habría sido su amigo, pero cuando el rabino supo de su habilidad para interpretar sueños cambió radicalmente de opinión. Las Escrituras señalaban de manera indubitable que esa capacidad procedía del único Dios, y si Abdallah la poseía sólo podía interpretarse como una señal de una gracia especial procedente de manera directa del Altísimo. Como además Abdallah ya no era el musulmán que había sido y se mostró muy interesado por escuchar las opiniones del judío, los dos eruditos se compenetraron enseguida y ambos comenzaron a intercambiar opiniones con una confianza que jamás habrían mostrado ante otro miembro de su religión. Al cabo de un par de años, su confianza había crecido tanto que Shaul comenzó a referirse a las incongruencias del Talmud apenas unos momentos antes de que Abdallah le indicara que el Qur'an no era, como pretendían todos los musulmanes, la copia de un libro custodiado en los cielos. Ambos descubrieron entonces que creían en un Dios muy similar, pero no exactamente igual al que enseñaban el judaísmo y el islam. Ese Dios se caracterizaba en esencia por el Amor y se había manifestado de manera incomparable en Isa. Así, los dos hombres acordaron reunirse los jueves por la tarde para dedicarlos a compartir sus conocimientos sobre las cuestiones más elevadas que nadie hubiera podido imaginar, aunque también sobre los temas más cotidianos. Bien es verdad que no siempre coincidían en sus conclusiones, pero no era menos verdad que muchas veces mostraban un acuerdo prodigioso e inesperado.

Uno de esos días, Abdallah abrió su corazón a su amigo Shaul y le relató el final, espiritual aunque no total, de su relación con Uarda, la marcha de la doméstica y la situación de desamparo en que se hallaba.

—Compra una esclava —le interrumpió Shaul con una seguridad que no admitía duda alguna.

—¿Cómo dices? —preguntó, sorprendido, Abdallah.

—Lo que acabas de escuchar. Hazte con una esclava.

—La verdad es que nunca se me había ocurrido… —reconoció, perplejo, Abdallah.

—¿Tienes alguna objeción moral contra la esclavitud? Quiero decir que algunos nasraníes no terminan de…

—Si quieres que te sea sincero, no lo sé —respondió Abdallah—. En casa de mis padres nunca hubo esclavos. Yo nunca he guerreado ni he tenido un botín que se contara en cabezas humanas… En fin… no se me ocurre qué decirte…

—Pues si no tienes ningún problema de conciencia —le interrumpió Shaul—, mi consejo es que adquieras una esclava. Te seré muy franco. Con una mujer hacendosa que atienda tu hogar, tu vida mejorará mucho. Sí, ya sé que no pocos intentan solucionar esos menesteres casándose, pero coincido contigo en que el matrimonio es algo demasiado serio para limitarlo a la mesa y al lecho. Además, por lo que me has contado, de momento no has dado con esa mujer. Con todo, sigues teniendo necesidades muy serias, y una esclava puede venirte muy bien. De entrada, te alimentarás de una manera más saludable. Además, *esto* —Shaul señaló el desorden que los rodeaba— andará un poco más arreglado. Sin excesos, claro está, pero más arreglado. Y no tendrás que preocuparte de la colada, la compra…

Hazme caso, Abdallah, cómprate una esclava. Ahora es un buen momento. Los almohades están realizando tantas tropelías al norte y al sur de Yibraltarik que encontrarás el suq rebosante de comerciantes deseosos de liquidar sus existencias.

Abdallah no respondió a su amigo en aquel momento, pero sus palabras quedaron prendidas en algún lugar de su corazón. De allí emergieron un par de semanas después, cuando atravesaba un suq en la ciudad donde residía y oyó a un hombre que voceaba con más aspavientos de lo habitual. No logró entender lo que decía, pero su vehemencia desaforada le llamó la atención, tanto que se detuvo a observar. Fue entonces cuando la vio.

Con seguridad, nunca se habría parado a observarla atraído por su aspecto externo. Su rostro, extraordinariamente blanco y orlado por una corta melena rubia, presentaba unos rasgos sin duda agradables pero en absoluto sugestivos. Abdallah siempre se había sentido atraído por las bellezas de cabello negro y formas exuberantes. Sin embargo, se percató de que la mujer lo miraba y, al sentir sus ojos sobre su rostro, tuvo la peculiar sensación de que esa esclava que estaba a la venta no era una extraña.

Abdallah recorrió su cuerpo con la mirada. Sin duda, tenía una delicadeza especial, como buena parte de aquellas infelices a las que habían capturado en Oriente. Por lo que él sabía, solían ser gente callada y trabajadora y, en el caso de los hombres, no resultaba extraño que acabaran adquiriendo la libertad tras comportarse como guerreros implacables. Pero ¿le resultaría útil? Sacudió la cabeza como si deseara librarse de un molesto insecto y se dispuso a marcharse. Había caminado un par de pasos cuando oyó una voz nítida aunque con marcado acento que le decía:

—Cómprame.

Se volvió sobresaltado y su mirada chocó con los ojos claros de la esclava. ¿Era ella la que había hablado? No habría podido asegurarlo. Ciertamente lo estaba mirando, pero sumida en una quietud total, casi desprovista de naturalidad. Abdallah parpadeó como para aclararse la vista y luego volvió a darse la vuelta con la intención de regresar a su casa. Esta vez el «Cómprame» llegó de nuevo a sus oídos sin que caminara lo más mínimo.

Abdallah giró sobre sus talones, se dirigió hacia la mujer y se detuvo ante ella.

—¿Conoces mi idioma? —preguntó.

Pero la esclava no respondió. Se limitó a inclinar la cabeza en un signo que Abdallah quiso interpretar como un asentimiento.

—¿Cuánto quieres por esta mujer? —preguntó a uno de los vendedores sin apartar la mirada de ella.

El hombre se llevó la diestra a la nariz y se la frotó como si de ese modo pudiera extraer de su interior un mal olor o algún detritus.

—Sayidi —comenzó a decir—, mi obligación y mi oficio es vender. Me entiendes, ¿verdad? Pero yo no puedo comerciar dejando insatisfecho al cliente. Me entiendes, ¿verdad? Ésta es…, sí, una buena esclava. Casi no come. Es limpia. Se ocuparía de tus cosas, pero en lo que se refiere a otros asuntos…, temo que te defraudaría. Déjame que te muestre otras mujeres. Sus ombligos son como copas, sus labios como rajas de sandía, sus senos…, ah, sus senos son como cántaros rebosantes de leche y miel. Ésta, como cualquiera puede ver, carece de pechos. Yo, por mi parte…

—¿Cuánto quieres por ella? —le interrumpió Abdallah.

El vendedor suspiró hondo, como si lamentara de verdad la decisión de aquel hombre pero no pudiera evitar su necedad. Con gesto cansino pronunció una cifra. A Abdallah le pareció moderada, pero algo en su interior le dijo que podría conseguir una rebaja. Estaba a punto de iniciar el regateo cuando, por tercera vez, en sus oídos sonó un nítido «Cómprame», y decidió pagar la cantidad que acababa de escuchar.

La esclava —que dijo llamarse Qala— se convirtió enseguida en una caja de sorpresas para Abdallah. No se trataba únicamente de que regateaba con un encono que habría hecho palidecer de vergüenza incluso a la andalusí más arriscada, sino que además ponía un cuidado exquisito en no interrumpir a Abdallah en sus tareas. En cierta ocasión llegó a confesarle que suspendía las labores domésticas cuando él se encontraba cerca.

—Tu trabajo, sayidi, es muy importante —explicó con voz queda—, no puedo molestarte con un quehacer tan insignificante como limpiar o fregar. Cuando tú salgas de la casa, vayas a visitar a tus amigos o descanses en el jardín bajo la sombra de los árboles, realizaré esas tareas.

Y, efectivamente, así es como se comportó día a día, semana a semana, mes a mes. Sin embargo, había algo más en Qala que sorprendía a Abdallah; algo que lo abrumaba y en ocasiones incluso le provocaba una viva inquietud. Por ejemplo, un día Abdallah se hallaba presa de una fiebre tan alta que cayó del lecho y se despertó en el suelo. Apenas había abierto los ojos cuando percibió con sobresalto que Qala se encontraba a su lado.

—¿Qué… qué haces aquí? —acertó a balbucir antes de que ella se inclinara y lo ayudara a ponerse en pie. Sin embargo, no obtuvo ninguna respuesta. Sólo sintió cómo aquel cuerpo delgado y suave se aferraba al suyo para empujarlo al lecho y, acto seguido, cómo le desnudaba el brazo izquierdo y comenzaba a tantearlo como si buscara algo en su superficie.

—Sayidi, no te muevas. Regreso ahora mismo —dijo Qala antes de desaparecer de la alcoba.

Sólo entonces Abdallah se dio cuenta del estado febril en que se hallaba sumido, de que era incapaz de mantener la cabeza erguida y del calor que parecía subirle desde las plantas de los pies para extenderse como una oleada sofocante por todos sus miembros.

—¿Qué traes ahí? —apenas acertó a musitar.

Qala no respondió. Por el contrario, volvió a palparle el antebrazo izquierdo en lugares que a Abdallah se le antojaron específicamente buscados aunque sin que acertara a saber qué podían significar. Luego la esclava mojó un paño blanco en lo que parecía una escudilla y comenzó a aplicarlo en los puntos que había palpado.

—Pero ¿se puede saber qué me estás haciendo? —protestó Abdallah con un hilo de voz.

Qala continuó realizando aquellos movimientos de manera segura y meticulosa, como si se tratara de una operación tan sencilla y habitual como limpiar lentejas o cortar alcachofas.

—La fiebre está a punto de desaparecer —dijo, un instante después, sin apartar la mirada del brazo.

Abdallah se llevó la mano a la frente y, sorprendido, comprobó que ya no ardía. La opresiva sensación de frama que atenazaba su cuerpo había, asimismo, desaparecido. No se encontraba del todo bien, pero no le cabía la menor duda de que estaba mejor. Al cabo de unos instantes cayó en un profundo sopor que se extendió a lo largo de la noche, con la excepción de algunos momentos en que la esclava lo despertó para darle a beber un líquido que fue incapaz de identificar pero que refrescó su boca y su pecho y, al día siguiente, le permitió levantarse completamente descansado.

Hubiera deseado Abdallah que aquella mujer, tan parca a la hora de expresarse, le hubiera explicado algo sobre sus prodigiosos conocimientos, pero ella siempre daba como toda respuesta una leve sonrisa, un arqueamiento de cejas o un par de palabras.

—¿Has pensado en la posibilidad de que sea un malak? —le preguntó un día Shaul mientras bebían un shay especialmente cargado que Qala había comprado en el suq.

—¿Un malak? —repitió, sorprendido, Abdallah—. Pero ¿qué haría un malak…?

—¿… en un mercado de esclavos? —concluyó la pregunta

Shaul—. La Torah habla de malakim en los sitios más insólitos y no pocas veces con aspecto claramente humano. Por ejemplo, cuando fueron a anunciar a Abraham que tendría un hijo...

—Que, según tú, era Isaac —le interrumpió Abdallah.

—No, según yo, no. Según la Torah que Dios le dio a Moshe, tu Musa. En cualquier caso, eso es lo de menos. Lo cierto es que Dios suele enviar malakim para cuidar de algunos de los suyos...

—Ya, Shaul, ya —le cortó Abdallah a la vez que levantaba los brazos al cielo—. Que el Creador de los mundos creó malikim es cierto. Que ocasionalmente los envía a sus elegidos para ayudarlos es cierto. Que ése sea mi caso es un verdadero disparate, y disculpa, querido amigo, que así te lo diga.

—Quizá, quizá, pero yo, desde luego, no lo descartaría. ¿Te has acostado ya con ella?

Abdallah abrió mucho los ojos, en la sorpresa más absoluta. A decir verdad, acababa de darse cuenta de que nunca había contemplado a Qala como a una mujer corriente.

—La, la... —acertó finalmente a balbucir.

—Pues mejor así —dijo Shaul—. Por supuesto, te considero sabedor de que los malakim pueden llegar a tener conocimiento carnal con algunos seres humanos pero, la verdad, no resulta en absoluto recomendable. El Talmud, por ejemplo...

—¡Ya, Shaul! —protestó nuevamente Abdallah—. No tengo la menor intención de faltar al respeto a una mujer que vive bajo mi techo. Me da igual si es musulmana, hija de los yahudin o nasraní, si es joven o vieja, si es libre o esclava. Bueno, a una esclava todavía menos. Su voluntad está sujeta a la mía, y tratarla de esa manera sólo indicaría que he descendido demasiado en la escala de la bajeza humana.

—Tov, tov —dijo Shaul alzando las palmas de las manos como si quisiera empujar una puerta que se hubiera dejado abierta—. No pretendía ofenderte. Sin embargo, permíteme que regrese a nuestro punto de inicio. Reflexiona un poco sobre tu vida. Ahora mismo careces de cargas familiares. No tienes un hijo al que debas comprar un uniforme o allanar el camino en la corte repartiendo sobornos a un lado y a otro. Sí, no me mires así. No estás tan apartado del mundo como para desconocer la verdad de lo que te digo. Tampoco tienes que dotar a una hija o temer que se quede soltera y amargada entre los cuatro muros de la casa. Mucho menos has de contentar a una, dos o tres esposas. Para colmo, es cierto que no eres rico, pero tu capacidad para entender lo que pasa por el corazón humano mientras duerme, tus escritos y tu erudición te permiten vivir con desahogo. Quizá querrías tener a una esposa que te lavara los pies cada mañana, o tal vez te complacería ver corretear a unos niños en torno a tu mesa, pero… no te engañes. Vives una situación realmente privilegiada. Sí, sí, no hagas aspavientos. En este reino debe de haber muy pocos, pero que muy pocos varones que gocen de una existencia tan sosegada. Haz caso de lo que voy a decirte. Disfruta de la vida. *Naam, naam*, disfruta de la vida. Sigue honrando al Dios único con tu sabiduría, con tu compasión, con tus limosnas, pero saborea estos momentos. Por lo que se refiere a tu esclava…, ah, mi muy querido Abdallah, sea o no un malak, lo cierto es que constituye un verdadero regalo de Dios. No te llena la cabeza de problemas, no te da gritos, no te abruma con pequeñeces, no habla mucho, lo que es una gran virtud en una mujer, no gasta más de lo que debería —Shaul puso especial énfasis en ese punto—, y encima, por lo que me cuentas, hasta se las arregla para librarte de pequeñas cargas que puedan irrumpir en tu calmada existencia. Si eso no es un malak bajo forma de mujer… entonces, sinceramente, yo no sé lo que es un malak bondadoso.

—No estoy seguro de que eso sea lo que quiero… —dijo Abdallah con tono triste.

—No se trata de que estés seguro sino de lo que te conviene —afirmó Shaul subrayando sus palabras con una sonrisa—. Verás, Abdallah, lo primero que debe hacer un mortal es acordarse de su Creador en los días de su mocedad, antes de que lleguen las jornadas malas y sienta que ya no tiene contentamiento alguno. Se trata de un paso que hay que dar antes de que se oscurezcan el sol, la luna y las estrellas, y las nubes regresen en pos de la lluvia, y los centinelas de la casa tiemblen, y los hombres fuertes caminen encorvados, y no se muela porque los instrumentos de moler se han disminuido. Antes de que suceda todo eso y el polvo vuelva a la tierra, como era, y el espíritu regrese a Dios, que lo dio, acuérdate de Él, pero también disfruta de una caricia y de una bebida y de un guiso y de un beso y de un buen libro. Quizá dé lo mismo que te acuestes con ella o no, pero aprovecha su cercanía porque pocas mujeres hay como esa esclava.

Departieron hasta que las sombras negras como el azabache se apoderaron por completo de las luces rojizas del crepúsculo. Sin embargo, aunque los temas abordados fueron variados y diversos y peregrinos, cuando Abdallah despidió a su amigo Shaul, en su mente sólo había un propósito: tumbarse en el lecho, llamar a Qala y pedirle que le hiciera un masaje en los pies que, especialmente por lo que se refería al derecho, sólo ella era capaz de dar. Tal vez su amigo el yahud estuviera en lo cierto y había que disfrutar de la vida de manera estable, serena y sosegada.

La quinta condición indispensable para enfrentarse con un jinn son los conocimientos de medicina. *Es verdad que se trata de un requisito menor si se compara con los que he enumerado en los apartados anteriores, pero aun así está revestido de una notable relevancia. Las razones por las que el arte curativo no debe ser materia desconocida para un mortal decidido a enfrentarse a los jinaan es que resulta esencial saber discernir la diferencia entre una enfermedad provocada por una mala disposición de los humores y la dolencia que procede de la acción de un jinn.*

Así, cualquiera que esté dispuesto a enfrentarse a un jinn se encuentra en la obligación de saber distinguir entre la locura o el trastorno de la mente y las acciones que derivan del sometimiento a un jinn. Tiene que discriminar acertadamente entre lo que es una melancolía causada por razones naturales y la que deriva de la influencia de un jinn, o que distinguir sin error entre el trastorno de la mente que es causado por la acción de un jinn y el que nace de desgracias, problemas de nacimiento o defectos de constitución.

En resumen, el que se apreste a combatir con un jinn debe saber si el mal que tiene ante sus ojos es el que nace de una dolencia quizá gra-

vísima pero natural, o si, por el contrario, detrás de esos síntomas se encuentra oculta la mano de un jinn.

Hasta qué punto este requisito resulta relevante se puede desprender del hecho de que no contar con esa cualidad puede convertirse en origen de terribles equivocaciones y de incontables padecimientos.

9

Abdallah

Durante un tiempo, Abdallah vivió inmerso en la sensación de ser verdaderamente feliz. No era una dicha ardiente, poderosa, apasionada, sino más bien una sensación de calma y serenidad que lo acompañaba a lo largo de cada jornada y que recibía pequeños impulsos de bienaventuranza ante situaciones en apariencia tan triviales como probar una nueva salsa, pasear bajo los naranjos de su jardín o detenerse en la etimología de nuevas palabras trazadas en otras lenguas e incluso en diferentes alfabetos. Sin pretenderlo ni buscarlo, alrededor de su existencia cotidiana se había ido forjando un cosmos bello, tranquilo y sosegado en cuyo interior se sentía aislado y satisfecho. Fuera de él, Alfonso VIII de Castilla pasaba las noches en blanco intentando respirar con una regularidad aceptable y evitar los ataques de todos los reinos limítrofes con el suyo, pues los almohades seguían trasladando a decenas de miles de guerreros desde el norte de África hasta Al-Ándalus. Mientras tanto, el pueblo llenaba sus días tratando de comer todos los días, de educar a sus hijos de la mejor manera para que pudieran salir adelante el día de mañana y de encontrar algunos instantes de respiro a su breve y rara vez feliz existencia en las calles, la mesa o el lecho. En su conjunto, constituían un arquitrabe de esferas que giraban de manera independiente aunque unas dentro de las otras y la mayoría de los que habitaban en ellas no deseaban que ninguna irrumpiera en su vida. Sin embargo, ese resultado —sin duda, deseable— habría discurrido en contra de la experiencia de los mortales a lo largo de los milenios, pues no pocas de las grandes esferas necesitaban desesperadamente de las esferas diminutas para seguir girando. Y así, un día, mientras sus pupilas recorrían un primoroso manuscrito procedente de la lejana Persia —Abdallah tenía ideas muy peculiares, por no decir peligrosas, acerca de Persia—, Qala entró en la habitación donde él estudiaba. Como solía suceder, sus pisadas resultaron imperceptibles y Abdallah no pudo evitar dar un leve respingo al levantar la mirada del texto llegado desde el otro extremo del mundo y ver ante sí a la pálida esclava.

—¿Sucede algo? —preguntó mientras deseaba que Qala no hubiera percibido su sobresalto al verla allí, contemplándolo, en silencio y, en apariencia, sin siquiera respirar.

—Sayidi, ahí fuera hay un hombre que desea entregarte un mensaje.

—¿Un hombre? Bueno, pues que te lo dé.

—Insiste en que debe entregártelo en mano y que además espera tu respuesta.

—¿Mi respuesta? —Abdallah se llevó la mano al extremo de la barba y la acarició suavemente—. Está bien. Dile que entre.

Qala salió de la habitación y Abdallah volvió a dudar de que las plantas de los pies de la esclava se apoyaran en el suelo para desplazarse. Claro que así debía ser, a menos, naturalmente, que se tratara de... No concluyó su razonamiento. Ante su vista surgió un personaje que parecía procedente de algún extraño enclave. Era alto. No, a decir verdad, era enorme. Con certeza, ni siquiera le habría llegado al hombro. Y qué decir de sus miembros... Los brazos eran exageradamente largos, casi como si lo hubieran colocado sobre un potro y hubieran tirado de ellos hasta prolongarlos de manera antinatural. Pensó que la punta de los dedos debían de hallarse a muy escasa distancia de las rodillas. Casi como un mono. Por lo que se refería a las manos... ¿de dónde había podido sacar aquellos dedos? Eran alargados, peludos, como si todavía fueran a seguir creciendo, hasta arrastrarse por el suelo. Se dijo que quizá la indumentaria, negra como la noche más profunda, acentuaba aquella sensación de encontrarse ante un árbol delgado y de ramas oscuras que se prolongaban con el propósito de enlazar con sus raíces subterráneas.

—*Salam aliká*, sayidi —dijo el recién llegado inclinando apenas la cabeza, como si no se atreviera a desproveer de cortesía su saludo pero a la vez resultara obvio que no le daba la menor importancia.

—*Aliká salam* —respondió Abdallah—. ¿En qué puedo servirte?

—En-Nasir, jalifa de los almohades, desea verte —respondió el hombre que en ese momento le pareció un cruce de ciprés y sauce llorón.

En-Nasir... Abdallah se percató de que hasta entonces no había dedicado un solo pensamiento al nuevo señor de Al-Ándalus. ¿Qué podía querer el todopoderoso jalifa de alguien que se dedicaba únicamente a profundizar en las realidades del mundo espiritual?

—¿A mí? —dijo Abdallah mientras se apuntaba el pecho con el índice de la mano diestra—. Yo soy un pobre..., un miserable escritor, y En-Nasir...

—En-Nasir está esperándote para que almuerces con él —dijo el hombre con apariencia de árbol con el mismo tono tajante con que podría haber anunciado una ejecución o una tormenta inevitable.

—¿Hoy?

—Tienes el tiempo justo para prepararte. Yo te aguardaré para llevarte ante su presencia; lo haré en la calle para no estorbarte.

Sí, cierto, para no estorbar, pero también para evitar que pudiera huir.

—Intentaré tardar lo menos posible —respondió Abdallah con una sonrisa de cortesía—. Y ahora, si me dispensas…

El hombre de aspecto de árbol inclinó la cabeza levemente, giró sobre sus talones y abandonó la sala.

—¡Qala! —gritó Abdallah apenas oyó cómo el emisario cruzaba la cancela que separaba la casa de la calle.

La esclava apareció ante Abdallah como si todo el tiempo hubiera estado en aquella misma habitación cuidando de pasar desapercibida.

—Sayidi —dijo con aquel tono especial al que Abdallah no lograba acostumbrarse.

—Prepárame el baño. Ahora mismo. Y escoge alguna vestidura para que comparezca ante el jalifa.

—¡El jalifa! —exclamó con admiración la esclava—. ¿Te llama para otorgarte un cargo importante en la corte?

—Espero que no —respondió Abdallah desde lo más hondo de su corazón—. Lo último que deseo es acabar chapoteando en un albañal como la corte.

—Sayidi, eres el hombre más sabio de este reino… —dijo Qala con tono de desaprobación por lo que acababa de escuchar.

—*La, la…* —rechazó Abdallah con un gesto de la mano—. No lo soy, pero aunque lo fuera, la corte sería el último lugar, o uno de los últimos lugares, adonde se me ocurriría ir.

Abdallah captó un gesto de confusión en el rostro pálido de la esclava. A fin de cuentas, Shaul iba a estar felizmente equivocado…

—La ropa… —prosiguió Abdallah— que sea lo más sencilla posible. La más humilde, pero limpia y decorosa. Y primero el baño. ¡Vamos!

Qala tardó aún menos de lo habitual en prepararle uno de los mejores baños que podían haberse dispuesto en el reino. Al penetrar en aquella habitación rezumante de perfumes y sumida en la penumbra, Abdallah sintió que el pecho se le ensanchaba. Se despojó del albornoz que llevaba sobre los hombros y se sumergió en el agua. Fue como si una lluvia de sensaciones, todas ellas gratas, se precipitara sobre todo su ser. Por un instante, permaneció inmóvil. Luego recostó la cabeza e intentó ordenar sus pensamientos mientras sentía en cada miembro el agradable líquido caliente que lo rodeaba.

Inspiró hondo, dejó que los pulmones se le despejaran y resopló levemente. Durante años se había mantenido, de manera consciente y pertinaz, apartado de los focos de poder. Es verdad que de vez en cuando la esposa desequilibrada de un alto cargo, que deseaba ver interpretados sus sueños, o incluso el mismo alto cargo, que simplemente necesitaba tenerlos, habían acudido en busca de su ayuda. Sin embargo, en esas situaciones había insistido en no querer saber nada sobre los entresijos del poder.

Volvió a respirar hondo. No cabía duda del acierto de Qala en la elección de las esencias que había derramado sobre el agua caliente. Por unos instantes disfrutó sintiendo cómo las pantorrillas se relajaban, cómo la espalda se desprendía de su tensión y cómo respiraba mejor de lo habitual. Los poros de la piel se estaban abriendo a buen ritmo y su cuerpo se limpiaba de manera sosegadamente dulce. Echó mano de un cacillo de bronce, lo sumergió en el agua y la derramó sobre su cabeza. Repitió el movimiento tres veces más y en cada una tuvo la sensación de que el agua lo purificaba de una manera que iba más allá de lo físico. De repente experimentó una extraña sensación de vértigo frío. Fue como si algo lo hubiera arrastrado de manera poderosa e irresistible hasta el borde de un precipicio cortado a pico y lo mantuviera suspendido en el vacío gélido tan sólo para que tomara conciencia de que podía verse despeñado en un mero instante. Cerró los ojos, presa de la ansiedad, respiró hondo y recuperó al instante la sensación de encontrarse sentado en el baño.

—¡Qala! —gritó—. ¡Qala!

La esclava apareció al momento; sujetaba con ambas manos un lienzo pulcramente blanco. Pudorosa, apartó la mirada para no ver la desnudez de su señor y dejó que la prenda cayera sobre sus hombros. Luego lo ayudó a frotarse con vigor para secar y a la vez activar los humores del cuerpo. Iba a retirar las manos cuando sintió que Abdallah le sujetaba las muñecas.

—Escúchame bien, Qala —dijo en un susurro—. En mi alcoba, como sabes, hay un arcón de cuero rojizo. En su fondo tengo guardadas dos cosas para ti.

—No… no sé si quiero escuchar esto —le interrumpió la esclava a la vez que intentaba soltarse de la presa de su amo.

—Vas a escucharlo —dijo Abdallah—. Lo primero que encontrarás en el fondo del arcón es un saquete de tela de color negro. En su interior hay…, bueno, no mucho, algunas monedas de oro. Si no regreso, cógelas y márchate de aquí cuanto antes.

Al escuchar aquellas palabras los ojos de Qala se llenaron de lágrimas con la misma rapidez y abundancia como si alguien hubiera abierto un recipiente que tuviera en el interior del cráneo.

—No… —intentó protestar, pero Abdallah no se lo permitió.

—Más importante que ese dinero es un documento que encontrarás en el mismo arcón —continuó Abdallah—. Se trata de tu acta de manumisión. Cuando la tengas en tus manos, habrás dejado de ser una esclava y serás una mujer libre. *Naam*, no me mires así. La redacté hace mucho tiempo. Creo que es lo que te mereces, pero… soy un egoísta, sí, lo soy…, cada vez que estaba a punto de entregártela, pensaba en que no sabría qué hacer sin ti… y allí se quedaba. Bueno, ésa no es la cuestión. Sólo le falta la fecha. Puedes poner la que desees, aunque te aconsejo que sea alguna de hace ya unos meses, quizá mejor incluso unos años.

—No quiero… —balbució Qala mientras las lágrimas, redondas y brillantes, se deslizaban por sus mejillas.

—Es curioso —dijo Abdallah mientras colocaba el índice y el medio de la diestra bajo la barbilla de Qala y levantaba su rostro—. No me había percatado antes, pero…, ¿sabes?, tienes la cara anacarada. Sí, o… o como una pasta de azucenas y claveles… ¿Cómo no me habré percatado antes de todo esto? Y ahora, ¿me concederás la inmensa merced de dejar de llorar y prepararme la ropa? El jalifa de Al-Ándalus y el Magrib me espera.

*P*or último, aquel que lucha contra los jinaan ha de ser discreto. Sé que muchos emprenden las más diversas empresas movidos sobre todo por el deseo de relatarlas a los de cerca y a los de lejos. Intentan seducir a una mujer no por el placer que se deriva de poseerla sino por el ansia de relatar luego cómo la llevaron hasta el lecho. Parten al combate no porque un peligro amenace a su reino o a su familia sino porque sueñan con que luego se canten sus gloriosos logros en el campo de batalla. Incluso se entregan al ayuno, a la mortificación o a la renuncia no porque, en verdad, deseen así limpiar su corazón o acercarse al Señor de los mundos sino porque creen que otros los verán y dirán, admirados, que son santos. El que desee enfrentarse con un jinn nunca debe caer en tan terrible pecado.

La única excepción que contemplo a esta regla —y que yo respetaré meticulosamente en esta obra— es cuando, escribiendo, oculta los nombres y las circunstancias de las víctimas, y la narración no busca el propio engrandecimiento sino únicamente enseñar a otros para que puedan librarse de la influencia de los jinaan y de sus acciones perversas.

También, de la manera más discreta, puede relatar verbalmente a un discípulo lo que le ha sucedido en un enfrentamiento semejante para que de ello derive alguna enseñanza. Pero sería más deseable que lo narrara en tercera persona, mejor incluso de forma anónima, de manera que otros aprovechen su experiencia pero que nadie se sienta obligado a loarlo o movido a lisonjearlo. Si se entra en este género de combates de carácter espiritual es para dar gloria al Creador de los mundos y ayudar a sus pobres criaturas, no en busca de la propia honra.

Recapitulando lo dicho en apartados anteriores: el hombre de doble corazón, que no camina cada instante de su vida en la presencia del Señor de los mundos, que es ignorante, que no se entrega a aumentar diariamente su conocimiento, que carece de compasión hacia los seres vivos, que no posee conocimientos esenciales de medicina y que no sabe mantener un secreto bajo ningún concepto, debería intentar enfrentarse con un jinn. En ello le va la vida, y no sólo ésta sino también la del mundo venidero.

10

Abdallah

Acomódate, sayidi. En-Nasir vendrá inmediatamente —dijo el siervo a la vez que realizaba una reverencia y abandonaba la estancia.

Abdallah habría podido tomar asiento, pero prefirió permanecer en pie. Con expresión tranquila, unió las manos a la espalda y comenzó a deslizar la mirada por la estancia. Resultaba engañosamente sencilla. Los colores eran muy mortecinos y entre ellos predominaba el negro. Las paredes se encontraban exentas de cualquier grabado pintado o esculpido. Incluso los muebles habían sido sustituidos en su práctica totalidad por cojines y almohadones. Sin embargo, los materiales con que se había elaborado todo distaban mucho de ser modestos. Todo lo contrario. El ébano, el marfil, la seda, el oro habían sido sometidos a una exquisita selección. Con certeza, En-Nasir podía dar la imagen de ser un hombre austero, incluso amante de la pobreza, pero… pero o mucho se equivocaba Abdallah o era fundamentalmente un hipócrita que gustaba de lo mejor y fingía una humildad falsa.

Mientras llegaba a esa conclusión, no pudo reprimir una sonrisa divertida y faltó poco para que su barba se abriera en el preludio de una amplia carcajada cuando lo percibió. Fue algo instantáneo, poderoso, indubitable. Se encontraba en el extremo de la sala, pegado a la ventana, como si acabara de trepar los muros o llevara agazapado un buen rato. Pero no era visible. Seguramente, tampoco era accesible a los otros sentidos. No desprendía olor alguno, y con toda probabilidad no se podía palpar, pero su realidad era muy superior a la de cualquier objeto o ser que hubieran podido abarcar la vista o el gusto. Era un ser, pero un ser tan cargado de maldad, de iniquidad, de perversión que no habría podido decir que era malvado, inicuo o perverso, pues el calificativo habría velado su auténtica naturaleza. Lo que se había asentado en aquella parte de la habitación —lo estaba observando, estaba seguro de ello— era el Mal en estado puro. Al igual que algunos expertos eruditos son capaces de extraer la esencia del azahar de tal manera que viva y expanda su aroma sin necesidad de soportes como el color, la forma o la textura, frente a él se erguía una esencia del Mal que se encontraba exenta de los límites que crean los sentidos. Sí, él la había descubierto, y a buen seguro *aquello* lo tenía bajo observación desde el momento en que había entrado en la sala, eso si no llevaba un tiempo esperándolo.

—*Salam aliká*, Abdallah, malik de los eruditos de Al-Ándalus.

Fue resonar la voz en la sala y la presencia maligna desapareció como impulsada por un irresistible ensalmo. Abdallah parpadeó y se volvió hacia el lugar de donde habían surgido las palabras.

—Soy En-Nasir —dijo el recién llegado al tiempo que se llevaba la mano al pecho y se inclinaba cortésmente—. Bienvenido a mi humilde morada.

—*Aliká salam* —respondió Abdallah—. ¿En qué puede serte de utilidad tu humilde siervo?

—Sin ceremonias, Abdallah, sin ceremonias —fingió protestar En-Nasir—. Tú no eres ni lejanamente un personaje secundario. He leído alguno de tus libros.

Abdallah reprimió un escalofrío al escuchar aquellas palabras. En otra persona —quizá en él mismo pero en otra ocasión— habrían podido ser interpretadas como un elogio. En ese momento, sin embargo, algo le decía en su interior que constituían un motivo más que fundado para sentirse inquieto.

—No son gran cosa, sayidi —respondió inclinando la cabeza—. A decir verdad, no son pocos los que afirman que resultan demasiado difíciles de entender para lo que, al fin y a la postre, aportan.

—Tú y yo sabemos que no es así —dijo En-Nasir cambiando el tono de voz—. Esas líneas rezuman el conocimiento de una sabiduría oculta, entregada sólo a unos pocos, accesible a escasos corazones. Ésa es la razón por la que he mandado a buscarte. Siéntate.

Abdallah obedeció y observó cómo En-Nasir también se acomodaba aunque a cierta distancia.

—Han llegado días muy especiales para Al-Ándalus. A decir verdad, para todo Dar-al-Islam. Nos acercamos a pasos agigantados a un momento en el que los kafirun se inclinarán ante Al·lah o, como enseña el Qur'an, no tendrán más remedio que ser sacrificados. Esta vez no nos contentaremos con realizar unas cuantas aceifas, capturar unos miles de esclavos, reunir un botín cuantioso. *La, la*, ésas eran pequeñas metas para pequeños caudillos. Nosotros vamos a cruzar las montañas que separan Al-Ándalus del reino de los frany y llegaremos a la mismísima Rum.

Abdallah se preguntó si En-Nasir era consciente de lo que estaba diciendo e inmediatamente llegó a la conclusión de que no. Su experiencia era que la geografía no solía ser el fuerte de los guerreros ni de los cortesanos, capaces tan sólo de ubicar las fincas que explotaban y de cuyos frutos se aprovechaban.

—Una vez en Rum —prosiguió En-Nasir—, haré que mis corceles calmen su sed en las aguas del río que la surca. ¿Comprendes? Nunca antes un musulmán consiguió un triunfo semejante y nunca después existirá otro igual.

Abdallah parecía entender. A decir verdad, no había movido un músculo de la cara mientras escuchaba las palabras de En-Nasir. De repente, el dueño de Al-Ándalus calló. Sus cejas se arquearon levemente mientras sus ojos se abrían como si hubiera captado un factor que hasta ese momento le había pasado desapercibido. Sin cambiar la inclinación del rostro, torció la mirada hacia el lugar donde antes Abdallah había percibido la presencia maligna y abrió los labios por un leve instante. Inmediatamente experimentó un acceso leve de tos seca. Fue en ese mismo momento cuando Abdallah supo con una certeza superior a la que deriva de cualquier razonamiento que En-Nasir también conocía a aquel ente. No sólo eso. Estaba unido a ella de una manera poderosa, profunda, incluso íntima.

—Quiero… quiero… —continuó En-Nasir antes de que un nuevo acceso de tos le interrumpiera—. Quiero que… tú… que tú, que posees una mente privilegiada, te sumes a este yihad…

Sí, se dijo Abdallah, aquel hombre que ahora, a duras penas, podía expresarse porque la tos se lo impedía, había llegado a algún tipo de acuerdo con la inmensa maldad que había yacido a pocos pasos de ellos. No sólo eso. Además, se había percatado de que él lo sabía.

—Sayidi, te lo agradezco —comenzó a decir Abdallah—, pero nunca he sido hombre de armas y…

—No quiero que agarres una espada… —le interrumpió En-Nasir antes de que la tos volviera a sacudir su rostro y le obligara a llevarse la diestra a los labios—. Lo… lo único que deseo es que estés a nuestro… nuestro lado. ¿Quién en Al-Ándalus posee tu talento escribiendo?

Abdallah tuvo la sensación de que el suelo podría abrirse de un momento a otro y que entonces se encontraría en la tesitura de arrojarse al abismo o a los pies de En-Nasir y de la potencia maligna que lo tutelaba.

—Sayidi, sin duda alguna eres muy generoso porque mi talento es escaso —comenzó a decir sosegadamente—. Casi nadie tiene interés por lo que pueda escribir, y los pocos que me leen no terminan de comprenderme, *y es lógico que así sea*. Te ruego pues que aceptes mis muestras más sentidas de gratitud y, al mismo tiempo, me permitas, en tu inmensa compasión, regresar a mi hogar. Desde allí me mantendré atento a tus éxitos futuros, que sin duda serán muchos, y a la vez podré elevar mis plegarias al Señor de los mundos para que asiente el triunfo indiscutible de la Verdad y la Justicia.

Abdallah sintió que las gotas de sudor perlaban su frente y la voz de la sangre le latía con más fuerza que nunca en el pecho y en las muñecas. No había pronunciado una sola mentira, pues la falsedad le repugnaba incluso cuando estaba relacionada con las circunstancias más triviales. Sin embargo, temía que su sutileza hubiera sido captada por En-Nasir y, al fin y a la postre, resultara inútil.

—Abdallah —comenzó a decir En-Nasir—, a lo largo de mi vida he conocido a muchos, muchísimos hombres. La inmensa mayoría no pasan de ser pura bazofia. Mienten, fingen, ocultan sus verdaderas intenciones, son cobardes, están dispuestos a traicionar al prójimo… Por supuesto, ponen el grito en el cielo al ver que otros actúan así, pero los primeros en dejar de manifiesto que son puros desechos son ellos. Luego hay unos pocos dignos de confianza. Tal vez no puedan desempeñar funciones que vayan más allá que la de herreros, carniceros o carpinteros, pero ejecutan su trabajo de la mejor manera, y cuando tienen asignadas funciones como las de guerrero o contable o recaudador rinden grandes servicios. Finalmente, hay otros, los menos, que poseen un valor excepcional. En su mayor parte, a su inmensa valía suman la vanidad, limitando así su relevancia, pero unos cuantos son, además, humildes. Podría decir que incluso hacen todo lo que está al alcance de su mano para no llamar la atención, para pasar desapercibidos, para evitar que la gente repare en ellos. No hace falta que diga que casi nunca lo consiguen. Tú, mi estimado Abdallah, eres uno de estos últimos…

—Sayidi… —intentó interrumpirlo Abdallah, pero En-Nasir alzó la mano derecha para imponerle silencio.

—*La, la*, sé lo que estoy diciendo —zanjó la discusión En-Nasir mientras intentaba reprimir un nuevo acceso de tos—. Tú perteneces a ese grupo selecto, y por eso mismo no puedo consentir que te quedes aquí. Vendrás conmigo en esta campaña. En la mismísima vanguardia de mi ejército. A mi lado. Y ahora puedes marcharte. *Salam*.

Abdallah inclinó la cabeza mientras musitaba un *salam* de despedida. Estaba seguro de que, en ese mismo instante, algo indescriptible, pero más real que cualquier cosa de cuantas había en aquella estancia, lo observaba.

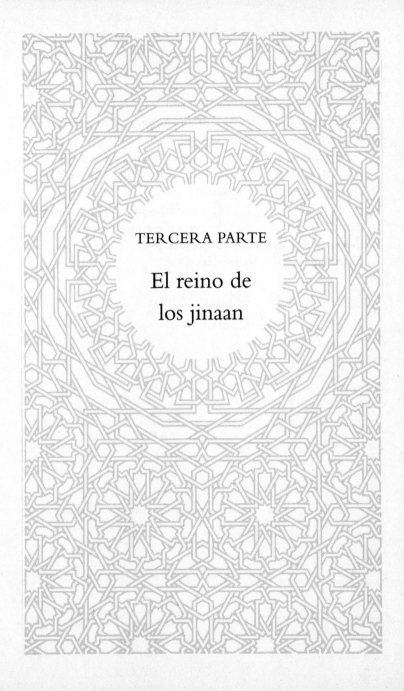

TERCERA PARTE

El reino de
los jinaan

*E*xisten asimismo conductas que deben caracterizar a aquel que tenga la intención de enfrentarse con un jinn. La primera es que debe saber que sólo existe un Dios y que sólo a Él se le debe culto. Cualquiera que crea en la existencia de varios dioses —sean los que sean—, o que esté dispuesto a rendir alguna forma de culto a criatura alguna, carece de capacidad para enfrentarse con un jinn. A decir verdad, el jinn no tendrá dificultad alguna en engañarlo presentándose como un ángel, como un santo o incluso como la mismísima madre de Isa. Es lógico que así sea porque, al cometer el horrible pecado de rendir culto a cualquier ser que no sea el Dios único, se zambullen en el engaño y, ya en él, son extraviados con más facilidad por cualquier ifrit, que recurre para ello a argucias tales como la de expandir el aroma de las rosas, aparecer como un ser de luz o vestirse con colores especialmente hermosos como el azul cielo. En buena medida es justo que así suceda. Han aceptado con los brazos abiertos la idolátrica necedad de rendir culto e inclinarse no ante el Creador sino ante criaturas. En ocasiones incluso se comportan devotamente frente a lo que sólo es un pedazo de madera, de metal o de piedra. ¿Por qué no iba a permitir el Creador de los mundos que un jinn, que, a fin de cuentas, fue creado a partir del fuego, los engañara recurriendo a sus torcidas creencias e idolátricas prácticas?

1

Alfonso

Alfonso tiró de las recamadas riendas y obligó al corcel a detenerse. Llevaban cabalgando casi sin descansar desde hacía varios días y ahora, llegados a la ciudad, no había podido evitar el deseo de entrar en ella de manera anónima. Lejos de congregar en torno a él la guardia de corps habitual, sólo lo acompañaba media docena de caballeros. El animal, un soberbio bruto que parecía especialmente engendrado para plegarse a los deseos del jinete más exigente, había piafado un instante y luego se había parado a la espera de cualquier consigna que su amo tuviera a bien dictarle.

Alfonso frunció los ojos y volvió a dirigir la mirada hacia la urbe que yacía a sus pies, somnolienta bajo el sol morado del crepúsculo. Tonalidades verdes, ocres y grises esmaltaban la superficie del río Tajo a la vez que acariciaban las elevaciones cercanas dotándolas de una dignidad difícil de alcanzar. La ciudad que los musulmanes llamaban Tulaytula desprendía una belleza tranquila y serena, semejante a la de una hermosa mujer dormida. En otro tiempo había sido la capital del reino de España cuando sus monarcas eran godos descendientes de caudillos venidos de lejanos lugares. Habían pasado muchos siglos desde entonces, pero en no escasa medida todo seguía girando en torno a aquella monarquía desaparecida, la de unos españoles que llevaban combatiendo medio milenio contra los invasores. Observada desde aquel altozano, parecía un laberinto de calles rezumantes de casas de mil tipos. Sin duda, era mucho más que eso.

Picó suavemente con sus talones los costados de su montura y la guió con habilidad para que descendiera hacia la ciudad. Aunque su salud no lo recomendaba, se encontraba unido al animal por una especie de vínculo secreto y poderoso que lo mismo le permitía servirse de él como caballo de paseo, como instrumento de caza o, tal era el caso en esos momentos, como compañero en empresas de guerra. Alfonso se dijo que en Castilla millares de labradores tan sólo poseían una espada, un caballo y sus propias manos, pero esas escasas propiedades convertían a un hombre en un caballero libre que no habría inclinado su cerviz ni siquiera ante el rey más poderoso si no defendía la justicia y el derecho. Eso diferenciaba a Castilla de los otros reinos de España y, sobre todo, la convertía en superior. En aquellas tierras que él regía no había un dominio gótico como en León, ni existía el infame derecho de pernada vigente en los condados catalanes, ni los nobles eran seres despóticos como en Aragón. No, el suyo era un reino de hombres libres que sabían que la libertad descansa siempre en el pomo de la espada con la que nos defendemos. Precisamente por ello era atacada continuamente por aquellos que debían agradecerle que diera su sangre y su oro en una lucha denonada contra los invasores. No sólo no mostraban la menor gratitud, sino que siempre habían aprovechado esos enfrentamientos para atacar a Castilla. Por eso, la primera preocupación de Alfonso había sido encontrar una manera de parar cualquier golpe que pudiera venir de Aragón, Navarra o León. Y quien había dado con ello, para vergüenza de sus cortesanos, había sido Raquel.

—Mi señor —le había dicho—, ¿y el Papa no podría ayudaros?

Aquella referencia al obispo de Roma le había pillado totalmente desprevenido.

—¿Qué tiene que ver el Papa con todo esto, Raquel?

—Mi señor, si él dijera que vuestra lucha es una guerra santa...

—¿Una guerra santa? —la había interrumpido el rey—. ¿Como si fuéramos mahometanos?

—Mi señor, ¿qué más os da a quién se le ocurriera primero que la guerra es santa si puede ayudaros en vuestros propósitos? —había razonado la judía con candidez conmovedora.

Alfonso había dudado unos instantes. Nunca había estado seguro de que la sumisión a la sede de Roma que el rey Sancho había impuesto sobre Castilla hubiera sido un paso adecuado. España siempre había sido independiente del obispo de Roma, había contado con su propio primado, había dispuesto de una liturgia específica distinta de la romana... No era de extrañar que el mismísimo Cid se manifestara contrario a que Castilla aceptara el primado de Roma y más cuando no pasaba de ser una decisión política de dudosos réditos. Al final, Castilla había aceptado colocar aquel yugo sobre su cerviz, los monjes de Cluny llegaron y se empeñaron en cambiar los cultos, pero los caballeros que se suponía iban a descender de los reinos situados al norte de España para combatir a los moros habían brillado por su ausencia. No había sido un buen paso, pero ahora...

—¿De verdad creéis, Raquel, que si el Papa dijera que ésta es una guerra santa los otros reyes se estarían quietos? —había preguntado.

—Mi señor, es posible que así sea. En cualquier caso, no veo alternativa.

No se había equivocado la judía. El obispo de Roma, convenientemente agasajado, adulado y regalado, había promulgado una bula en la que convocaba a todos los reyes de la Cristiandad para que acudieran a ayudar a Alfonso VIII de Castilla. Por supuesto, el leonés, en su tradición habitual, se había lavado las manos como el conocido romano que sentenció a Cristo a morir en la cruz, pero al menos tomó conciencia de que esta vez no podría atacar a Castilla por la espalda. Por lo que se refería a los reyes de Navarra y Aragón, se habían comprometido a enviar algunos caballeros, no muchos, ciertamente, pero sí bastantes como para que pudieran jactarse de haber contribuido a la empresa común. A decir verdad, incluso del otro lado de los Pirineos habían llegado guerreros que decían estar ansiosos por combatir contra el infiel.

Un rictus cercano a la sonrisa se dibujó en la cara de Alfonso. Se dijo que la vida era una sucesión ininterrumpida de absurdos derivados de reglas que, siquiera en apariencia, eran magníficas. Así, por ejemplo, estaba él convencido de que no debían contraer matrimonio personas que profesaran distinta religión, pero…, sí, pero ¡qué magnífica esposa habría sido Raquel! A decir verdad, no habría podido encontrar otra mejor, y lo sucedido en relación con el obispo de Roma bien lo dejaba de manifiesto. Por lo que se refería a su esposa legítima…, buena paridora sí era, y desde luego le encantaba inmiscuirse en los asuntos del reino, pero más allá de eso…

Durante aquellos días no había tardado en cruzarse con caballeros que venían del norte pero que no hablaban castellano sino lenguas que parecían nacidas del fondo de la garganta o que daban la sensación de precisar cantidades adicionales de aliento para formar las palabras. Era obvio que aquellos guerreros también se dirigían a Toledo para combatir a los musulmanes, pero a los ojos de Alfonso no había nada en común entre ellos y él o los castellanos a sus órdenes. Tampoco se asemejaban a los navarros o a los aragoneses. Por el contrario, en su aspereza de gestos, en sus risas desenfrenadas y en sus burlas apenas ocultas le parecía descubrir que se trataba de gente muy distinta a la que siempre había conocido.

Seguramente esa sensación de lejanía era la que lo había impulsado a mantener una cortés distancia con aquellos caballeros y a proseguir el camino hacia Toledo en solitario. No se había arrepentido de aquella decisión. En general, el paisaje había discurrido agradablemente, los bosques habían sido casi continuos y no había resultado difícil hallar caza para complementar de manera sustanciosa las provisiones del trayecto. Incluso hasta superar la sierra situada al norte de Magerit la temperatura se había mantenido gratamente suave. Sólo cuando hubieron dejado atrás aquella población pequeña a cuyos habitantes llamaban «gatos» porque el héroe que la había reconquistado de los musulmanes había trepado por sus murallas con la habilidad propia de un avezado felino, había comenzado a sentir calor.

Descender por el valle del Tajo hasta Toledo significó verse sometidos a una canícula agobiante. En algunos momentos tuvo la sensación de que el sol se había convertido en un recipiente gigantesco que derramaba metal fundido sobre su cabeza; en otros, se vio repentinamente privado de aire, como si la mano poderosa de un ser sobrenatural hubiera recogido hasta el más mínimo atisbo de brisa que pudiera refrescar la ardiente superficie de la tierra. Y era entonces cuando la necesidad de tener cerca a Raquel, que, como era obvio, no lo acompañaba, se hacía más acuciante. Sin embargo, al contemplar aquella ciudad, hermosa y altiva, el inaprensible hechizo que emanaba de aquellas piedras dispuestas en extraña e incomprensible armonía borraba el recuerdo de las horas de insoportable calor.

No tardó mucho en descender la suave colina, cruzar el puente que pasaba por encima de la verdosa corriente y dirigirse hacia la puerta de complexión extraordinaria que se le ofrecía a la vista.

Cuando atravesaron la entrada, ante el rey y su reducida escolta se extendió un universo de polícroma variedad: animales de las más diversas especies y tamaños, comerciantes que exponían los productos más insólitos, artesanos trabajando en complicadas artes que nunca hubieran podido imaginar… Y junto a aquellos atuendos, aquellas voces, aquellas labores que desconocían, planeaba una nube de olores y fragancias desconocidos que los envolvió como si de la misteriosa capa de un mago se tratara.

Se abrieron paso como pudieron en medio de la abigarrada turba y, cuando llevaban ya un buen rato perdidos, llegó hasta sus oídos, nítido y claro, un grito femenino.

—¿Qué mujer habrá sido? —pensó en voz alta Alfonso.

—No tengo ni idea, mi señor —respondió uno de los caballeros que iban con él—, pero creo que no tardaremos en saberlo.

Habían ya doblado un par de esquinas cuando volvieron a escuchar un sonido similar.

—¡Por ahí! ¡Por ahí! —ordenó Alfonso mientras azuzaba a su caballo en la dirección de la que le parecía que procedía la alarmada voz.

Apenas tardó unos instantes en escuchar un chillido que quizá no procedía de la misma mujer, pero que le llevó a pensar que iba bien orientado.

—¡Vamos! ¡No os entretengáis! —los instó el rey al tiempo que picaba los costados de su montura.

Recorrió a toda la velocidad que pudo los pasos que le separaban del extremo de la calle de donde procedían los gritos. Entonces, al doblar la esquina hacia la izquierda, un resplandor como nunca había contemplado cegó los ojos de Alfonso y de su escolta.

L a siguiente conducta del que tiene intención de enfrentarse con un jinn es evitar fabricar imágenes de Dios y rendirles culto. No son pocos los que identifican este requisito con el simple hecho de no rendir culto a las imágenes. Efectivamente, así es, ya que cualquiera que se inclina ante un trozo de metal, de madera, de yeso o de barro comete uno de los pecados más groseros que se puedan imaginar, por mucho que intente justificarlo apelando a que se trata de una representación del ser al que adora. Con seguridad, esa persona no dará de comer, cuidará o copulará con una imagen alegando que es como si lo hiciera con su hijo, su madre o su cónyuge. Sin duda, el Shaytán es el originador de esta inicua conducta, y la prueba directa es la manera en que aquellos que se inclinan ante una imagen entontecen su sensibilidad espiritual. Sin embargo, con abstenerse de esta vergonzosa conducta no basta. Además, el que pretende enfrentarse a un jinn ha de evitar crearse un dios según su entender —es decir, una imagen de sus pensamientos— y rendirle culto. Por el contrario, debe someterse sólo al Dios único y verdadero al que sirvieron Ibrahim y Musa, Daud e Isa, y debe ser consciente de que el único Dios verdadero es un espíritu y, por lo tanto, requiere que se le adore en espíritu y en verdad. Eso significa descubrir que no mora en templos, ni reside en mezquitas ni se refugia en sinagogas. Tampoco está —como algunos idólatras afirman— en el interior de cada mortal. Ciertamente, podemos dirigirnos a Él desde cualquiera de esos lugares, y hasta pudiera ser que en alguna ocasión nos escuchara, pero ni habita en ellos ni permanece allí. Por eso, el secreto de una habitación, la soledad de un bosque, un pedazo de desierto o un camino polvoriento pueden ser enclaves tan adecuados para encontrarse con Él o para que nos escuche como el santuario más famoso y visitado. Pasar por alto estos principios esenciales implica abrir la puerta para que el jinn se enseñoree de la persona y lo domine, eso sí, aparentando todo lo contrario.

2

Ahmad

Al-Ándalus, 1212

Qué te parece lo que has visto hasta ahora de Al-Ándalus? El muchacho dudó un instante. Hasta ese momento se había sentido sorprendido, satisfecho, incluso feliz, pero una cosa era lo que experimentaba en su interior y otra bien diferente dar cuenta de esos sentimientos a aquel hombre, cuya identidad desconocía pero que, según Suleimán, estaba dotado de una autoridad extraordinaria.

—Sayidi… —comenzó a decir—, yo soy únicamente un voluntario que ha venido desde África para servir a las órdenes de En-Nasir. Poco más puedo deciros.

—Al contrario, al contrario —le contradijo su interlocutor—. Suleimán me ha dicho que eres un joven agudo y con una capacidad de aprendizaje realmente notable. Me interesa mucho lo que alguien como tú pueda pensar. Por ejemplo, ¿crees que la gente de Al-Ándalus son buenos musulmanes?

La lengua del joven se movió inquieta dentro de la boca. La pregunta era delicada, pero no podía eludirla.

—Me duele decirlo, sayidi —respondió el muchacho—, pero hasta donde yo he podido ver, no lo son. Están demasiado entregados a placeres que no resultan lícitos en el seno de un islam obediente a Al·lah.

El hombre asintió con la cabeza y frunció los labios.

—Comprendo lo que me dices, pero ¿podrías darme algún ejemplo de esas conductas que no son… correctas?

—Sayidi, en Al-Ándalus la gente muestra un terrible desapego hacia las enseñanzas del Qur'an. Por ejemplo, son muchos los que beben vino a todas horas. Yo mismo he tenido ocasión de comprobarlo, y además parece que se trata de todo tipo de vinos… dulces, secos, embocados… Es una vergüenza. Y, por añadidura, sus mujeres no saben guardar la debida compostura. Aprovechan cualquier excusa para quitarse el velo y mostrar su rostro. He oído decir que además son gritonas y que intentan en todo momento imponerse a sus maridos. No puedo dar fe de ello, pero no me extrañaría que así fuera. Y lo peor…, bueno, sayidi, es sólo mi impresión, pero… pero creo que es la verdad…, en fin, lo más grave no es que beban a todas horas aquello que prohibió el rasul-Al·lah o que las mujeres se comporten como puercas sin lavar, lo más peligroso es el interés que tienen por eso que llaman «cultura»…

—Cultura… —repitió el hombre en tono reflexivo—. ¿Tú crees que el gran pecado cometido por los habitantes de Al-Ándalus es su interés por la cultura?

—Creo, sayidi, que la cultura los aparta a todas esas gentes del culto correcto a Al·lah. Se dedican a escuchar música, a componer poesía y, en especial, a leer. ¿Qué pueden encontrar en un libro que no haya sido dispuesto ya en el Qur'an? ¿Acaso no deberían bastarles sus aleyas para vivir de una manera feliz y, sobre todo, que agrade a Al·lah?

—¿Has participado en las quemas de libros que han llevado a cabo nuestras tropas?

—*Naam*, sayidi, *naam* —respondió el joven mientras su cuerpo se tensaba—. En esos libros se halla un amor por lo que no es de Al·lah que debe ser arrancado de esta tierra para que puedan llegar Sus bendiciones.

El hombre se acarició el mentón, apenas descubierto. Estaba convencido de que aquel muchacho pensaba lo mismo que los millares que habían cruzado el Estrecho para entrar en Al-Ándalus. Eran guerreros fuertes, impetuosos, obedientes, pero sobre todo entregados al verdadero islam. Con gente como aquélla las fuerzas almohades podrían cabalgar hasta las puertas del Paraíso sin que hueste alguna fuera capaz de detenerlos.

—Voy a encomendarte una misión —dijo finalmente al muchacho—. Creo que, como dijo Suleimán, entiendes la vida tal y como desea Al·lah y precisamente por ello eres digno de confianza.

—Sayidi, obedeceré tu mandato me cueste lo que me cueste. Incluso la vida —respondió el joven.

El hombre sonrió e inmediatamente dio una palmada. Apenas hubo sonado ésta cuando una llama se encendió a unos pasos del lugar donde ambos se encontraban de pie. Fue como una repentina explosión de luz amarilla que se movió en medio de la oscuridad hasta asentarse en el extremo de una lámpara; se detuvo allí cual un pájaro que concluyera su vuelo posándose en la rama de un árbol. Luego, como si un jinn oculto sujetara la luz, ésta se elevó por el aire y se detuvo ante un cuerpo.

Por supuesto, alguien tenía que sostener aquella lámpara, pero la oscuridad era tan espesa que lo único que acertaba a verse era la llamita, el extremo donde se hallaba asentada y un halo que descubría la presencia de alguien. El semicírculo luminoso subió levemente y ante el joven quedó expuesto el rostro de un hombre. Ahmad no tuvo la sensación de que se tratara de nadie especial. A decir verdad, por lo poco que acertaba a ver de su atuendo habría afirmado que era un personaje sin relevancia. Le recordó, de hecho, un simple pastor con un modesto atuendo de lana.

—Éste al que ves —dijo el hombre— es alguien muy importante para nosotros. No podemos permitirnos perderlo durante esta aceifa. Si así sucediera, las consecuencias resultarían poco deseadas. Desde este momento, te convertirás en su escolta. Ni un solo instante dejarás de acompañarlo y seguirlo. No tienes que obedecer sus órdenes, puesto que no es tu superior, pero debes evitar que le pase nada o desaparezca. Es como… como si te ordenara custodiar un halcón. Ni una sola de sus plumas ha de resultar dañada, pero no estás a su servicio sino al mío. ¿Me has entendido?

—Creo que sí, sayidi.

—Bien —dijo el hombre—. Queda algo más. A pesar de su apariencia, puede leer a la perfección lo que aparece en los libros. Sí, alguien tiene que hacerlo, aunque quizá ahora no termines de entenderlo. Precisamente por eso, tiene como misión comprobar si los mapas que llevamos se corresponden de manera acertada con la realidad. Se trata de algo enormemente relevante para la batalla que vamos a librar. Pues bien, tú lo acompañarás en esas verificaciones. Cada día saldrá del campamento acompañado de ti, y acompañado de ti regresará. Es un cometido muy importante, más de lo que te imaginas. ¿Lo cumplirás?

—Con mi propia vida, sayidi.

—Perfecto, hijo. Una última cuestión. ¿Sabes quién soy?

El joven permaneció en silencio. No, no lo sabía. Suleimán sólo le había dicho que se trataba de un personaje de relevancia, pero nada más.

—*La*, sayidi, pero te obedeceré porque…

—Soy En-Nasir —lo interrumpió el caudillo de todos los almohades.

Ahmad dobló sus rodillas e intentó inclinarse ante el jalifa, pero éste se lo impidió sujetándole los brazos.

—*La, la* —le dijo—. Yo sólo soy un hombre al servicio de Al·lah. Nada más.

—Sayidi… —apenas acertó Ahmad a susurrar, abrumado.

—Cumple con tu misión de la manera adecuada y en el futuro se te encomendarán otras más importantes.

—Así será —afirmó Ahmad con el tono más solemne que pudo.

—No me cabe duda —dijo En-Nasir—. Por cierto, el hombre al que custodias atiende al nombre de Abdallah.

Abdallah…, el siervo de Al·lah…, se dijo Ahmad mientras reflexionaba en que resultaba un curioso nombre para alguien que leía libros distintos al Qur'an.

*E*n tercer lugar, el que tenga intención de enfrentarse con un jinn jamás utilizará el nombre del Creador de los mundos. Evitará, de manera consciente y firme, usarlo como si fuera un amuleto, un sortilegio o una posesión propia. El nombre del Creador de los mundos es sagrado y no puede ser instrumentalizado por ningún mortal. Si alguien piensa que puede reducir al Creador de los mundos a su deseo, a su plan, a su capricho es un necio irreverente que nada podrá contra un jinn. Dice el proverbio: «Cuando alguien anuncia los planes de Dios, Dios se ríe de él». Yo diría más bien que lo mejor que puede sucederle a quien anuncia los propósitos de Dios es que Dios se carcajee de sus palabras.

Esta conducta incluye la voluntad firme de no pronunciar un juramento, tanto si garantiza lo verdadero como lo falso. Por el contrario, nunca debe ir más allá de «sí» y de «no», porque cuando un mortal se enreda con aditamentos a tan sencillas palabras está acercándose al poder del Shaytán y porque, por añadidura, nadie, absolutamente nadie, puede cambiar el color de sus cabellos, decidir la muerte de su suegra o alterar el destino de sus hijos por mucho que pronuncie terribles juramentos.

3

Alfonso

Toledo, 1212

Alfonso parpadeó en un desesperado intento de recuperar el sentido de la vista. Los ojos se le habían llenado de lágrimas, los párpados le pesaban como si sobre ellos hubiera caído un capazo de arena y su nariz recibió el impacto de una sustancia que le provocó ahogo y toses. Dio unos pasos atrás, carraspeó con violencia y por fin pudo dirigir la mirada hacia el lugar del que procedía el resplandor.

—¡Averiguad qué sucede! —gritó a su menguada escolta.

Mientras descendían hacia la ciudad había ido oscureciendo, pero ahora, en medio de la ya cerrada y negra noche toledana, resplandecía de manera rojizamente siniestra un incendio que alcanzaba mucho más allá del punto que Alfonso podía abarcar con la mirada. Las casas de varios pisos parecían monigotes de color azabache envueltos en elevadas llamaradas amarillas y rojas que avanzaban devorándolo todo a su paso.

De repente, la mirada del rey chocó con ella. Se trataba de una muchacha, casi una niña, vestida con ropas oscuras. Se deslizaba pegada a las paredes procurando no abrasarse al tocar los ardientes adobes y, a la vez, mantenerse oculta, pero ¿de quién o de qué? No tardó en descubrirlo. Quien perseguía a la joven era un caballero ataviado con una armadura extraordinariamente lujosa. Marchaba a lomos de un corcel de posesión envidiable pero no parecía impulsado por la prisa. En realidad, casi se habría dicho que se complacía en dejar cierto espacio entre él y su víctima, al igual que el cazador que disfruta alargando el placer de la persecución. De repente picó los costados del caballo y se colocó a la altura de la muchacha. Entonces sonrió, lanzó un grito y descargó el filo de su espada justo encima de la joven.

El choque del afilado metal con la renegrida pared produjo un siniestro destello en el arma, un desagradable chirrido en los ladrillos del muro y una jocosa carcajada en el rostro del caballero. Sin embargo, por muy divertida que pudiera parecerle aquella situación, desde luego la amedrentada muchacha no la juzgaba de la misma manera. Llevándose la mano al pecho, intentó escapar de aquel personaje que cada vez se encontraba más cerca de ella.

—¿Por qué no la dejas? —gritó uno de los caballeros de Alfonso, impulsado por un pujo insoportable de cólera.

Las palabras apenas habían abandonado su boca cuando el jinete y la muchacha clavaron en él los ojos.

—¡Señor! —gritó inesperadamente la joven—. ¡Salvadme de este extranjero!

En otro momento y en otro lugar, Alfonso habría recurrido a su condición regia para acabar con aquella situación que, fuera cual fuese su naturaleza, sobrepasaba lo lícito. Sin embargo, viendo que había un extranjero involucrado y, sobre todo, que uno de sus caballeros más jóvenes había reaccionado con notable impetuosidad, decidió permitir que todo siguiera adelante. Sin embargo, con gesto suave pero de indiscutible autoridad, alzó la mano derecha para contener al resto de su escolta. Tras intercambiar unas miradas, los miembros de la escolta, dispuestos a obedecer la orden regia, sujetaron con fuerza las riendas de sus caballos.

Mientras tanto, el caballero joven se había llevado la mano a la espada con la intención de desenvainarla y defender a la muchacha, pero aquel gesto no despertó la menor inquietud en el jinete foráneo. En su rostro se dibujó una mueca de desprecio y, tras lanzar un escupitajo al suelo, gritó:

—¡Ulrich!

Apenas hubo pronunciado aquella palabra, que para Alfonso y su reducido séquito no significaba nada, cuando dobló la esquina un hombretón de espaldas anchas y brazos robustos. A diferencia del jinete, no iba armado más que con una tranca gruesa que sujetaba en la mano izquierda, pero el caballero comprendió inmediatamente que un golpe asestado con aquel trozo de madera maciza y sólida podía resultar mortal.

—Uno solo —dijo Alfonso alzando el dedo índice.

—Seré yo, mi señor —exclamó otra voz juvenil—. El caballero es mi primo.

—Bien está —asintió el rey.

—Ten cuidado, Rodrigo —dijo el caballero al que el rey acababa de autorizar a entrar en la lid.

—Bien —dijo el tal Rodrigo y, a continuación, terminó de desenvainar la espada y tiró de las riendas para encaminar su montura hacia el jinete.

El guerrero que perseguía a la mujer apenas tuvo tiempo de detener la rápida estocada que Rodrigo descargó sobre él. El choque fue tan vigoroso que los sorprendió a ambos; al extranjero, por la energía del castellano, y a Rodrigo, por la resistencia que había encontrado en el acero de su adversario.

Mascullando una maldición pronunciada en una lengua que Rodrigo no conocía, el caballero tiró de las riendas de su corcel y se dispuso a eliminar a aquel molesto obstáculo que se interfería en el camino de una diversión que hasta ese momento había resultado tranquilamente plácida.

—¡Cuidado, Rodrigo! ¡Cuidado!

Apenas había oído el castellano aquellas palabras cuando

sintió que una fuerza inesperada le empujaba por debajo de su pie derecho y le impulsaba por encima de su montura. Antes de comprender lo que estaba sucediendo, los huesos de Rodrigo se habían estrellado contra el duro adoquinado de Toledo.

Por un instante, el caballero quedó aturdido. Al sacudir la cabeza hacia la derecha, vio cómo su pariente agarraba por la cintura al gigantón de la vara y lo levantaba en el aire. Un hilillo de sangre descendía por la frente y las mejillas de su familiar, pero a pesar de ello parecía más fuerte que nunca. Sólo al girar hacia la izquierda el rostro, se percató Rodrigo de que la espada de su adversario descendía sobre él describiendo un siniestro y brillante arco.

Apenas tuvo tiempo de inclinarse hacia un costado, de lanzar ambas manos en esa dirección y de girar sobre sí mismo. Logró esquivar la estocada pero percibió la corriente de aire frío que la espada provocó en su espina dorsal.

Se encontraba todavía sentado en el suelo cuando aquella hoja de letal acero que volvió a abatirse sobre él. Mientras repetía, en sentido opuesto, la pirueta que acababa de salvarle la vida, Rodrigo intentó localizar dónde había caído su arma. Necesitaba ponerse en pie y llegar hasta ella, pero ¿dónde estaba? El extranjero acababa de levantar su espada por tercera vez cuando Rodrigo, en lugar de desplazarse de nuevo hacia un lado, alargó inesperadamente la pierna derecha.

El hidalgo germano sintió un dolor agudo. Había pensado amagar con la espada para descargar el nuevo golpe en la dirección en que se desplazara el castellano, pero aquel renacuajo, en lugar de repetir sus maniobras anteriores, había estirado el pie y le había propinado un golpe en la rodilla. Mientras se mordía el labio reprimiendo una mueca, dio dos pasos hacia atrás. Bastó para que Rodrigo apoyara las manos en el suelo y, de un vigoroso salto, se pusiera en pie.

Esquivó una, dos, tres estocadas más, pero entre la segunda y la tercera alcanzó a ver su espada. Se encontraba caída a una decena de pasos a su izquierda. Sólo era cuestión de engañar a su enemigo, de apartarlo de su arma, de arrancarle unos instantes para alcanzarla.

Sin apartar los ojos del germano, Rodrigo dio un par de pasos en su dirección. Un brillo maléfico brotó de la mirada del caballero, que una vez más se preparó para acabar con aquel rival inesperadamente escurridizo. Esta vez, sin embargo, la reacción de Rodrigo resultó aún más inesperada. Apenas el germano hubo alzado la espada, el castellano levantó ambas piernas en el aire con sorprendente agilidad y golpeó con todas sus fuerzas el vientre de su enemigo.

Al caer, el joven sintió el tremendo impacto del pétreo adoquinado contra su espalda, pero no podía permitirse perder un solo instante por el efecto del agudo dolor. Con toda la rapidez de que fue capaz, se incorporó y echó a correr hacia su espada. Apenas acababa de sujetarla con fuerza en su diestra, cuando vio que su enemigo se dirigía hacia él con un gesto de innegable furor. Nunca había tenido que enfrentarse a un sujeto tan correoso, y a esas alturas deseaba reducirlo a pedazos tan pequeños que apenas pudieran ser apreciados por el ojo humano. Por desgracia para él, Rodrigo no compartía aquel deseo.

Esquivó por dos veces las estocadas del germano y contempló su rostro, ahora sudoroso. Sí, el caballero transpiraba a mares y el líquido que rezumaba su frente le caía sobre los ojos y le impedía ver con claridad. Si tan sólo… si tan sólo… Todo sucedió en apenas un instante. El germano se llevó la izquierda a la frente para enjugarse el sudor. Entonces, Rodrigo, con la seguridad del que realiza un gesto mil veces repetido, cogió la hoja de su espada con la mano izquierda, le dio rápidamente la vuelta y golpeó con el pomo del arma el mentón de su enemigo. No fue un choque demasiado contundente, aunque sí directo y especialmente doloroso. De hecho, el germano apenas pudo sofocar un gemido antes de retroceder un paso. Deseaba apartarse, pero Rodrigo le golpeó la barbilla por segunda vez, y cuando, esta vez sí, el caballero lanzó un grito, el muchacho repitió la maniobra con un ahínco todavía mayor.

Un tintineo seco anunció que el arma del germano se había desprendido de su mano y había caído al suelo, pero Rodrigo sabía que eso no era suficiente. Continuó asestándole golpes directos en la parte inferior de la cara hasta que, retrocediendo, su espalda dio contra un muro. Entonces, con una agilidad sorprendente, describió una parábola hacia su izquierda y, con toda la contundencia de que fue capaz, lanzó contra la frente del germano la empuñadura del arma.

—Muy bien hecho… —dijo admirativamente su primo mientras contemplaba cómo el cuerpo del extranjero se deslizaba sobre la pared para terminar sentado inmóvil y sin conocimiento en el enlosado.

Fue al escuchar aquellas palabras cuando Rodrigo recordó a su compañero. Sin apartar del todo la vista del hombre que podía haber acabado con su vida, dirigió la mirada a su primo. La sangre había dejado de manar y su rostro presentaba un aspecto saludable. A tan sólo unos pasos de él yacía el gigantón, con la vara rota en dos muy cerca de su cráneo.

—No parece que tú tampoco lo hayas hecho mal —dijo Rodrigo con una sonrisa burlona.

—Era débil como un pajarito… —comentó su primo en un tono entre ingenuo y despectivo.

A punto estaba Rodrigo de lanzar una carcajada cuando a su espalda sonó una voz dulcemente femenina.

—Señor…, señor, gracias. Gracias por todo lo que habéis hecho por mí.

Y en ese momento Rodrigo recordó la razón por la que se había visto involucrado en aquel terrible combate que podía haberles costado la piel tanto a él como a su primo.

*E*n cuarto lugar, aquel que tenga intención de enfrentarse con un jinn y salir vivo e incluso victorioso del choque ha de contar con una visión adecuada del tiempo. Lejos de entregarse de manera desproporcionada al placer, al descanso o al trabajo, todo mortal debe saber que no es bueno ser laborioso en exceso, como tampoco lo es descansar demasiado e incluso orar en demasía.

La vida es algo que el Creador de los mundos nos ha dado en cantidad indefinida y, con seguridad, no excesiva sino dolorosamente limitada. Precisamente por ello, la prudencia debe caracterizar el empleo que lleve a cabo del tiempo que se le ha concedido. Nunca debe desperdiciarlo inútilmente. Nunca debe explotarlo tanto que no descanse y acabe enfermando. Nunca debe apartar de él a los que necesitan ayuda y misericordia. Nunca debe excluir de él porciones escogidas a diario para hablar con el Creador de los mundos, adorarlo y pedir su dirección. Nunca debe permitir que lo menos relevante ocupe el lugar que tan sólo merece lo más importante.

El mortal que no sabe cómo aprovechar su tiempo de la mejor manera jamás podrá enfrentarse con un jinn y vencerlo. Si cae en la grave equivocación de hacerlo, el jinn lo enredará en bucles y bucles de tiempo retorcido y mendaz hasta dejarlo exhausto y obligarlo a rendirse. Incluso puede que, llegado ese momento, el jinn finja estar derrotado, en la seguridad de que su agotado adversario aceptará aliviado semejante engaño.

El resultado será, pues, una criatura que sigue esclavizada bajo el poder inicuo de un jinn; un mortal vencido por un jinn astuto, pero, sobre todo, por su propia falta, y un jinn satisfecho por su nuevo triunfo.

Igualmente, aquel que tiene el propósito de enfrentarse con un jinn debe ser consciente de que el tiempo pasa y con él su propia vida, de manera que ha de administrarlo con sensatez y cordura. Lo que es digno en un joven puede ser indecoroso en alguien maduro y abiertamente indecente en un anciano, mientras que el empleo del tiempo que puede aceptarse en un niño resulta ilícito en alguien con responsabilidades. Por todo ello, una de las razones por las que debemos orar cada día es para que el Creador de los mundos nos permita conocer nuestros tiempos y comportarnos de acuerdo con ellos.

4

Abdallah

Contempló al muchacho que desde hacía varios días se había convertido en una sombra que no lo abandonaba a ninguna hora del día ni de la noche. En un par de ocasiones había intentado entablar conversación con él, pero sus esfuerzos no habían obtenido resultado alguno. Aquel joven procedente del otro lado del Estrecho no había manifestado el menor interés por hablar, por charlar, por intercambiar la menor idea o sensación. Demostraba una convicción tan berroqueña sobre lo que estaba bien y lo que estaba mal, sobre lo que debía hacerse y lo que debía evitarse, sobre lo que había que pensar y lo que había que evitar, que para él entablar cualquier conversación resultaba un intento inútil y ocioso. Por encima de esa dureza de espíritu tan acentuada, destacaba especialmente su odio hacia la letra escrita. No se habría atrevido a decir que el muchacho aborreciera los libros en conjunto, pero sí odiaba de todo corazón la menor línea que pudiera contradecir, real o supuestamente, sus creencias. Si aquel joven confiaba en las llamas tan ciegamente era porque éstas podían destruir por completo cualquier intento de llevarle la contraria. No las veía como un peligro para conservar el saber sino como un aliado en el triunfo de la verdad. *De su verdad*. Como todo ignorante, intuía que podían existir argumentos poderosos en contra de su cosmovisión y se aprestaba a no escucharlos y, por añadidura, a aniquilarlos de raíz.

Con todo, Abdallah no creía que Ahmad fuera totalmente malo. Era posible que hasta hubiera elementos buenos en su cegado corazón. El ansia por servir a la verdad, la disposición a arriesgar todo para que llegara a triunfar, el desapego hacia lo material en favor de una causa totalmente espiritual…, todo eso eran no virtudes pero sí terrenos en los que el bien podía crecer, a condición, claro estaba, de que fueran sembrados. Lo malo era que en aquellos barbechos del alma alguien había arrojado antes las semillas del odio, de la intransigencia, del fanatismo, de la violencia. En otro lugar y quizá en otro tiempo, Ahmad podía haber sido él. En otro lugar y quizá en otro tiempo, él podía haber sido Ahmad. Si, al fin y a la postre, Ahmad era Ahmad y él era él, se debía a un designio del Creador de los mundos que escapaba a la mente humana más aguda; que, con total y absoluta seguridad, no era arbitrario y que sin duda alguna obedecía al Amor.

—¿Se corresponde con el mapa? —preguntó Ahmad, y Abdallah se vio obligado a abandonar sus pensamientos.

Ahmad nunca empleaba con él tratamientos respetuosos como sayidi u otro equivalente. Debía de pensar que era un sujeto de dudosa clasificación y, por si acaso, había decidido privarle de un apelativo que luego resultara, desde su estrecho punto de vista, injusto.

—¿Quieres comprobarlo por ti mismo? —le dijo Abdallah tendiéndole el plano.

Ahmad reaccionó dando un respingo y retrocediendo. Abdallah tuvo que hacer esfuerzos para no soltar una carcajada, pero consiguió reprimirla y añadió en tono neutro:

—¿Acaso no sabes leer un mapa?

Ahmad negó con la cabeza.

—Pues es indispensable para tu misión —dijo Abdallah de la manera más aséptica posible—. Imagínate que yo, en lugar de ser una persona de confianza que merece una escolta especial, fuera alguien de dudosa lealtad. ¿Cómo podrías comprobar que no estoy engañando al glorioso jalifa En-Nasir si no eres capaz de interpretar estos trazados?

Las facciones de Ahmad se removieron presa de la incomodidad, pero no despegó los labios. Algo en su interior le advertía de que aquel personaje sospechoso podría estar planeando una añagaza, y bajo ningún concepto estaba dispuesto a dejarse atrapar en ella.

—Yo aprendí a leerlos hace tiempo —continuó Abadallah mientras contrastaba el paisaje con el dibujo que sujetaba con ambas manos—. Como tantas otras cosas útiles, fue algo que saqué de los libros.

—La inmensa mayoría de los libros son malos —cortó Ahmad.

—Sí —Abdallah sonrió—. Seguramente sea así, pero ¿cómo puedes distinguir cuál lo es y cuál no?

—Si lo que dicen es contrario al Qur'an, son malos —respondió, tajante, Ahmad.

—Es una regla, sin duda —concedió Abdallah sin abandonar su trabajo.

—Es *la* regla —lo corrigió, molesto, Ahmad.

—¿Y qué pasa con aquellos libros que no tratan de religión? —dijo Abdallah sin mirar a Ahmad.

—Lo más importante en esta vida es el islam. Incluso si no son malos, esos libros carecen de valor, si se destruyen no se pierde nada. Así la gente no se distraerá de lo que es verdaderamente importante —respondió Ahmad, cada vez más destemplado.

—Quizá, quizá sea así —continuó Abdallah—, pero ¿y si el libro pudiera ayudar a la gente? Déjame que te dé un ejemplo. Yo he leído libros donde se relataba cómo criar palomas de la manera más provechosa o cómo aprovechar mejor la tierra de manera que nos dé más frutos. ¿Te atreverías a destruir un libro como esos que podrían propiciar que la gente no pasara hambre y que los pobres fueran socorridos con mayor misericordia?

La pregunta había sido lanzada en un tono neutro, plano, incluso frío, pero causó en Ahmad un impacto tan doloroso como si le hubieran asestado un golpe en la boca del estómago.

—¿Y bien? —dijo Abdallah apartando ahora la mirada del mapa y de la geografía de la zona y mirándole directamente a los ojos.

—*La… la…* quizá un libro así…

—… no sea malo del todo, ¿verdad? —concluyó su frase Abdallah—. Bien, sabía que lo verías de esa manera porque eres un joven despierto. Aceptas, por lo tanto, que un libro que nos enseñe a cultivar la tierra puede ser bueno…

Ahmad asintió de mala gana con la cabeza.

—Bien —continuó Abdallah—. Y ya que creemos que un libro puede ser bueno si nos permite tratar mejor un huerto o un regadío, ¿por qué deberíamos rechazar otro libro que nos permitiera cultivar nuestro corazón apagando las malas pasiones como la codicia o la envidia y fortaleciendo las buenas como el amor?

Por un instante, las cejas de Ahmad se arquearon. Era obvio que no esperaba aquel razonamiento —¿acaso podía esperar alguno quien creía de manera dogmática?— y había quedado tocado por lo que acababa de preguntarle, pero ¿hasta qué punto?

—Si… si la gente desea cultivar su espíritu, que lea el Qur'an —respondió con voz temblorosa.

Abdallah miró el rostro del joven. En lo más profundo de su corazón no sentía irritación, ni enfado, ni siquiera malestar. Más bien, aquel muchacho le provocaba una ternura melancólica, la que surge sólo de ver a alguien joven que podría surcar el buen camino pero que, por el contrario, se ha aden-

trado por una senda que sólo ocasiona dolor. Y fue entonces
cuando lo vio.

Era pequeño y negro, semejante a un mico traído del otro
lado del Estrecho. Descansaba sobre el hombro izquierdo del
muchacho y le susurraba algo al oído. Estaba irritado, sí, muy
irritado, pero no daba rienda suelta a toda su cólera. En realidad, parecía que deseaba controlarla mientras incitaba al muchacho a seguir en la peor de las ignorancias. Así que, al fin y a
la postre, todo se reducía a eso… ¡Otra pobre criatura sometida al influjo de un jinn!

—Creo —dijo Abdallah— que no rendimos un buen servicio al jalifa En-Nasir si continuamos hablando e interrumpi-
mos nuestro trabajo.

El jinn posado en el hombro del muchacho guardó silencio
y clavó sus ojos, amarillos y redondos, en Abdallah. Si intentó
intimidarlo, debió de comprobar enseguida que no era un acto
que estuviera a su alcance. Abdallah le mantuvo la mirada con
un aplomo sereno y firme. El jinn parpadeó sorprendido al
comprobar el temple del sabio. No debía sucederle muy a menudo. Con todo, no hizo nada. Absolutamente nada. Sí, ambos
sabían que se trataba de un enfrentamiento no de carne y sangre sino de potencias espirituales. No menos eran conocedores
de que Ahmad era un ser totalmente secundario en aquella situación. Los dos eran conscientes de que el choque iba a retrasarse. A retrasarse. Tarde o temprano, tendría lugar.

*E*n quinto lugar, el hombre que tenga el propósito de enfrentarse con un jinn ha de manifestar sobremanera respeto hacia sus padres. No se trata sólo de que se muestre comedido y cortés hacia ellos. Tampoco basta con que esté atento a sus necesidades. Además, debe evitar cualquier causa de agravio que pueda llevarle a pensar mal de ellos o actuar en su contra. Las ofensas, los desaires, las injusticias que haya podido recibir de sus padres debe perdonarlas y, aún mejor, olvidarlas. Sólo de esa manera tendrá posibilidad de limpiar su corazón de resentimiento y rencor, de pesar y amargura, de consternación y dolor, circunstancias todas que debilitan la potencia espiritual y que dificultan —si es que no impiden totalmente— poder enfrentarse con un jinn. Cuando un mortal no ha logrado vencer las heridas recibidas en el pasado —y no pocos de los golpes que las ocasionaron han sido asestados por padres y otros familiares— es imposible que pueda triunfar en el presente.

5

Alfonso

Toledo, 1212

Habéis prestado un servicio de enorme valor a este reino. Rodrigo tragó saliva al escuchar aquellas palabras de elogio y no pudo evitar sentir que la sangre se le concentraba en la cara como si deseara salirle a borbotones apresurados por la raíz del cabello. Con el rabillo del ojo intentó localizar a su primo. Lo descubrió a unos pasos de distancia, también con la cabeza inclinada y la mandíbula inferior descolgada en un gesto innegable de sorpresa.

—El rey de Castilla —prosiguió la voz majestuosa que planeaba por encima de sus cabezas— no está dispuesto a tolerar que ninguno de sus súbditos sea objeto de ataques o insultos simplemente porque pertenece a otra religión.

Se produjo una pausa y casi de inmediato prosiguió:

—Por esa razón consideramos vergonzoso el ataque que anoche desencadenaron contra la judería de Toledo algunos de los caballeros venidos de los reinos situados al norte de los Pirineos y, por el contrario, estimamos como obra digna de mención y estima la de aquellos que se han opuesto a sus desmanes e impedido que se procediera a la matanza de los judíos toledanos. Yo, Alfonso, rey de Castilla, me siento orgulloso de vosotros y muy gustosamente os expresaré mi afecto.

Apenas hubo dicho aquellas palabras, el rey guardó silencio y descendió de la tarima en que se hallaba, dio unos pasos hacia su derecha y comenzó a detenerse delante de cada uno de los convocados que habían escuchado todo el discurso rodilla en tierra. Hablaba en tono bajo, y Rodrigo no podía captar lo que decía, pero se percató enseguida de que se estaba acercando a donde él se encontraba. Esperaba que llegara de un momento a otro a su lado cuando sintió que unas manos grandes y fuertes se posaban sobre sus hombros y tiraban de ellos para obligarle a levantarse.

Apenas pudo ver nada pues, una vez en pie, aquel cuerpo lo atrajo hacia sí y le propinó un fuerte abrazo frente al que Rodrigo no supo cómo reaccionar. Acto seguido, aquellas mismas manos lo apartaron sin soltarlo y entonces el muchacho contempló un rostro curtido, bordeado por una barba grisácea y sobre el que destacaban unos ojos profundos y perspicaces. Eran los ojos de Alfonso VIII, rey de Castilla.

—Fui testigo de la manera en que os comportasteis ayer por la noche. Debo decir que tanto vos como el otro caballero hicisteis lo que debíais. Ningún germano tiene el menor derecho a atreverse a tocar a nuestros judíos.

—Gracias, señor… —apenas acertó a balbucir Rodrigo.

Alfonso reprimió una sonrisa divertida al contemplar el azoramiento del joven y se dispuso a saludar a la persona que se encontraba a la derecha de Rodrigo, pero justo en ese momento su ceño se frunció, pareció recordar algo y volvió a mirar al muchacho.

—El germano quedó muy mal parado después de combatir con vos —dijo el rey en un tono que parecía severo e incluso desaprobador. Luego, desplegando una amplia sonrisa, añadió—: Como podéis suponer, espero que os comportéis de manera similar con los almohades que se dirigen contra nosotros.

Rodrigo quedó tan sorprendido por aquella referencia que esta vez no acertó a dar las gracias al monarca y, para cuando estuvo en condiciones de hacerlo, Alfonso ya se encontraba hablando con el siguiente caballero.

Poco restaba a aquella ceremonia de agradecimiento después de que el rey hablara con Rodrigo. Los presentes, todos ellos defensores de judíos en una u otra calle de Toledo, habían sido colocados por orden de edad, y él se encontraba entre los últimos. Aun así, le sorprendió ver que uno de ellos era apenas un niño que, de alguna manera que no podía imaginar, había participado también en la tarea de impedir que los habitantes de la judería de Toledo fueran asesinados por los caballeros llegados de tierras allende los Pirineos. ¡Valiente gentuza! ¿No habían osado decir que puesto que habían venido a matar infieles bien podían empezar con los judíos de la ciudad? Sin duda, las gentes de aquellas naciones tenían que ser muy bárbaras si sus caballeros se comportaban de esa manera, y por lo que se refiere a sus vecinos judíos, debían de arrastrar una existencia muy amarga con sujetos como ésos en las cercanías.

Envuelto en este tipo de pensamientos salió Rodrigo de la iglesia donde había tenido lugar la modesta ceremonia de agradecimiento que les había dispensado el rey Alfonso.

—¿Ha estado muy bien, verdad? —escuchó que decían a su espalda, y por el tono de voz identificó instantáneamente a su primo.

—Sí, Alvar, ha estado muy bien —respondió Rodrigo dándose la vuelta—. ¿Quién nos iba a decir que nada más llegar a Toledo nos iba a recibir el rey de Castilla?

—Mi familia no se lo creerá —musitó, apesadumbrado, Alvar—. Bueno, a lo mejor si tú se lo cuentas, te harán caso, pero no estoy seguro.

—Pierde cuidado —dijo Rodrigo a la vez que cogía a su primo del brazo y lo zarandeaba amistosamente—. Los convenceré.

—Disculpad, señor. ¿Sois el caballero que atiende al nombre de Rodrigo?

Sorprendido al escuchar que alguien pronunciaba su nombre, el joven dirigió la mirada al punto del que procedía la voz. No pudo evitar dar un sobresalto al encontrarse con una figura que, con mucho, era la más extraña de las que había contemplado desde que saliera de su aldea natal.

El hombre que se hallaba ante él iba revestido hasta los pies con un atuendo largo confeccionado en un tejido rigurosamente negro. Su rostro, delgado y de una piel casi traslúcida, terminaba en una barba gris puntiaguda sobre la que caían, a ambos lados del rostro, unos largos tirabuzones que en una mujer habrían resultado graciosos pero que en él provocaban una mezcla de extrañeza y curiosidad. ¿Por qué un varón más que crecido lucía aquellos pelos tan raros? Pero si aquella manera de llevar el cabello resultaba tan peculiar, no lo era menos el gorro que le tapaba la parte superior de la cabeza. Parecía…, sí, parecía una especie de embudo de los que Rodrigo había utilizado ocasionalmente para trasladar líquidos de un recipiente a otro, sólo que éste estaba fabricado con la misma tela negra del resto del atuendo.

—Soy yo —respondió finalmente Rodrigo—, para servir a Dios y a vos.

Una sonrisa tímida iluminó por un instante el rostro barbudo del pintoresco desconocido.

—Señor, sería para mí y para mi familia un inmenso honor que vos y vuestro amigo aceptarais comer en mi casa.

—¡Anda! —exclamó, sorprendido, Alvar.

—¿A qué se debe esta invitación? —preguntó Rodrigo como si no hubiera escuchado las palabras de su impetuoso primo.

La tibia sonrisa del hombre de la barbita puntiaguda desapareció. En la pregunta de Rodrigo le había parecido intuir un rechazo encubierto. Por un instante, su rostro claro se vio ensombrecido por una nube de pesar, pero la disipó con un rápido movimiento de cabeza.

—Señor —dijo tras una brevísima pausa—, ayer vos salvasteis a mi hija.

—¡Es un judío! —exclamó Alvar, que pasaba de sorpresa en sorpresa.

Sí, se dijo Rodrigo, era un judío. Sin embargo, ¿tenía aquella circunstancia tanto valor a fin de cuentas? No llegó a responderse. Un violento tirón en el brazo derecho le arrancó de sus reflexiones.

—Quiero hablar contigo, Rodrigo —dijo Alvar bajando el tono de voz y sin soltarle.

—Disculpad —se excusó Rodrigo ante el judío, y accedió a apartarse unos pasos para escuchar a su primo—. ¿Qué sucede? —preguntó a Alvar con la voz teñida por la impaciencia.

—No podemos comer con judíos —respondió rápidamente el primo—. No está bien.

En otro lugar y en otro momento, quizá Rodrigo habría aceptado lo que decía Alvar. Sin embargo, en aquella estrecha callejuela de Toledo, distaba mucho de sentirse convencido de lo adecuado de aquellas palabras. Miró disimuladamente al judío y pensó que vestía de una manera un tanto peculiar y que su cabello y el tocado que lo cubría eran extraños, pero ¿acaso todas esas cosas le convertían en un ser inmundo? A pesar de sus raros tirabuzones y de su pintoresco traje parecía extraordinariamente limpio. Más que Alvar, sin ir más lejos. Apartó la mirada del hombre y la clavó en los ojos de su primo.

—¿Y puede saberse por qué no está bien? —preguntó.

—¿Hace falta que te lo diga? —señaló Alvar mientras alzaba las manos al cielo—. ¡Son judíos!

—Sé de sobra lo que son —repuso Rodrigo—, pero no me pareció que el rey Alfonso los despreciara. A decir verdad, más bien me dio la sensación de que los apreciaba mucho. No tienes más que ver que nos ha felicitado por haber arriesgado la vida por ellos…

Al escuchar aquellas palabras, el rostro redondo y basto de Alvar pareció recibir el impacto de un súbito garrotazo. Abrió la boca una, dos, tres veces, pero en ninguna de las ocasiones logró emitir una sola palabra.

—Tú haz lo que quieras, Alvar —concluyó Rodrigo—. Yo tengo hambre y me han invitado a saciarla.

Mientras regresaba al lado del judío, el joven esperó escuchar tras él los pasos de Alvar, pero sólo percibió un silencio frío y casi tangible.

—Ya que voy a comer en vuestra casa, ¿tendríais a bien decirme vuestro nombre? —pidió Rodrigo con una sonrisa.

—¡Oh! ¡Sí, sí! ¡Claro está! —respondió el judío mientras su rostro se iluminaba—. Me llamo Moshé ben Isaac.

—Os sigo, maese Moshé —dijo Rodrigo sin abandonar la sonrisa que se había dibujado en su rostro.

—Y… ¿y vuestro acompañante? —preguntó tímidamente el judío.

Rodrigo abrió la boca para disculpar a su primo cuando Alvar, enorme y corpulento, alzó ambos brazos y gritó:

—¡Espera! ¡Espera que voy contigo!

El que pretende enfrentarse con un jinn y vencerlo en el encuentro debe tener también presente que sus manos no pueden estar manchadas de sangre. El destruir la vida de un ser humano es uno de los pecados más graves en que se puede incurrir, y no pocas veces tiene como consecuencia no sólo terminar con esa existencia sino también con las de aquellos que pudieron nacer de él. Cada niño, cada hombre, cada mujer, cada feto a los que se arranca la existencia cuando hubieran podido crecer y así engendrar o concebir significan no una muerte sino, quizá, la desaparición de familias enteras, de pueblos enteros, de culturas enteras.

Debe hacerse todo lo posible para preservar la vida humana, y precisamente por ello han de evitarse los pasos que pueden guiar nuestros caminos en esa dirección. El que abre heridas del pasado, el que atiza odios y rencores, el que oprime a su prójimo, el que calumnia, el que saca partido de la separación de los mortales, contribuye, en mayor o menor medida, a un derramamiento de sangre que, quizá, acabe recayendo sobre las cabezas de sus propios hijos.

Añádase a lo anterior que el homicidio es, junto a la mentira, la conducta que mejor caracteriza al Shaytán. Cuando se engaña con la intención de arrastrar a la gente a donde, de saber la verdad, no habrían *ido, y cuando se propala la bondad inherente al derramamiento de sangre, nunca se está publicando la voluntad del Creador de los mundos y de los seres vivos que habitan en ellos sino los propósitos secretos y siniestros del Shaytán.*

6

Moshé

Mientras seguía a Moshé, Rodrigo procuró observar todo con discreción, pero una vez se adentraron en la judería no se le escapó el hecho de que si los guerreros venidos del otro lado de los montes no se hubieran encontrado con la resistencia de algunos caballeros castellanos, a esas alturas aquellos edificios no serían más que una masa de ruinas renegridas por el fuego. Movió la cabeza inconscientemente, como si aquel pensamiento le causara una especial repugnancia que se le hubiera agarrado a las orejas y él deseara arrancarse. Fue en ese momento cuando Isaac se detuvo y dijo:

—Habéis llegado a vuestro hogar.

Rodrigo dejó de caminar y arrojó una rápida mirada a la casa. Se trataba de un modesto edificio de dos plantas encajado en una de las estrechas callejuelas en que parecía estructurarse, como si de un rompecabezas se tratara, la ciudad de Toledo. En realidad, no pasaba de ser el hogar de un artesano humilde cuyos ingresos procedían únicamente del trabajo continuado de sus manos. La fachada aparecía sucia del negro que se desprende de las humaredas, pero, a diferencia de otras casas de esa misma calle, no había sido víctima directa de ningún incendio. Siquiera por eso Isaac podría haberse considerado afortunado.

Cuando cruzaron el oscuro zaguán, Rodrigo sintió una agradable sensación de frescor. Llevaba poco tiempo en Toledo, pero ya se había dado sobrada cuenta de que el calor podía ser tan pesado como el plomo derretido. Por primera vez desde su llegada a la misteriosa ciudad, le pareció que el aire resultaba fácilmente respirable e incluso que le acariciaba y libraba a su piel del bochorno del mediodía.

—¡Qué bien se está aquí dentro! —exclamó Alvar como si se hiciera eco de los pensamientos de su primo.

—Seguidme, os lo ruego —dijo Isaac, que había precedido a sus dos invitados hasta el extremo del oscuro corredor.

Aunque la vivienda no era muy grande —sobre todo si se la comparaba con otras que había en Toledo—, el simple hecho de llegar hasta un recodo del pasillo y salir a un patinillo semitejado provocó una profunda impresión en los dos primos. De repente se sintieron envueltos por la sensación de que habían penetrado en un lugar prodigioso cuya extensión era mucho mayor de lo que habrían pensado al ver la fachada. Ninguno de ellos había estado nunca en una morada tan grande, jamás habían contemplado un patio interior en el que hubiera una fuentecilla que no dejaba de arrojar agua, y aún menos habían tenido la oportunidad de contemplar unas escaleras de bien pulida madera que condujeran a un piso superior. Aquella morada, en comparación con las casas en las que ambos habían pasado su vida, provocaba una sensación placentera de lujo, comodidad y abundancia.

Apenas habían cruzado el cuadrado patinillo cuando, sobre la grata penumbra de la casa, se dibujó la silueta de una mujer. Vestía una indumentaria clara y limpia que le llegaba hasta los pies y se los tapaba; en las manos sujetaba una bandeja en la que descansaba un aguamanil con forma de pájaro y una jofaina redonda, ambos de hermosa cerámica pulida.

—Seguramente desearéis refrescaros antes de comer —dijo Isaac al tiempo que vertía agua en la jofaina.

Alvar dirigió la mirada hacia Rodrigo. Jamás había pasado por una ceremonia como aquélla y no sabía cómo salir con bien de ella. Los caballeros de Castilla eran labradores y guerreros. Podían conocer a la vez cómo manejar el arado y la espada, cómo montar a caballo y cómo cultivar las viñas, pero no eran cortesanos. Las cuestiones relacionadas con la etiqueta, con el protocolo, con la conducta adecuada ante un monarca… les resultaban completamente ajenas. Por regla general, nada de eso tenía importancia; pero ahora, llegados a un lugar más sofisticado, las preguntas se acumulaban y no tenían la menor noción de cuál era la forma adecuada de responderlas. ¿Tenían que beber del aguamanil? ¿Debían echarse el agua por la cara? En verdad, no tenían ni idea de cómo comportarse, y en esos momentos, por muy suculenta que pudiera resultar la comida, habrían deseado echar a correr antes que seguir pasando por situaciones tan comprometidas. Con todo, al ver Rodrigo que Isaac quitaba un paño del brazo de la mujer y se lo colocaba sobre el suyo, tuvo la intuición de que aquel agua estaba destinada a mitigar el calor. Introdujo entonces las manos en el fresco líquido, las frotó suavemente y las extrajo. Cuando Isaac dejó caer sobre ellas el lienzo, Rodrigo respiró aliviado. No se había equivocado en la suposición.

Sin embargo, para desgracia de los dos jóvenes caballeros, aquél no fue el único trámite ignoto al que se vieron sometidos. Apenas hubieron tomado asiento en una habitación cercana, ante sus ojos se desplegaron innúmeros alimentos y bandejas, cubiertos y recipientes que nunca antes habían tenido ocasión de contemplar. De no ser porque Isaac comprendió que esos muchachos nunca se habían valido del tenedor y optó discretamente por comer con los dedos, los dos primos lo habrían pasado muy mal intentando manejar aquel instrumento extraño.

—Espero que la comida sea de vuestro agrado… —dijo

Isaac cuando los primos ya habían consumido el contenido de un par de bandejas.

—Mucho, mucho… —respondió Alvar con la boca llena.

—Todo es delicioso —añadió Rodrigo inclinando la cabeza en un gesto de gentil amabilidad.

Mientras ante ellos seguían apareciendo bandejas y recipientes traídos por un par de sirvientes, los comensales apenas hablaron. A Alvar, entretenido como estaba en dar buena cuenta de todo lo que le ponían por delante, aquel silencio no parecía incomodarle. Sin embargo, Rodrigo deseaba saber algo más acerca de lo que estaba comiendo. Los pescados eran extrañamente variados —antes de llegar a Toledo el único pescado que había probado era la trucha— y cocinados de maneras muy distintas. Las carnes eran muy diferentes de las piezas de caza, y rara vez de corral, que había consumido a lo largo de su existencia. Y finalmente estaban esos pasteles de formas sugestivas y sabores indescriptibles con que se habían visto regalados desde el principio. ¿Así era como yantaban los judíos? ¿Quizá se trataba más bien de la manera de comer propia de Toledo por ser la capital del rey Alfonso? Estas y otras preguntas similares se formulaba Rodrigo y a ninguna acertaba a contestarse, maravillado como se encontraba ante la generosa hospitalidad de Isaac y la sorprendente variedad de los manjares.

—Espero que todo esté resultando de vuestro agrado —dijo el judío cuando un sirviente corpulento dispuso ante los invitados la enésima bandeja de pasteles melosos y fritos.

—Señor, debo deciros que ni mi primo ni yo habíamos comido así con anterioridad —confesó Rodrigo—. Os estamos muy agradecidos por vuestra cortesía y hospitalidad para con nosotros.

Alvar asintió con la cabeza mientras se llevaba a la boca uno de los recién llegados pastelitos.

—Esta casa es la que se siente muy honrada con vuestra presencia —respondió Isaac—. Habéis salvado a Mical, mi única hija, el único ser por el que mi sangre podrá transmitirse a nuevas generaciones. Al preservar su vida, habéis logrado que millares vengan a la existencia en el futuro, porque si ella hubiera muerto, sus descendientes jamás habrían nacido.

Rodrigo guardó silencio. Nunca se le había pasado por la cabeza semejante razonamiento, pero debía reconocer que tenía mucho de cierto. La muerte de una persona no sólo significaba su final, sino también el de todos aquellos descendientes que podrían haber venido a este mundo y que ya no lo harían.

—¿No tenéis ningún hijo? —preguntó Alvar con aspecto apesadumbrado.

—El *Dio* no ha querido concedérmelos —respondió Isaac en tono apenado—, y de mis lomos sólo ha salido esa muchacha, que ahora os debe tanto la existencia a vosotros como a mí.

—Quizá no sea una desgracia tan grave —dijo Rodrigo intentando paliar el dolor que se reflejaba en el rostro del judío—. Por lo que vemos, ni os dedicáis a cultivar los campos ni dependéis para vuestro sustento de la caza. No os resulta menester un hijo que empuje el arado o que salga con los perros a cobrar piezas. Es verdad que no tenéis a quién enseñar el oficio que ahora desempeñáis, pero un buen yerno…

—Sí —convino Isaac suspirando—. Es cierto lo que decís. Dependo del *Dio* para encontrar un buen yerno que cuide de mi hija, que engendre nietos y que no desperdicie la labor que he dedicado durante años al negocio familiar.

—Vos no sois castellano, ¿verdad? —dijo Alvar, y Rodrigo se volvió en el acto y le lanzó una mirada de censura por su rampante falta de discreción.

—No —respondió Isaac—. Mi gente vino de la tierra de Israel hace ya muchos siglos y se asentó en lo que ahora se conoce como Al-Ándalus. En esa región viví con mi familia hasta no hace mucho.

—¿Y por qué abandonasteis esa tierra? —volvió a intervenir Alvar logrando que apareciera una mirada asesina en los ojos de su primo.

Isaac respiró hondo, guardó silencio y, por la manera en que se conmovió su faz, Rodrigo temió que rompiera a llorar de un momento a otro. Semejante posibilidad le causó una gran desazón, pues Isaac no era un mozalbete, sino un hombre crecido y con barba que hasta ese momento había dado señales de un noble comedimiento.

—Señores —dijo al fin con voz trémula—, la primera libertad de la que todo ser humano debe disfrutar es la de rendir culto conforme a su conciencia. Vos sois cristianos y yo judío, pero ésa no es razón para enfrentarnos ni para arrebatarnos la honra, la hacienda o la vida. Incluso, dado que servimos al mismo rey, fue justo que ayer pusierais vuestra espada al servicio de la equidad y salvarais la vida de mi hija Mical.

Isaac realizó una nueva pausa y, por segunda vez, Rodrigo temió que sus mejillas se vieran empapadas por un súbito llanto. Sin embargo, el judío supo contener la manifestación externa de unos sentimientos dolorosos que estaban atenazándole el corazón.

—Cuando los musulmanes llegaron a Al-Ándalus hace ya varios siglos —prosiguió Isaac—, nuestra vida no empeoró. Es cierto que para ellos sólo éramos dhimmíes, es decir, sometidos; es cierto que, al igual que los cristianos, teníamos que pagarles un tributo especial por el simple hecho de no pertenecer a su fe, pero también es cierto que no nos molestaban…, o al menos no lo hacían habitualmente.

Rodrigo captó el matiz que encerraba ese «habitualmente», pero no quiso interrumpir a Isaac, cuya mirada parecía hallarse distante de aquella estancia, contemplando algo sucedido en otro tiempo y en otro lugar.

—Tampoco es que nuestra vida fuera del todo feliz —añadió Isaac con los ojos fijos en un sitio que ninguno de los otros dos comensales hubiera podido ver—. No faltaba la ocasión en que algún musulmán golpeaba a un judío porque no se había apartado con la suficiente rapidez de la acera para que él pudiera pasar a su placer o que lo denunciaba alegando que lo había estafado en una compra. A veces, incluso, la chusma decidía saquear nuestro barrio para compensar sus pérdidas en una mala cosecha. Sin embargo, con un poco de suerte, podíamos atravesar toda nuestra existencia sin pasar por más de uno o dos de esos episodios, que luego contábamos a los nietos como si de aventuras se tratase.

A Rodrigo, el hecho de verse injustamente vejado o acusado, o el de tener que ceder ante el asalto de la gentuza ansiosa por robar, no le pareció una proeza digna de ser relatada, pero prefirió guardar silencio. Demasiado indiscreto estaba ya resultando su primo como para que él se le sumara en sus continuas faltas de cortesía.

—Hace unos años todo cambió —dijo Isaac y, repentinamente, guardó silencio y dejó caer el mentón sobre su pecho en un gesto de indecible pesar.

Aquel final abrupto del relato dejó a los dos jóvenes sumidos en un océano de interrogantes. Hasta ese momento habían permanecido en silencio, a la espera de una narración completa de los motivos que habían conducido a Isaac a asentarse en Toledo, pero cuando parecía que se encontraba a punto de desvelarlos, se había callado. Rodrigo miró a su pariente y vio que éste le interrogaba a través de unos ojos abiertos como platos. También él habría deseado instar a su huésped a proseguir la historia, pero, tal y como lo veía de abrumado, una conducta de ese tipo no sólo habría resultado carente de educación sino incluso desconsiderada. Así, el silencio reinó en la dependencia durante unos instantes que, aunque breves, a los dos muchachos se les hicieron tan prolongados como los sufrimientos de los réprobos en el infierno.

—Todo comenzó con la llegada de los almohades —prosiguió, inesperado, cansino y pesaroso, Isaac provocando un respingo en los dos primos—. Yo era entonces un niño, pero recuerdo que la mayoría de la gente de Al-Ándalus los recibió con entusiasmo. Llegaban en apretada formación militar, y bajo sus atavíos oscuros podía vislumbrarse la atezada piel de aquellos que habían conseguido resistir a las mordeduras del sol del desierto y que no temían las heridas que pudiera ocasionarles un acero bien templado. Llegaban porque los reyes moros de Al-Ándalus temían el avance de los reinos cristianos del norte y confiaban en que aquellos guerreros incomparables los salvaguardarían de aquella situación peligrosa.

—Pues se van a enterar muy pronto… —acertó a decir Alvar antes de que la mirada severa de Rodrigo le impusiera silencio.

—Los almohades no tardaron en dejar de manifiesto cómo eran —prosiguió, abstraído, Isaac sin reparar en la interrupción de Alvar—. De manera inmediata asieron las riendas del poder y demostraron que no venían como aliados sino como señores. Tanto los cristianos como los judíos nos vimos sometidos a todo tipo de presiones para que abrazáramos el islam. Sin embargo, no sólo nosotros fuimos visitados por la desdicha. ¡Incluso los musulmanes de Al-Ándalus se vieron acusados de no vivir la fe conforme a su pureza original!

—¿Qué queréis decir? —preguntó Rodrigo, sorprendido por aquellas últimas palabras.

—Veréis —respondió Isaac retornando del lejano lugar en el que se hallaba—, los musulmanes de Al-Ándalus creen en la religión predicada por Mahoma, pero no son del todo estrictos en algunos aspectos. Por ejemplo, era común que bebieran vino o alguna otra bebida fermentada en contra de las enseñanzas de su religión. En cuanto a las mujeres…, bueno, sí, llevaban un velo que les cubría la cara, pero aprovechaban cualquier ocasión para quitárselo.

—¿Las mujeres llevan la cara cubierta? —preguntó Alvar, sorprendido—. ¿Y cómo se puede elegir esposa sin verle la cara?

—Ésa es una decisión reservada a los padres, que suelen tomarla cuando los contrayentes son niños —respondió Isaac con toda naturalidad.

—Os ruego que prosigáis con vuestro relato —intervino Rodrigo, temeroso de que a causa de su indiscreto familiar Isaac no concluyera la historia.

—Como os iba diciendo, los musulmanes de Al-Ándalus eran gente creyente y fiel, pero se permitían algunas libertades con los mandamientos del islam. Los almohades pusieron fin a esa situación de manera radical. Cerraron las tabernas, intensificaron la vigilancia en los mercados para que las mujeres no se desprendieran del velo y procedieron a aplicar los castigos con enorme rigor. ¿Que vendías vino? Bastonazos y multa. ¿Que te quitabas el velo? Bastonazos y multa.

—Si todo quedaba en unos palos… —musitó Alvar.

—No, desgraciadamente no todo quedaba en unos palos —dijo Isaac—. Por ejemplo, antes de la llegada de los almohades, muy de vez en cuando, de manera excepcional, alguna joven mantenía relaciones íntimas con su prometido. Como no resulta difícil imaginar, esos episodios iban seguidos de embarazos. En ocasiones así, las familias se limitaban a adelantar la fecha de la boda y nadie, salvo los muy cercanos, se enteraban de lo acontecido. Con los almohades todo cambió. Los novios eran juzgados públicamente por fornicación y, generalmente, el proceso terminaba con la muerte a pedradas de la muchacha.

—¿De la muchacha? —preguntó, sorprendido, Rodrigo—. ¿Y el muchacho?

—Mi joven amigo —dijo Isaac mientras sonreía por primera vez aunque lo hiciera con amargura—. Es imposible demostrar que un hombre ha mantenido relaciones íntimas con una mujer. No podemos quedarnos embarazados.

—¿De manera que condenaban a la muchacha y el joven era absuelto? —preguntó, incrédulo, Rodrigo.

—Sí, así era por regla general —reconoció Isaac—, pero el problema no era que los almohades se empeñaran en que los musulmanes vivieran de acuerdo a las enseñanzas de Mahoma. Hasta cierto punto parece normal esperar que uno amolde su vida a las prácticas de la religión que profesa. No, el problema es que decidieron que todos los habitantes de Al-Ándalus, fuera cual fuese su religión, debían vivir de esa manera.

—Comprendo —dijo, apenado, Rodrigo.

—Me temo que no —comentó Isaac—. No sólo tuvimos que adaptarnos a aquellas nuevas prohibiciones. También nos subieron los impuestos. Los almohades no cultivaban la tierra, no practicaban el comercio, no creaban nada. Tan sólo servían para aterrorizar y combatir, pero sus caballos, sus hombres, sus cuarteles necesitaban suministros y abastecimientos, y todo eso debíamos pagarlo los dhimmíes, que a fin de cuentas ni siquiera practicábamos su religión.

—La situación que pintáis es ciertamente mala —reconoció Rodrigo.

—Fue mucho peor, mi joven amigo —dijo Isaac—. Los almohades no podían soportar la idea de que alguien situado bajo su dominio, que obedecía todas sus normas, que cumplía todas sus órdenes, disfrutara de una libertad como la de adorar al *Dio* conforme a su voluntad y entendimiento. En muy poco tiempo comenzaron a obligar a cristianos y a judíos a convertirse al islam.

—¡Canallas! —exclamó Alvar.

—¿Qué sucedió entonces? —quiso saber Rodrigo.

—Necesitaría años para relataros todo lo que aconteció a partir de ese momento —respondió Isaac con el corazón consternado—. Algunos prefirieron morir antes que apostatar; otros fingieron abrazar el islam y siguieron practicando en secreto su antigua religión, a sabiendas de que si eran descubiertos lo pagarían con la muerte, y otros… otros optamos por perder todo lo que nuestros padres habían juntado con harto esfuerzo y huir hacia el norte.

Un pesado manto de silencio cayó sobre la estancia. Una sensación malévolamente asfixiante se había apoderado de los corazones de los tres impidiéndoles pronunciar una sola palabra y continuar aquella conversación no menos útil por lo dolorosa.

—Durante años hemos sido libres y felices en Castilla —dijo por fin Isaac—. Aquí no somos una población sometida sino súbditos iguales de un rey que no nos carga con impuestos especiales debido a nuestra religión. Algunos de los nuestros ocupan cargos importantes e incluso atienden al rey Alfonso en sus enfermedades, pero desde ayer…, desde ayer no sé qué va a ser de nosotros.

—¿Teméis que esos caballeros venidos de otros reinos se comporten como los almohades que un día llegaron a Al-Ándalus? —preguntó Rodrigo, que había adivinado el origen del temor que atormentaba el alma de Isaac.

—Sí —respondió el judío—. No deseo ocultaros la razón de mi pesar. Eso es precisamente lo que temo.

Rodrigo respiró hondo, se acercó hasta su anfitrión y colocó la diestra sobre su hombro.

—Disipad entonces ese miedo —dijo el joven—. Ningún castellano de bien consentirá jamás que se injurie a un súbdito leal del rey, sea cristiano, judío o musulmán.

Isaac elevó la mirada y la dejó reposar en los ojos del muchacho que tan sólo unas horas antes había salvado a su hija. Le pareció que en ellos se leía una firme y fiable promesa de libertad.

Aquel que aspira a enfrentarse con un jinn y ocasionarle una derrota debe ser alguien cuyo corazón sea sexualmente puro. Ahora bien, yo sé que la inmensa mayoría de los mortales oscilan entre dos extremos —ciertamente perniciosos— a la hora de vivir su intimidad. Algunos se dejan llevar por todo tipo de instintos y no ejercen sobre ellos el menor control. De esa manera, a lo largo de su vida frecuentan a las prostitutas prolongando la existencia de una ocupación denigrante; cometen adulterio tras adulterio e, incluso, llegado el caso, aburridos de tanto sexo acumulado y resudado, se entregan a prácticas indignas y contrarias a la naturaleza con parientes, mortales de su mismo sexo, niños e incluso animales. De toda esta gente he de decir que, más tarde o más temprano, acaban recibiendo el castigo a la impiedad con la que se han complacido en vivir.

Frente a ellos, existen otros que conciben el sexo como algo sucio, ínfimo e incluso pecaminoso. En sus manifestaciones más extremas, estos mortales llegan incluso a denigrar el matrimonio: lo consideran inferior a la soltería e incluso obligan a los que estiman más espirituales de entre ellos a privarse de toda relación sexual. He de decir que tal conducta es dañina y está inspirada por algún jinn especialmente perverso que se complace en privar a los mortales de todo lo bueno que el Creador de los mundos estableció. Sé de algunas personas que renuncian al matrimonio para servir mejor al Creador de los mundos, pero pocos, muy pocos, son los casos en que semejante acción está justificada, y la mayoría de las veces provoca más desequilibrios y daños que beneficios. Por otro lado, ¿cómo podrían ellos entender lo que significa la vida en común o las imágenes en que el Creador de los mundos es asociado con un esposo si nunca han pasado por esas vivencias?

Sin embargo, para ser puro en lo que al sexo se refiere, no basta con delimitar aquellas acciones en que se incurrirá y aquellas que se evitarán. En realidad, la pureza va más allá de respetar inquebrantablemente un listado de acciones vedadas. Implica, más bien, gentileza, delicadeza y limpieza. Se encuentra, por ejemplo, en el hecho de ver a una bella mujer como veríamos a una hermana sin que eso nos cause pesar o dolor. Se encuentra, por ejemplo, en el hecho de respetar a una virgen simplemente porque podría ser una hija nuestra o porque creemos que la inocencia ha de ser defendida. Se encuentra, por ejemplo, en el hecho de saber entregarse más que en pensar en lo que se puede obtener del otro. El que sabe usar correctamente del sexo no es nunca egoísta y, por encima de todo, piensa en el bien de la otra persona a la que ama desinteresadamente.

Cuando, sin embargo, estas conductas son evitadas y en su lugar aparece el deseo de fornicar, el ansia de poseer a otro mortal, la búsqueda principalmente de la propia satisfacción, la desaparición de límites en la pasión y otras conductas semejantes, es muy posible que esa persona ya se halle bajo el control de un jinn especialmente maligno y, por lo tanto, con seguridad no estará en condiciones de enfrentarse con él y combatirlo. ¿Cómo va a intentar la liberación de un siervo quien es un miserable esclavo?

7

Rodrigo

Calatrava, 1212

Las duras facciones del rostro —oscuro, sudoroso y desencajado—, adquirieron de repente una sorprendente nitidez. Tan sólo unos momentos antes había sido un punto negro que destacaba en medio de un ropaje claro y holgado. Ahora, tras lanzar un grito terrible que, unido a otros, todavía se albergaba en los oídos de sus enemigos, había abandonado el abrigo que le ofrecían algunos carros atravesados en la calle a modo de barricadas, y se había precipitado hacia el lugar donde se hallaban Rodrigo y unos soldados aislados.

Por un instante, el muchacho pensó que el hombre armado con un alfanje llegaría hasta donde se encontraba y descargaría el terrible filo sobre cualquiera de las gargantas de aquellos que consideraba enemigos. Reflexionaba en ello cuando un silbido agudo y cortante desgarró el aire para concluir en un sonido sordo y abrupto. No tardó Rodrigo en percatarse de que el guerrero acababa de recibir un flechazo en el pecho y de que el impacto lo había detenido con la misma fuerza que si se hubiera golpeado de frente contra una puerta. Por un momento, el hombre se estiró en una mueca retorcida, como si deseara hurtar su cuerpo del sufrimiento. Pero entonces el dolor le deformó la boca, de la que brotó un estertor incomprensible. Luego, un inesperado golpe de viento hinchó las holgadas vestimentas del desdichado e inmediatamente después se desplomó exangüe contra el suelo.

No era el primer cadáver que Rodrigo contemplaba, pero aquél le provocó en el pecho un súbito malestar. No hablaba su lengua, no vestía como él y, sin duda, no hubiera vacilado en degollarlo de encontrarse al alcance de su curva espada, pero viéndolo exánime sólo podía pensar que se trataba de alguien que un momento antes había poseído vida y que ahora no pasaba de ser un pingajo muerto.

—Están locos si piensan que podrán salir vivos de aquí…

Rodrigo se volvió hacia el lugar del que había procedido la voz y vio cómo un hombre de barba irregular subrayaba aquellas palabras con un cansino escupitajo lanzado contra el suelo. A punto se hallaba el muchacho de apartar la mirada de tan desagradable sujeto cuando éste volvió a abrir la boca.

—Si son inteligentes, se rendirán antes de la puesta de sol.

—¿Por qué deberían hacerlo? —interrogó Alvar.

El hombre pareció percatarse de que no estaba solo al escuchar las palabras del muchacho. Por un momento, dudó si merecería la pena responderle o si lo más sensato sería regresar a su soliloquio. Mientras lo decidía, comenzó a rascarse de manera desganada la barba hirsuta que cubría toda su redonda cara hasta la altura de los pómulos.

—Yo tampoco entiendo por qué tendrían que rendirse —dijo Rodrigo.

Entonces el hombre dejó de pasarse los dedos por la cara, estiró los brazos, entrelazó los dedos y provocó un desagradable chasquido de las articulaciones.

—Jovencito —dijo volviéndose hacia Rodrigo—, ¿acaso venís de familia de labradores?

—Sí —respondió el muchacho con un tono ligeramente suspicaz—. Procedo de una familia de honrados labradores.

—Bien, bien, bien —dijo el soldado mientras daba unos pasos hacia Rodrigo—. Entonces, viniendo de una familia que lucha con la tierra para arrancar de ella su sustento, sabréis de sobra que no se puede cultivar de cualquier manera, ¿verdad?

—Lo sé —respondió Rodrigo.

—Nunca se os ocurriría sembrar el trigo en la época en que hay que recogerlo ni segar cuando las espigas no están granadas, ¿verdad?

—No, no lo haría —reconoció el muchacho.

—Bien —dijo el guerrero—. Eso demuestra que no sois un necio. Sabéis que la tierra debe cultivarse de acuerdo con unas leyes y que, si no se respetan, por mucha fuerza, aperos y simientes de que dispongáis, no obtendréis nada. ¿Estáis de acuerdo conmigo?

Rodrigo asintió con la cabeza.

—Pues con la guerra sucede igual —señaló el soldado dando un paso más en dirección al muchacho—. No basta con tener fuerza, caballos o armas. Si queréis triunfar, además hay que respetar sus leyes.

—¿Qué leyes son ésas? —indagó Alvar, presa de la curiosidad.

La barba del soldado se abrió en una sonrisa divertida y en medio de sus pelos largos y entrecanos aparecieron dos filas de dientes fuertes aunque algo descolocados.

—¿Tenéis algo de beber? —preguntó.

Rodrigo dirigió una mirada a Alvar, que asintió con la cabeza. A continuación, el muchacho dio unos pasos hasta su caballo, descolgó una calabaza blanquecina y panzuda y se la tendió al guerrero. Éste se llevó el abombado recipiente a los labios y bebió un trago largo que, a juzgar por la expresión de su rostro, debió de saberle a gloria.

—Bien, bien, bien —dijo mientras se apartaba la calabaza de la boca—. Ésta es la primera ley. Bestias y hombres deben tener con qué calmar la sed. Si la ley no se obedece, los animales de carga y de combate morirán y el ejército se encontrará en situación de inferioridad frente al enemigo. La segunda ley es semejante a ésta. Toda hueste ha de contar con armas y comida. Con las primeras, para defenderse y atacar, y con la segunda, para sustentarse. Sin la una o las otras la victoria es imposible.

—¿Y cuáles son las otras leyes? —preguntó Rodrigo.

—No queráis aprender demasiado de golpe o lo olvidaréis enseguida —respondió el soldado—. De momento, debe bastaros el saber que la gente de esta plaza no tiene otra opción que capitular. Ahí dentro no pueden tener mucha comida, apenas les debe de quedar agua, y no creo que cuenten con recibir refuerzos. Salvo que deseen todos morir como ese pobre desdichado, su único camino es pactar las condiciones mejores para la rendición.

El soldado levantó la mirada hacia el cielo y contempló la ascensión del astro rey en el firmamento.

—Hoy va a hacer mucho calor —dijo apartando la vista del cielo—, de manera que cuanto antes se ofrezcan a dejar de luchar, mejor disposición encontrarán para que el rey Alfonso acepte que depongan las armas.

Apenas hubo terminado de pronunciar aquellas palabras, el soldado miró en derredor en busca de algún lugar con sombra y, una vez hallado, acudió a cobijarse bajo la misma. Se despojó del casco, se pasó el dorso de la mano por la frente para limpiarse el copioso sudor que la perlaba y, finalmente, tomó asiento.

—Muchacho —dijo levantando la mano hacia Alvar—, despiértame si se arma jaleo.

Antes de que el joven respondiera, el soldado se había apoyado contra un muro, había cerrado los ojos y, en apariencia al menos, dormía.

Rodrigo aprovechó la situación para contemplarlo. No era muy alto, pero de la configuración de sus manos y de la anchura de sus espaldas se desprendía que se trataba de un hombre fuerte, aunque no habría podido precisar hasta qué punto. Sus armas, aunque no se parecían a las que llevaban los caballeros cuyo oficio era la guerra, daban también la sensación de ser las más adecuadas para combatir. Por lo que se refería a su rostro…, Rodrigo apenas pudo reprimir un escalofrío al descubrir en la cara del soldado una cicatriz rojiza que parecía separar el cuello de la cabeza justo al inicio de la poblada barba. Poca duda podía haber de que se trataba de la huella de un tajo de arma blanca que, de haber contado con una fuerza mayor o con un ángulo diferente al serle asestado, podría haberlo matado. Debía de tratarse de un ser dotado de una suerte especial, o quizá de una protección particular de Dios.

—¿Crees que lo que ha dicho es verdad? —preguntó Alvar a su primo.

—Pues…

No concluyó la respuesta. Un grupo de musulmanes que alzaban un pendón de color blanco salía en ese momento de uno de los edificios de la ciudad sobre los que el sol estaba descargando un diluvio asfixiante de calor metálico y fuego polvoriento.

—Ésos vienen a rendirse… —dijo en tono alegre uno de los soldados próximos.

Un caballero del grupo en el que se encontraban Rodrigo y Alvar se adelantó al encuentro de los musulmanes. Como si se conocieran desde mucho tiempo atrás, las dos partes comenzaron a entablar una conversación animada, acompañada de todo tipo de gestos y aspavientos.

—¿Oyes lo que dicen? —preguntó Alvar a su primo.

Sí, lo oía, pero daba lo mismo. Se expresaban en una lengua extraña que parecía arrancada de lo más profundo de la garganta de los que conversaban. Sin embargo, a pesar de su ininteligibilidad, Rodrigo podía captar que el grupo de habitantes de la ciudad insistía en sus posiciones y que el caballero que hablaba con ellos negaba una y otra vez lo que decían. Llevaban ya un buen rato discutiendo cuando el que parecía dirigir a los habitantes de la ciudad alzó los brazos al cielo con un gesto de indudable dolor y comenzó a lanzar quejumbrosos alilíes. Apenas había comenzado a quejarse cuando todos los que le acompañaban se unieron a sus terribles gritos de consternación creando una barahúnda de jeremíadas pesarosas.

Rodrigo seguía sin comprender una sola palabra de lo sucedido, pero no pudo evitar que el corazón se le llenara de pena viendo cómo las lágrimas descendían por aquellos rostros atezados de los que brotaban frases incomprensibles. ¿Por qué gritaban? ¿Por qué lloraban? ¿Por qué manifestaban aquel sufrimiento?

Viéndolos, se dijo que desde que había dado inicio aquella guerra contra los almohades, casi todo lo que había visto podía calificarse de terrible. Los caballeros extranjeros que habían atacado a los judíos de Toledo; luego, pocos días después, la toma de la localidad musulmana de Malagón, donde —por segunda vez— los castellanos habían tenido que defender a la gente inocente, en esta ocasión musulmanes, de los caballeros llegados de fuera; después había venido el paso del Guadiana, una corriente que los moros habían llenado de pinchos de hierro causando la muerte y la invalidez de buen número de caballerías y de los desdichados combatientes de a pie. Sin embargo, nada le había impresionado tanto como aquellos rostros masculinos bañados en lágrimas, como niños a los que hubieran golpeado.

—Los habitantes de Calatrava se han rendido —dijo el caballero tras separarse del grupo de llorosos moros y acercarse nuevamente a su posición.

No le pareció a Rodrigo que en aquella sencilla frase se ocultara el menor signo de felicidad o victoria. Sin embargo, no le extrañó. Tampoco él se sentía dichoso ni triunfal.

*A*quel que pretenda enfrentarse con un jinn y vencerlo deberá tener un respeto escrupuloso por la propiedad de los demás. Me consta que la limosna y la misericordia son prácticas nobles que agradan al Creador de los mundos, pero para que sean adecuadas tienen que estar revestidas de voluntariedad. Cuando alguien entrega una parte de sus bienes al prójimo porque le obligan, está siendo víctima de una exacción dudosamente justificable. De la misma manera, los que se apoderan de la propiedad ajena recurriendo a cualquier excusa, y aunque ésta pueda parecer razonable, no son sino ladrones, por más que vengan acompañados de las insignias de un cargo. Aquellos que cargan con impuestos elevados a sus súbditos, aquellos que exigen pagos desmesurados, aquellos que se quedan con lo que es de otro son sólo tres clases de ladrones que, si en este mundo existiera justicia, acabarían merecidamente en el cadalso.

Al respecto, los que defienden que no exista la propiedad privada y propugnan sustituirla por otra colectiva suelen ser los mayores ladrones que viven debajo del sol. Con rapidez se ocupan de quitar a los demás lo suyo y luego, creada la institución comunitaria, se afanan hasta el punto de llegar al derramamiento de sangre para ser ellos los que administren de manera exclusiva y favoritista lo que, supuestamente, es ya de todos. Bandoleros rapaces disfrazados de justicia o de santidad, constituyen una de las especies más dañinas entre los mortales.

De todo lo anterior se deduce con facilidad que nadie que vea la propiedad de otro como algo de lo que se le puede despojar podrá enfrentarse nunca con un jinn y salir airoso de la lucha, ya que es sabido que a un jinn especialmente maligno y perverso se debe la idea de que la propiedad privada no debe ser respetada. A decir verdad, es el robo continuado y el expolio ininterrumpido durante siglos el que permite a los jinaan ayudar a los que se les someten. Y es que el jinn —que no puede soportar que un mortal sea feliz y, mucho menos, que disfrute de cierta libertad— persigue por sistema la propiedad, especialmente la de aquellos que la obtuvieron con su trabajo, para arrancársela y así, privados de ella, sumirlos en la desdicha y en la servidumbre.

Cualquiera que desee enfrentarse con un jinn y vencerlo en el empeño deberá ser también veraz y no recurrir nunca a la mentira, ni siquiera en cuestiones diminutas y en apariencia insignificantes. La mentira es, junto con el homicidio, la gran característica del Shaytán. De hecho, puede afirmarse sin temor a incurrir en error que donde se perciba mentira, engaño, ocultación, tergiversación o desprecio por la verdad podemos dar por segura la acción de un jinn. Es obvio que Shaytán utiliza la mentira para denigrar, desprestigiar, destruir y, si llega el caso, asesinar a aquellos que se enfrentan a sus peores propósitos. A esa labor de aniquilación suma siempre la de esparcir mentiras que la gente ignorante o fanática crea con facilidad, hasta el punto de arruinar sus existencias y de dar muerte a los que se opongan a ellas. Por eso, cuando encontramos una predicación, una proclama, una idea que considera indispensable arrancar la vida al prójimo no porque sea un criminal o un peligro para la colectividad sino simplemente porque pertenece a un grupo concreto, podemos dar por seguro que nos hallamos ante la enseñanza de un jinn que actúa a las órdenes directas del malvado Shaytán. Si el Creador de los mundos no carga los pecados de los padres sobre los hijos ni esparce la culpabilidad donde no existe, ¿quién si no un jinn malvado podría inventar la idea de que toda una familia, una raza, un oficio o una clase deben ser aniquilados por el bienestar general?

El que desee vencer a un jinn, incluso de los peores, debe decir siempre la verdad; debe defenderla continuamente; debe aceptar los sacrificios que deriven de semejante acción, y debe, por añadidura, amarla, ya que la Verdad suprema y absoluta es el Creador de los mundos.

8

Abdallah

Desde el principio supo que no colaboraría con el gigantesco baño de sangre que se aproximaba. No movería un dedo para que los almohades se dedicaran a seguir quemando libros más allá de las fronteras de Al-Ándalus como si se tratara de una de las conductas más nobles que le fuera dado emprender al ser humano. Durante los días anteriores había aprendido sobre el lugar en que iba a tener lugar el combate más de lo que podía saber En-Nasir, el rey de Castilla o cualquiera de sus subordinados. Habría podido trazar con los ojos cerrados las lomas, las montañas, los caminos y, sobre todo, los pasos. Era consciente de que su tarea era esencial para En-Nasir, pero bajo ningún concepto colaboraría con él. Mucho tiempo atrás había decidido que su causa era la de la libertad, y no porque la gente supiera utilizarla siempre de la mejor manera, sino simplemente porque su ausencia era muchísimo peor. A decir verdad, no había ningún mal que pudiera cometerse con libertad que no tuviera la oportunidad de verse perpetrado en ausencia de libertad y, al mismo tiempo, había bienes que podían acometerse con libertad pero que resultaban inalcanzables sin ella. Él no movería un dedo en favor de los almohades por la sencilla razón de que encarnaban la peor amenaza contra la libertad que le había sido dado conocer y con la que posiblemente se toparía a lo largo de toda su vida. Ahora todo era cuestión de marcharse cuanto antes, pero ¿cómo?

Aunque montaba con cierta facilidad, Abdallah se percató con rapidez de que, como jinete, no podía rivalizar con Ahmad. Si pretendía engañarlo y dejar rienda suelta a su corcel, lo más posible es que el joven lo alcanzara sin excesiva dificultad. Lo que pudiera suceder a continuación no era seguro, pero, desde luego, tampoco resultaría agradable. Esa opción, por lo tanto, quedaba descartada. Lo mismo sucedió con otras. Por ejemplo, si su guardián hubiera sido otro diferente de Ahmad habría intentado persuadirlo, pero acometer semejante tarea con el muchacho llegado del otro lado del mar constituiría un disparate infructuoso.

Fue así como Abdallah llegó a la conclusión, no por peregrina menos firme y meditada, de que tendría que separarse de su escolta de una manera muy especial. A fin de cuentas la cuestión sobrepasaba lo terrenal para adentrarse en vericuetos que tenían mucho más que ver con el mundo invisible que con el visible. Y así, aquella tarde, después de un pesado día de trabajo y calor, Abdallah consideró que había llegado el momento de fugarse.

No adoptó vestimenta diferente de su humilde atavío de lana ni tampoco pretendió engañar a su escolta. Continuó cabalgando a su lado como lo había hecho durante las horas anteriores. Sin embargo, en un momento dado, torció su vista hacia la izquierda y clavó la mirada en el hombro del muchacho donde días atrás había visto posado un jinn de aspecto simiesco. Apenas tuvo que esperar unos instantes para que el ser se mostrara a su mirada, pero ya no apoyado cerca del cuello del muchacho sino sentado delante de él, en el arzón de la silla de montar. Peludo, de cabeza grande y desproporcionada y ojos redondos y exageradamente amarillos, clavó la mirada en Ab-

dallah con un gesto desagradable. Abdallah no apartó la vista
del jinn sino que siguió observándolo con la misma naturalidad
con que hubiera contemplado las irregulares variaciones de la
senda por la que ahora discurrían las dos monturas.

El jinn abrió su fea boca y dejó al descubierto dos hileras de
dientes irregulares pero capaces de inspirar temor a cualquiera.
Abdallah pensó en ese instante que había tenido ocasión de
observar un gesto similar en perros que deseaban intimidar a
los que se les acercaban y se dijo que, con seguridad, aquel jinn
no perseguía un objetivo distinto. Sí, deseaba asustarlo para
mantenerlo así sometido, pero no a Ahmad, por supuesto, el
muchacho a fin de cuentas no pasaba de ser un pobre instrumento, sino a los almohades.

Sin embargo, Abdallah no se dejó amedrentar. A decir verdad, no sentía el menor miedo. Por el contrario, se encontraba
inmerso en una sensación extraña, aunque tranquilizadora. Era
semejante a la que se da al encontrarse protegido por un cobertizo mientras cae sobre él un chaparrón. En un momento
así se puede percibir cómo el agua golpea con furia contra la
madera, cómo el viento sopla airado e incluso cómo la tierra
huele a humedad. Sin embargo, al mismo tiempo, el cobertizo
proporciona la sensación sosegante de que ni una gota de agua
caerá sobre nuestra cabeza. Eso era lo que experimentaba Abdallah en lo más profundo de su corazón. Podía aquel jinn de-
searle lo peor —sin duda, así era— pero no por ello sería capaz
de tocarle el pelo de su sencilla vestimenta de lana.

Cabalgaron así una cincuentena de pasos y Abdallah se dijo
que había llegado el momento de marcharse. Miró al jinn fijamente a los ojos y, vocalizando de la manera más clara que
pudo, pronunció una frase. Tan sólo una. No gesticuló, no gritó, no alzó la voz, pero, al escuchar aquellas palabras que sólo el
jinn y Abdallah habían captado, el cabello del monstruoso ser se
erizó como el de un gato amedrentado y sus morros se retiraron y dejaron al descubierto unas mandíbulas poderosas. Nada

de aquello impresionó un ápice a Abdallah, que volvió a pronunciar la misma frase. Ahora el jinn comenzó a agitarse como si fuera un simio angustiado, pero cerró la boca a la vez que sus ojos se dilataban como si estuvieran a punto de salírsele de las órbitas. Abdallah no se sintió impresionado y pronunció por tercera vez las mismas palabras. Esta vez, además, tiró de las riendas de su caballo y se apartó de la montura de Ahmad.

No volvió la vista para contemplar lo que sucedía a sus espaldas. Sabía de sobra que Ahmad no se había percatado de nada y que el jinn, conocedor de la realidad del mundo espiritual, evitaría por todos los medios a su alcance que partiera en su persecución.

CUARTA PARTE

La batalla de
los jinaan

*A*quel que tenga el propósito de enfrentarse con un jinn y salir airoso de semejante cometido ha de estar limpio también de toda forma de codicia. Al contemplar los bienes materiales —pero también los intelectuales y los espirituales—, debe considerarlos con desapego y distanciamiento. No debe amar tanto la posesión que si la perdiera le causara un daño terrible. Por el contrario, ha de dar gracias al Creador de los mundos por aquello que tiene y, a la vez, considerarlo un mero instrumento para avanzar en el cumplimiento de Sus propósitos en esta tierra, donde todo es tan pasajero como un sorbo de agua, el consumo de unos dátiles o la lectura de un pasaje escrito. Por todo ello, ha de sentirse feliz y agradecido. Por nada de ello ha de sentirse atado. Mientras posea algo, lo disfrutará, y cuando lo pierda, se inclinará ante el Creador de los mundos agradeciéndole el tiempo que se lo concedió. Yo mismo fui testigo del caso de un hombre que durante años había ahorrado para poder construirse una casa. No era una mansión, pero desde luego se trataba de una morada espaciosa, hermosa y acogedora. Sin embargo, cuando debían entregársela, el arquitecto no lo hizo y, finalmente, la cedió a sus acreedores, de tal manera que el hombre que había pagado la construcción con sus ahorros de tantos años lo perdió todo. Sus amigos se desesperaron al conocer la noticia, y uno de ellos incluso perdió el sueño por el pesar. Sin embargo, aquel hombre se mantuvo sereno en cada instante y aceptó lo que sucedía como una muestra *de la voluntad del Creador de los mundos, cuyo sentido le sería dado desentrañar en algún momento. Aún es más: le dio las gracias de todo corazón porque durante años le había concedido la grata ilusión de contemplar cómo se iba elevando la casa.*

Sólo una persona que tiene ese temple y que, por lo tanto, no codicia lo que poseen los demás puede enfrentarse con un jinn y esperar vencerlo. Y es que los jinaan se complacen en excitar la codicia de los hombres y en idear subterfugios con los que empujarlos a quitar a otros lo que les pertenece. Cuando, de la manera más inesperada, pues este tipo de mortal no abunda, dan con alguien que, como el hombre al que yo conocí, no manifiesta apego a nada, se sienten desconcertados y, al menos por un tiempo, no saben qué hacer contra él.

1

Rodrigo

Calatrava, 1212

El destello abrasador cegó momentáneamente las pupilas del hombre. Quedó inmóvil e incapaz de reaccionar, al igual que les sucede a las lechuzas cuando se las deslumbra con teas en la oscuridad de la noche. Sin embargo, en lo más profundo de su ser algo le decía que aquella luz sólo era el preludio de una desgracia incalculable, y a la vez que se llevaba las manos a los ojos para hurtarlos al brillo y poder ver con claridad, sintió que un cepo inmovilizaba sus rodillas.

El soldado sonrió al percatarse de lo rápidamente que había reducido a su presa. En otro momento, al igual que se comporta el gato con el ratón, se habría permitido juguetear con ella antes de asestarle el golpe que resultaría mortal. Sabía por experiencia que muchas veces la diversión se hallaba más en el juego previo a ocasionar la muerte que en el acto mismo de matar.

Sin embargo, todo estaba sucediendo demasiado deprisa para permitirse entretenidos desahogos de ese tipo. Respiró hondo, apretó en el interior del puño el pomo de la ensangrentada espada y cubrió con rapidez la escasa distancia que le separaba del hombre.

—Qué atavío tan extraño lleva… Parece… un pastor…
—musitó mientras levantaba la hoja de la espada, más rutilante
que nunca, para dejarla caer sobre el cuello de su víctima.

—¡Dejad al moro!

El guerrero apenas entendía el castellano, pero el tono de
voz detuvo su mano en el aire y le impulsó a volverse en la dirección de donde procedían las palabras. Sus ojos azulados cap-
taron las siluetas recortadas a contraluz de tres figuras: un guerrero veterano y barbudo, un grandullón que se hallaba en la
difusa línea que separa la infancia de la juventud, y otro joven-
zuelo que, unos pasos por delante de los otros dos, parecía ser
el que llevaba la voz cantante.

Ninguno de los dos muchachos le inspiraron temor, pero
la mirada ligeramente entornada del veterano le creó una vaga
sensación de malestar. Con estas gentes de España nunca se sabía. Seguramente pretendían impedir que matara a ese moro
por las mismas razones absurdas que les habían llevado a pro-
teger a los judíos en Toledo. ¡Lástima! No daba la impresión de
que por aquel sujeto pudiera pedir un rescate; la única satisfacción que cabía era la de degollarlo. Sin embargo, no estaba
dispuesto a enfrentarse con aquella gente. Con gesto de pesar,
el germano envainó la espada, levantó las palmas de las manos
a la altura del pecho y sonrió. Luego, sin perder de vista un
solo instante las armas de los recién llegados, se distanció del
lugar con un andar que deseaba transmitir una firmeza inque-
brantable.

Alvar contempló cómo la figura del extranjero se perdía en
un recodo de la calle. Cuando volvió los ojos hacia sus compañeros, vio que el veterano intercambiaba algunas palabras con
el moro.

—¿Sabe hablar su lengua? —preguntó Alvar a su primo.

—Eso parece —respondió Rodrigo sin volverse.

El caballero tendió su mano al cautivo y le ayudó a ponerse en pie. Luego le puso la mano en el hombro en un gesto car-

gado de sentimiento que Rodrigo nunca habría sospechado en el guerrero. Aunque pareciera increíble, hubiérase dicho que conocía a aquel hombre y que, lejos de sentir hacia él animosidad, lo contemplaba como a alguien cercano y en absoluto digno de odio o rencor.

—Se llama Abdallah —dijo el veterano cuando llegó nuevamente a la altura de los dos jóvenes—. Yo me llamo Martín.

Rodrigo se percató de que hasta ese momento había pasado por alto el trámite de averiguar el nombre del guerrero. Lo único que les había dicho se resumía en algunas reglas elementales del arte de la guerra, pero el muchacho percibía en él algo indefinido que le impulsaba a otorgarle su confianza.

—Y sois soldado —completó Rodrigo la presentación del hasta entonces casi desconocido.

—Supongo que así puede decirse —corroboró Martín—, aunque no por gusto, la verdad sea dicha.

Aquellas palabras sorprendieron a Rodrigo, que quedó sumido en el silencio.

—¿Qué os parecería si buscamos dónde yantar? —añadió Martín antes de que el muchacho pudiera decir nada.

Acompañados por el moro, cuyo rostro reflejaba una extraña calma, comenzaron la búsqueda de un sitio en el que poder saciar el hambre. No tuvieron que indagar mucho porque una circunstancia trágica acudió rápidamente en su ayuda. Las tropas extranjeras que se habían sumado al ejército del rey Alfonso habían intentado matar y robar a la población que se había rendido, y una vez más los castellanos habían tenido que actuar para impedir que la sangre discurriera formando ríos por las calles de Calatrava. Acabadas aquellas breves escaramuzas, los calatraveños se habían entregado a dispensar una acogedora hospitalidad a los que, aun siendo sus vencedores, se habían convertido en soldados dispuestos a salvarlos de tropelías y males sin cuento. Así, cuando apenas se habían apartado del lugar donde habían encontrado al moro, los tres guerreros fueron a dar con una casa en la que el padre de familia les ofreció hospitalidad. Llamó la atención a Rodrigo y a Alvar que Martín no desconfiara de la invitación y, aún más, que en algún momento de la colación —que aceptó al instante— se pusiera a departir con el anfitrión, que arqueó las cejas al escuchar su lengua brotando de los labios del guerrero.

El anfitrión apenas acababa de salir de la habitación para ir en busca de más viandas cuando Rodrigo no pudo contener más la curiosidad y se inclinó hacia Martín.

—¿No tenéis el menor temor de que nos ataquen o nos envenenen? —preguntó.

El soldado apartó por un momento la mirada de la comida y la dirigió con gesto cansino hacia Rodrigo.

—Tendrían más que perder que nosotros. Acabamos de salvarlos de los extranjeros. Si nos hicieran daño, correrían el riesgo de perder nuestra protección e incluso de recibir un castigo doble, ya que se han acogido antes a la generosidad del rey. No, no creo que nos hagan ningún daño. Por el contrario, estarán encantados de complacernos.

Rodrigo guardó silencio mientras se decía a sí mismo que en las palabras de Martín había una enorme sensatez. Sí, quizá aquella gente tan sólo deseara verse libre de los rigores de la guerra y, para conseguirlo, estuviera dispuesta a aceptar el sacrificio de alimentarlos.

Durante un buen rato lo único que se escuchó en la sala fue el ruido de los tres soldados al comer; el moro, que parecía sumido en hondas reflexiones, se había negado a sumarse a ellos.

—¿Cómo aprendisteis a hablar en su lengua? —preguntó súbitamente Alvar.

Martín se limpió la boca con el dorso de la mano, se llevó una copa a los labios y apuró su contenido.

—Viví en tierra de moros durante varios años —respondió lacónicamente.

—¡Pues vaya gusto! —exclamó Alvar, que no podía entender que alguien pudiera afincarse por propia voluntad en territorios regidos por el islam.

—¿Fuisteis cautivo? —indagó prudentemente Rodrigo.

Martín asintió con la cabeza baja y tendió su mano hacia una de las tajadas que quedaban en una de las fuentes que les habían servido.

Algo en el interior de Rodrigo le aconsejó guardar silencio y no proseguir su andar por aquel camino. Su corta experiencia le decía que casi nadie regresaba de la cautividad en tierra de moros y que, cuando así era, los redimidos preferían encerrarse en un silencio impenetrable que rara vez rompían.

—¿Y visteis algo que mereciera la pena? —preguntó Alvar con la boca llena.

De buena gana habría propinado Rodrigo un cachete a su primo, que una vez más hacía gala de una indiscreción intolerable. Se contuvo tan sólo porque pensó que sería una descortesía todavía mayor.

Por un instante, tan sólo un instante, Martín dejó de masticar. Luego continuó comiendo como si no hubiera oído la pregunta de aquel muchacho. Alvar esperó la respuesta con los ojos clavados en el veterano guerrero, pero no tardó en percatarse de que aquélla no le era dada a pesar de lo mucho que la deseaba.

—¿Os gustó lo que visteis en tierra de moros? —volvió a preguntar, pero esta vez a voz en grito, como si pensara que Martín no le había oído la primera vez.

Rodrigo reprimió el deseo de abofetear a Alvar en público, pero se prometió que lo haría en cuanto se encontraran a solas.

Alvar dejó que su mandíbula inferior se descolgara, quizá así se escucharía mejor lo que Martín tuviera a bien contarle. Sólo éste no parecía afectado por la extraña atmósfera que se había apoderado de la estancia. Con una parsimonia exasperante, terminó de comer el trozo de carne que tenía en la mano, metió los dedos en un recipiente de agua para limpiarse la grasa que le goteaba, abundante y amarilla, y a continuación se secó las manos en un paño de hilo que tenía al lado. Luego movió la cabeza a derecha e izquierda, como si de pronto se hubiera percatado de que estaba en compañía de otras personas. Respiró hondo, se rascó la barba hirsuta, y por fin dijo:

—De todo eso hace ya bastantes años.

*E*l hombre que tenga intención de enfrentarse con un jinn y salir airoso del evento no sólo ha de estar desapegado de las posesiones sino también de esta vida. No se trata de que mortifique el cuerpo —una de las peores trampas inventadas por los jinaan para mantener en la esclavitud espiritual a los mortales— ni de que se prive de determinados alimentos. Semejantes conductas provocan en los que las practican la falsa impresión de ser más perfectos, cuando en realidad sólo son más soberbios. Se trata más bien de que otorgue el valor exacto a esta breve existencia y de que siempre se encuentre dispuesto a partir hacia la otra si así se lo ordena el Creador de los mundos. No me cabe la menor duda de que durante siglos el Shaytán ha mantenido esclavizados a reyes y emperadores, a clérigos y sabios, a campesinos y guerreros valiéndose del miedo a la muerte. Los jinaan utilizan continuamente semejante recurso, y sus amenazas pueden limitarse incluso a tocar áreas menos importantes que la vida, como pueden ser la tranquilidad, la fama o la mera soberbia. Precisamente por ello, el que se enfrenta con un jinn no debe dar más valor a la vida que el que de verdad tiene, de ese modo no tardará en comprobar que priva a los jinaan de armas de enorme relevancia con las que podrían haberlo derrotado.

Hace tiempo conocí a un mortal que se enfrentó por dos veces con una ejecución y en ambas ocasiones salió del trance sin un rasguño. En el primer caso, incluso tomó conciencia de que si su vida acabara en ese *momento sólo se trataría de una apariencia, ya que su espíritu seguiría vivo en la presencia del Creador de los mundos. Desde entonces supo que era absurdo apegarse a una existencia en la que nunca podremos vivir un día más de lo que ha dispuesto el Creador de los mundos, pero tampoco un día menos, una verdad que los jinaan ocultan pero que conocen mucho mejor que la mayoría de los mortales.*

2

Martín

Calatrava, 1212

De todo eso hace ya bastantes años y…, bueno, no sé si merece la pena recordar algo tan lejano.

—La verdad es que a mí me gustaría saberlo… —dijo Alvar provocando al instante un gesto de contrariedad y enfado en su primo.

Una sonrisa estuvo a punto de brotar en el rostro del guerrero ante la impenitente indiscreción del muchacho, pero la reprimió a tiempo bajo las revueltas guedejas de su enmarañada barba. Se dijo que quizá una de las características de la juventud era preguntar sin demasiado ton ni son, pero tuvo que reconocer que más valía mozo que interrogaba intentando comprender cosas en apariencia absurdas que aquel que no tenía nada que preguntar.

—Cuando sucedió todo eso, yo tendría aproximadamente vuestra edad —comenzó a explicar con una voz neutra y tranquila—. Era un muchacho más de una aldea castellana cuyo nombre ahora no tiene mayor importancia. En esa época era pastor, y mi ocupación se reducía a guardar las pocas ovejas que tenía mi padre. Mi madre había muerto un par de inviernos atrás de unas calenturas y mi hermana se había casado con un joven de un pueblo cercano y sólo rara vez teníamos oportunidad de verla. Éramos pobres, pero me sentía feliz porque la Galana había parido un corderillo la noche antes y yo… yo estaba enamorado…

Tras pronunciar la última frase hizo una pausa, y Rodrigo se percató de que el rostro del veterano guerrero se ensombrecía un instante. Sin embargo, no parecía que estuviera dispuesto a dejarse llevar por los sentimientos. Carraspeó, como si de esa manera pudiera arrancar de su ser aquella onerosa nube de pesar, y prosiguió su relato.

—No deseo entretenerme mucho en ello pero os diré que se llamaba Elena, tenía trece años, el pelo oscuro y los ojos castaños, y también estaba enamorada de mí. Nos habíamos confesado nuestros sentimientos y sólo esperábamos a que cumpliera los catorce para poder casarnos, ya que, como sabéis, ésa es la edad que exige la Iglesia para contraer matrimonio. No disponía yo de nada para obsequiarle, pero en las últimas semanas, a ratos perdidos mientras vigilaba el rebaño, le había hecho una cruz de madera. No era grande, no la había hecho para que la tuviera en una pared o clavada en el suelo, sino pequeñita para que, prendida de un cordel, pudiera llevarla colgada sobre el pecho y, al vérsela cuando ayudara a su madre en la casa, cuando estuviera lavando o amasando el pan, se acordara de mí. Cuando se la di, me dijo que no le era menester nada para recordarme durante todo el día, pero aun así la aceptó porque yo me había aplicado mucho en aquel trabajo y porque era un obsequio hermoso y, sobre todo, mío.

Martín hablaba en un tono casi frío, sin embargo Rodrigo no pudo evitar sentir que una sensación pesada pero difícil de explicar descendía sobre su pecho oprimiéndolo y dificultándole la respiración. Era como si las palabras del veterano guerrero hubieran servido para invocar a un espíritu que había desplegado sus alas negras sobre ellos y cuya presencia, invisible pero real, le producía una especial desazón.

—Aquella mañana me encontraba sentado al pie de un olmo mientras las ovejas triscaban —prosiguió Martín—. Pensaba que en un par de días bajaría a la aldea y podría contarle a mi padre mi propósito de casarme con la joven. Estaba tan contento, que saqué de mi zurrón un caramillo y comencé a tocar las músicas que se me venían al corazón. Debéis saber que por aquel entonces me placía sobremanera cantar y servirme de aquel instrumento que yo mismo me había confeccionado.

Martín guardó de nuevo silencio. A punto estaba Alvar de quebrantarlo cuando su primo le propinó un vigoroso codazo en las costillas para que no abriera la boca. La mirada con la que acompañó el golpe sirvió de sobra para que el indiscreto zagal se contuviera por esta vez.

Sin embargo, el veterano no parecía haberse percatado de nada. Con los ojos fijos en algún lugar que ninguno de sus acompañantes podía ver, daba la sensación de que su espíritu había comenzado a desplazarse en una tierra fronteriza entre este mundo y otro invisible.

—Llevaba ya un buen rato tocando cuando me pareció escuchar un ruido. Dejé de inmediato el caramillo y eché mano a la honda que reposaba a mi lado. Aunque no era algo demasiado habitual, tampoco resultaba imposible que algún lobo se hubiera acercado hasta el lugar, y yo sabía por experiencia que una pedrada bien asestada solía servir para que el animal se alejara sin causar estropicio alguno. Me levanté, metí la mano en el zurrón para sacar de él un guijarro y cargar la honda, y entonces lo vi.

Alvar se disponía ya a preguntar «¿El qué?» cuando una tosecilla intencionada de su primo le disuadió de interrumpir el relato de Martín.

—He recordado aquel momento cientos, miles de veces, y cada vez que he vuelto a hacerlo he quedado más convencido de que fue aquello que vi lo que me impidió defenderme. Fue…, es difícil explicarlo, pero fue… como si la sangre se me hubiera helado en las venas como pasa con el agua de los ríos cuando llega el invierno. Sin poder evitarlo, empecé a temblar…

Con la mirada aún clavada en aquel punto perdido del espacio que no podían alcanzar los ojos de sus compañeros, Martín tragó saliva. Luego respiró hondo y prosiguió:

—Estoy seguro de que de no haber visto aquello…, sí, estoy seguro de que habría podido abatir a los dos moros a pedradas. Yo era muy diestro con la honda, y un buen cantazo… un buen cantazo puede resultar tan efectivo como una estocada o un flechazo. Pero no fue eso lo que sucedió. Lo malo del pasado es que no sucedió como a nosotros nos habría gustado sino como realmente aconteció. Antes de que pudiera dar un solo paso, me golpearon en la frente y todo se volvió negro a mi alrededor. Desperté con un dolor de cabeza tremendo, tanto que, nada más abrir los ojos, me llevé las manos a las sienes porque me parecía que podrían estallar. Apenas había visto dónde me encontraba cuando un moro se acercó y me propinó un puntapié en las costillas.

—¡Qué canalla! —masculló Alvar, que inmediatamente se arrepintió de haber despegado los labios.

Martín no pareció percatarse de lo que acababa de decir el muchacho. Se hallaba más que nunca en aquel cosmos, ajeno al resto de lo que le rodeaba.

—Tardamos cuatro días en llegar al territorio que ellos llaman Al-Ándalus. Lo que vino después…, lo que siguió no tuvo mayor importancia porque es lo mismo que les ha sucedido a millares de los nuestros. Me llevaron a un mercado de esclavos, donde nos untaban con aceite para que nuestra piel reluciera al sol y nos hinchaban a comer dos días antes de la venta para que pareciéramos fuertes y sanos. En cuanto me compraron, supe lo que era la esclavitud…

Rodrigo observó que los ojos de Martín se llenaban de un agüilla repleta de consternado pesar. En aquel momento habría deseado ponerse en pie y abrazar al guerrero, y decirle que, aunque lo conocía desde hacía tan poco tiempo, le apreciaba y debía saber que podía contar con él. Sin embargo, un temor profundo, casi reverencial, a ofender al veterano le mantuvo sentado como si lo hubieran clavado al suelo mientras sentía el ansia de consolar a un adulto en el que intuía un amigo y el temor a llevar a cabo algo incorrecto.

De repente, el hombre se llevó las yemas de los dedos a los lagrimales y arrancó de ellos la humedad con la misma delicadeza con que se hubiera inclinado para atrapar una mariposa. Luego movió la cabeza como si deseara ahuyentar un molesto insecto y dijo:

—Bueno, que no os dé pena. A fin de cuentas no todo resultó tan mal. Fue allí donde aprendí a hablar la lengua arábiga y también a combatir. Al final conseguí escapar y... esta historia se acabó.

El brusco final sorprendió a los dos caballeros, pero ninguno, ni siquiera Alvar, se atrevió a despegar los labios. Estaba claro que aquel hombre no tenía la menor intención de seguir hundiéndose en unos recuerdos que le resultaban especialmente dolorosos. En un momento de debilidad se había desplazado a ese terreno brumoso que llamamos «pasado», pero nadie habría puesto en duda que ansiaba salir de él con la misma rapidez con la que se había sumergido en él. Lo menos que podían hacer, por lo tanto, era respetar su deseo.

Rodrigo observó cómo, de repente, Martín comenzaba a frotarse las manos como si deseara desprenderse de algo pegajoso que se le hubiera quedado adherido. Fue entonces cuando, sin pretenderlo, su mirada se posó en el rostro de su extraño cautivo. En ese instante tuvo la sensación de que en sus mejillas brillaban dos surcos húmedos que le nacían en los ojos. ¿Qué... podía significar aquello? Quizá hubiera encontrado la respuesta de no ser porque Alvar le arrancó de sus pensamientos.

—Martín..., disculpa —dijo el muchacho con voz trémula—, ¿qué... fue lo que viste para que no pudieras defenderte?

Como impulsado por un resorte, Rodrigo apartó la mirada del guerrero y la dirigió hacia su primo. Realmente, poca duda podía haber de que nunca aprendería cómo debía comportarse. Iba a lanzarle una mirada cargada de represión, cuando observó que Martín volvía el rostro hacia Alvar. Por un instante temió lo peor: que le gritara, que le riñera, que le abofeteara. Pero no sucedió nada de eso. Con los ojos cargados de pesar, dijo:

—Aquel moro llevaba colgada del pecho la crucecita de madera que yo le había regalado a Elena.

*F*inalmente, aquel que tenga la intención de enfrentarse con un jinn e imponerse a él es siempre un mortal que sabe que es incapaz de obtener la salvación eterna por sus propios méritos. Me consta que semejante afirmación chocará a la mayoría de las personas que se tienen por religiosas, ya que, independientemente de lo que consideren que es la salvación, suelen pensar que se trata de una recompensa obtenida por sus esfuerzos en conseguirla. Así, el idólatra de la India está convencido de que las prácticas continuas de renuncia le permitirán librarse de esta vida y entrar en la liberación final, y lo mismo puede decirse de la mayoría de los yehudin, nasraníes y muslimin que yo conozco. Sin embargo, de la misma manera que una opinión generalizada no es por ello correcta, sucede en este caso que el que la profesen muchos no le da marchamo de verdad. A decir verdad, la salvación —y no entro en lo que esto significa— no puede merecerse ni ganarse, y hay que ser un estúpido o un soberbio para pensar cosa parecida. Durante milenios hemos caminado apartándonos del Creador de los mundos y culpándolo por añadidura de las consecuencias de tan aciaga decisión, ¡y luego afirmamos que podemos ser tan buenos como para ganarnos la salvación! Semejante pretensión es como la que derivaría de un niño mimado y perverso que continuamente desobedeciera y maldijera a sus padres pero luego, alegando cualquier minucia, pretendiera que era suficiente para ser aceptado. No, no existe mortal alguno que haya ganado o merecido su salvación.

Sin embargo, sí es verdad que el Creador de los mundos regala la salvación a aquellos que acuden a Él reconociendo sus culpas, sus pecados, sus faltas, sus iniquidades y pidiéndole humildemente perdón. La salvación es, a fin de cuentas, un regalo inmerecido que sólo se puede aceptar o rechazar, nunca comprar, adquirir o negociar.

Esta verdad debe estar firmemente asentada en la cabeza y el corazón del que pretenda enfrentarse con un jinn, ya que, a lo largo de milenios, los jinaan han ido esparciendo la falsedad de que aquel que siga determinadas prácticas, que, por supuesto, ellos mismos han ido estableciendo, podrá salvarse. Cuando alguien pretende enfrentarse con un jinn y no tiene esta verdad presente, lo más seguro es que el jinn utilice su pretencioso error para adularlo y así enredarlo, desconcertarlo y derrotarlo. Creyendo acumular méritos para su salvación, simplemente está despeñándose hacia la perdición y el desastre.

3

Ahmad

¿Cuántos pueden ser los nasraníes?

La pregunta, formulada con una voz suavemente gutural, se estrelló contra las suaves paredes de cuero repujado de la espaciosa tienda de campaña. La temperatura en el exterior, propia del sofocante verano andalusí, era difícilmente soportable salvo cuando el sol comenzaba a desplomarse en el cielo, pero allí dentro parecía que un poderoso mago había logrado detener los rayos del astro rey en el exterior y reinaba una perfumada frescura que invitaba más al disfrute del silencio, de la música e incluso de otros placeres sensuales que a la guerra y a la intriga política.

Sin embargo, aquel a quien iba dirigida la pregunta no tenía la atención puesta en el suave aroma a esencias que llenaba la acogedora tienda, ni en el extraordinario trabajado de muebles y cueros, ni tampoco en la fabulosa riqueza de los tapices y las armas, sino en el rostro de aquel que le hablaba. Aunque tenía noticia de que no era como los hombres de Al-Ándalus, nunca hubiera podido imaginar un tiempo atrás, cuando aún no lo conocía, que su piel pudiera ser tan blanca, que sus ojos fueran tan claros y que las escasas guedejas que sobresalían de su turbante poseyeran una tonalidad tan pálidamente dorada. De no haber sabido quién era, habría llegado a la conclusión de que ante él estaba sentado uno de aquellos pérfidos caballeros que habían querido asesinar a sus hermanos de Malagón y Calatrava.

Tan absorto se hallaba en la observación de aquellos rasgos físicos tan peculiares, que no salió de su ensimismamiento hasta que percibió en las costillas la punción desagradable y aguda de la punta de una flecha.

Al sentir el dolor, el joven dio un respingo y, como si regresara de un lejano mundo de sensaciones extrañas, tomó conciencia de dónde se encontraba y para qué se le había convocado.

—Veinte… quizá treinta mil… —acertó a balbucir.

Su interlocutor intentó aparentar indiferencia, pero en el fondo de sus ojos pálidos se encendió un brillo de satisfacción similar al del felino que ha descubierto una presa sabrosa y por añadidura fácil de abatir.

—¿Estás seguro? —preguntó al cabo de unos instantes—. ¿No podrían ser cuarenta, cincuenta, sesenta mil?

—No lo creo, sayidi —respondió el muchacho—. Por supuesto, no puedo saber su número exacto pero…

El hombre levantó la palma de la mano y aquel gesto suave pero cargado de autoridad resultó más que suficiente para imponer silencio. A continuación, tomó un estilete —verdadero prodigio de orfebrería— y señaló con su afilada punta un lugar dibujado en un detallado mapa.

—¿Aquí fue donde estuvieron a punto de capturarte los kafirun?

Ahmad se inclinó sobre el dibujo. Trazado sobre una piel extraordinariamente trabajada, en él podían verse las líneas azules de los ríos, las masas verdosas correspondientes a los bosques y los macizos bloques marrones que representaban las montañas. Por primera vez en su vida, lamentó Ahmad no saber leer un mapa. Mientras sentía un sofocante calor que se le enrosca-ba en las orejas, recordó con resentido malestar a Abdallah y aguzó la vista para intentar dar una respuesta adecuada a En-Nasir. Recorrió con la vista las poblaciones cercanas, compro-bó los accidentes y, finalmente, más airado que seguro, dijo:

—Sí, fue ahí.

—Tengo entendido que perdiste a tu custodiado en el cur-so de tu misión…

—Fue una gran pérdida, sayidi —respondió Ahmad a la vez que sentía una desagradable mordedura de dolor en el pe-cho—. En los días anteriores, los dos habíamos explorado los pasos de la sierra y luego observamos el avance enemigo. Ab-dallah desapareció mientras yo cumplía con la misión de calcu-lar la extensión del ejército de los kafirun.

—¿Acaso quieres decir que si tú estás aquí y él se desvane-ció se debe a algo fortuito? —preguntó el hombre de los ojos claros.

—No lo creo, sayidi —dijo el muchacho con resolución—. Es Al·lah quien gobierna nuestras vidas, no el azar.

—Exactamente —dijo el hombre de ojos claros a la vez que reposaba el estilete sobre el mapa—. Nada de lo que suce-de en este mundo ha dejado de ser determinado por la volun-tad de Al·lah. Si tú vives y Abdallah se ha extraviado, o incluso ha muerto, es porque Él lo ha querido, y si lo ha querido así es, con toda seguridad, porque tú eres de mayor utilidad a sus pro-pósitos que tu hermano.

Entonces, de manera absolutamente inesperada, el hombre dio una palmada seca que resonó cargada de poder y autoridad en el seno de la fresca tienda. No se había extinguido todavía el sonido cuando, como si acudieran convocados por el conjuro de un mago prodigioso, de las espesas sombras del lugar emer-gieron seis guerreros armados con corazas relucientes, largas capas oscuras y hermosas armas blancas. Jamás habría pensado Ahmad que la penumbra pudiera albergar a aquellos seres extraordinarios, y al contemplarlos a apenas unos pasos de él no pudo evitar sentir un molesto sobrecogimiento.

—Acercaos, hermanos —dijo el hombre de cabellos dorados—. Deseo someter a vuestro consejo la situación en que nos encontramos.

Alzó la palma de la mano y realizó un suave gesto para indicar a Ahmad que se acercara a la mesa. El muchacho abrió la boca, pero, abrumado, fue incapaz de articular una sola palabra.

—Hermanos —dijo En-Nasir—, es mi voluntad que en estas deliberaciones nos acompañe el joven Ahmad. Hasta hace poco su único mérito residía en ser un almohade más y haberse atrevido a cruzar el mar para venir a Al-Ándalus. Sin embargo, en los últimos días nos ha rendido importantes servicios. El último ha sido explorar los pasos de la sierra, pero antes había espiado el avance del ejército enemigo e incluso había logrado escapar de Calatrava y proporcionarnos informaciones de enorme importancia. Debe ser conocido de todos que tengo mucha confianza en él.

Apenas había terminado En-Nasir de pronunciar aquellas palabras cuando repitió el gesto de acercamiento que había realizado con la palma de la mano unos momentos antes. Esta vez, Ahmad no lo dudó. Con el corazón desbocado por la excitación y con paso titubeante, llegó hasta la mesa y se colocó en un hueco que le dejaron dos dignatarios.

—Bien, hermanos —dijo En-Nasir—. En estos momentos nos encontramos aquí, en estas gargantas que Ahmad ha explorado. Hemos llegado antes que los kafirun, y nuestra situación resulta excelente. Si deseáramos plantear una batalla meramente defensiva, nos bastaría apostar un millar de hombres en esta angostura y ningún ejército podría forzar nuestra retirada.

—Sayidi, creo que… —comenzó a decir con pesado acento norteafricano un guerrero totalmente vestido de negro.

—Sé perfectamente lo que crees, Hassán —le interrumpió

En-Nasir a la vez que esbozaba una sonrisa—. Que no podemos limitarnos a la defensa, que debemos atacar.

Algunos de los asistentes sonrieron risueñamente al escuchar aquellas palabras, aunque Ahmad no pudo discernir si se debía a que también ellos se identificaban con ese punto de vista o a que conocían al mencionado Hassán y sabían que sus deseos se correspondían con las últimas frases de En-Nasir.

—Si los kafirun desean enfrentarse con nosotros —prosiguió En-Nasir—, tendrán que subir por esas gargantas y pasar por el desfiladero. Por supuesto, allí los estaremos esperando. Sin embargo, no nos limitaremos a repelerlos. Esperaremos a que se debiliten y entonces nos replegaremos para dar la impresión de que nos han batido. Cuando, finalmente, consigan superar esas fragosidades y salir a campo abierto, nuestras mejores tropas estarán aguardándolos.

—¿Y si dieran marcha atrás y buscaran otro paso? —preguntó Ahmad.

Un murmullo de desaprobación recorrió la fresca tienda de campaña. Los caudillos andalusíes y almohades aceptaban tener entre ellos a ese joven porque En-Nasir lo había ordenado, pero de ahí a soportar su intervención en el consejo mediaba un abismo.

—Esa pregunta es sabia —dijo En-Nasir cortando de raíz cualquier rumor de censura—. Los kafirun pueden ser inicuos, pero desde luego no son estúpidos. Si llegan a la conclusión de que los espera una emboscada, podrían replegarse. Sin embargo… sin embargo, no creo que se atrevan.

Ahmad deseaba preguntar el porqué de aquella conclusión, pero esta vez guardó respetuoso silencio.

—A estas alturas los kafirun deben de andar muy escasos de víveres —explicó En-Nasir como si hubiera adivinado la curiosidad que atormentaba al muchacho—. Por añadidura, el cansancio, el desánimo y posiblemente las deserciones habrán cundido entre sus filas. Si llegados a esas alturas, retrocedieran para bajar nuevamente al llano, sólo conseguirían extenuarse más. Sí, tal y como yo lo veo, las fuerzas del rey Alfonso y de sus aliados se encuentran atrapadas en un callejón sin salida forjado por nuestra pericia y nuestra rapidez, que son mucho mayores que las suyas. Si intentan forzar el paso, quedarán lo suficientemente deshechas en el envite como para convertirse en una presa fácil de nuestras tropas; si retroceden e intentan rodear la sierra, sólo conseguirán mermar su ya reducida provisión de alimentos y agotarse antes de un combate en el que somos superiores en número y posición.

Las palabras del jalifa fueron acogidas con exclamaciones entusiastas. Todos los presentes, con la excepción de Ahmad y de algunos notables andalusíes, eran veteranos curtidos en mil y un combates. No sólo dominaban las difíciles artes de montar a caballo, tirar con arco o batirse a espada. Además, en multitud de ocasiones habían demostrado las añagazas que permiten superar un combate en inferioridad de condiciones o tender emboscadas que resultan letales para las tropas enemigas. En aquellos momentos se sentían especialmente satisfechos porque era obvio que no podrían haber ambicionado una posición mejor para enfrentarse con los kafirun.

—El resto, joven Ahmad —prosiguió En-Nasir—, resultará sencillo. Cuando finalmente lleguen hasta nuestras líneas, los guerreros imesebelen se desplegarán contra su centro. Como sabéis, siempre combaten atados entre sí para no dejar un solo resquicio al enemigo. Cuando los kafirun los embistan sólo conseguirán estrellarse una y otra vez contra sus líneas. Mientras tanto, cuanto más se encorajinen y revuelvan e insistan en abrirse camino, nuestra caballería ligera los envolverá por los flancos hasta que caigan en una bolsa de la que no podrán salir con vida.

Ahmad examinó con el rabillo del ojo a los militares y dignatarios. No podía caber la menor duda de que se sentían profundamente satisfechos. Desde luego, no les faltaban razones para ello. Al ritmo que se habían ido sucediendo los acontecimientos, resultaba obvio que en unos días los kafirun experimentarían una derrota aún mayor que la sufrida años atrás en Alarcos. Sin embargo…

—Sayidi, entonces… no existe posibilidad alguna de derrota… —concluyó, abrumado, Ahmad.

Un coro de divertidas carcajadas respondió a su pregunta al tiempo que uno de los guerreros almohades le echaba el brazo por el hombro y le propinaba un pescozón afectuoso.

—Como tú sabes, nada es casual; nada obedece al azar. Al·lah ha puesto en nuestras manos a esos kafirun —dijo En-Nasir en un tono alegremente solemne— y con ellos nos entregará la victoria más rotunda que nunca obtuvo el islam en estas tierras.

*T*odo lo indicado en los apartados anteriores podría llevar a gente indocta e ignorante a pensar que, siempre que el mortal reúna las características a las que me he referido, el enfrentamiento entre un mortal y un jinn será una lucha equilibrada. Llegar a esa conclusión constituiría un grave y peligroso error. A decir verdad, el único ser que puede enfrentarse con un jinn y llevar a cabo su derrota es el Creador de los mundos, que está por encima de ellos, que no permite que actúen en sus perversos propósitos más allá de lo que es Su voluntad y que, llegado el momento, los juzgará con toda la justicia necesaria. Sin embargo, el Creador de los mundos acepta dispensar Su protección a aquellos que, enfrentados con los jinaan, reúnan en su corazón el comportamiento señalado.

Cuando un mortal sabe que su salvación no procede de sus esfuerzos sino de un regalo inmerecido del Creador de los mundos; cuando un mortal sabe que sólo hay un Dios verdadero y que a nadie más puede rendirse culto; cuando un mortal sabe que ese Dios espera que se le adore no en tal o cual lugar ni en este o aquel templo sino en espíritu y en verdad; cuando un mortal sabe que la mayor muestra de gratitud que puede tener hacia el Dios único es obedecerlo; cuando un mortal sabe que no debe apegarse a posesión alguna, ni siquiera a la propia vida, tan sólo se ha colocado en el inicio del sendero que podría permitirle enfrentarse con un jinn. A ello debe unir la certeza absoluta de que nada puede hacer sin la ayuda del Creador de los mundos.

4

Rodrigo

Las Navas de Tolosa, 1212

A sí que se han ido? —preguntó Martín.

El barbado rostro del caballero se ensombreció al escuchar la pregunta. Le gustara o no, experimentaba una confusa mezcla de sentimientos encontrados cuando reflexionaba sobre lo sucedido en las últimas horas. A decir verdad, no las tenía todas consigo a la hora de calificar la reciente noticia.

—Sí, se han marchado… —respondió con un dejo de preocupación.

—¿Y se sabe por qué? —indagó Martín.

Lope, el caballero que departía con Martín, no respondió. Se limitó a llevarse el dorso de la diestra a la frente para limpiarse el copioso sudor que se la cubría. Había nacido muy al norte, en las verdes tierras de Vizcaya, y su cuerpo no lograba acostumbrarse al agreste horno andalusí. Aunque había dejado sobre la montura el grueso de su armadura, el calor seguía siendo para él un tormento. Tan sólo hacía un par de jornadas que había aprendido que beber en esas condiciones sólo servía para sudar más y que lo mejor que podía hacer para calmar la terrible sed era llevar una piedra en el interior de la boca. En ese momento se sentía envuelto en una asfixiante nube de rigurosa calina que apenas le permitía respirar y que le provocaba una presión en el pecho similar a la que habría sentido si le hubieran colocado encima un cesto lleno de pedruscos. En ocasiones temía que si aquella marcha hacia el sur se prolongaba mucho más acabaría derritiéndose antes de avistar a los musulmanes. Y si el único problema fuera el calor…

—Sí, se sabe —dijo al fin Lope mientras sacudía la cabeza como si deseara provocar una corriente de aire que le refrescara en medio de aquella insoportable solanera que no detenían ni siquiera los montes que se podían avistar—. Protestan porque el rey Alfonso no les ha dejado asesinar a los judíos de Toledo ni a los musulmanes de Malagón y Calatrava.

Rodrigo, que había estado observando la escena, reprimió un gesto de irritación. En realidad, ¿por qué había ido aquella gente a combatir contra los musulmanes? ¿Actuaban así movidos por el deseo de salvar a la cristiandad del ataque del islam o impulsados únicamente por la codicia? No dudaba de que fueran valientes ni de que contaran con experiencia en duros combates, pero hasta entonces sólo les había visto atacar a mujeres, niños y cautivos indefensos.

—¿Cuántos se han marchado? —indagó Martín con un tono de voz frío.

—Prácticamente todos —respondió Lope—. Son varios centenares… A buen seguro que nos habrían servido de ayuda porque, con certeza, las tropas de los almohades son superiores a las nuestras en número…

—¿Y hay posibilidades de que recibamos alguna ayuda de aquí a que dé inicio la batalla? —preguntó el veterano.

—Nada más marcharse los ultramontanos, llegaron al campamento doscientos caballeros navarros conducidos por el propio rey Sancho, pero… —Lope hizo una pausa y bajó la cabeza en un gesto más elocuente que mil palabras.

—Pero no vamos a contar con una sola lanza más —concluyó Martín.

El caballero volvió a secarse la frente, pero no despegó los labios. Resultaba obvio que pensaba exactamente eso mismo.

—¿Habéis tenido ocasión de ver a los navarros? —intervino Rodrigo.

—Sí —dijo el caballero forzando una sonrisa—. Son gente brava, a fe mía. Tipos fuertes, seguros, de pelo en pecho, pero… pero dos centenares…

La deserción de los caballeros llegados del otro lado de los Pirineos en absoluto podía verse compensada por el exiguo contingente navarro. Con toda seguridad, se trataría de combatientes de primera clase, pero eran tan pocos que no pasaban de lo simbólico.

—Nuestros problemas no acaban ahí —continuó el caballero vizcaíno—. Hay que reconocer que los moros nos han madrugado en esta campaña. Ocupan unas posiciones imposibles de tomar al asalto a menos que estemos dispuestos a perder a buena parte de nuestros guerreros. Y, por otro lado, retroceder ahora hasta el llano y rodear el obstáculo… No nos engañemos. Casi no nos queda comida. No sé, Martín, temo que las deserciones comiencen a producirse también entre los que hemos visto la primera luz del sol en esta tierra.

—¡Jamás! ¡Jamás! —gritó Rodrigo, al que la simple mención de esa posibilidad le había provocado una cólera incontenible—. Nosotros no vamos a huir como esos cobardes que sólo sabían atacar a gente indefensa.

Martín reprimió una sonrisa. Aunque hacía poco que se conocían, sentía gran afecto por Rodrigo y por Alvar. Era cierto que no tenían la menor idea de la empresa a la que se habían sumado, pero había algo hermosamente juvenil en ellos, una combinación de valor y de bravura que le causaba ternura y emoción. Sí, no cabía duda de que aquellos dos mocetones eran muy capaces de dejarse despellejar antes de retirarse. La cuestión era si merecía la pena que así aconteciera.

—En otras palabras —dijo Martín—, que vamos a dar batalla a los moros en el lugar que ellos han escogido y en las condiciones que nos ofrecen…

—Me temo que sí… —corroboró amargamente el caballero.

Martín dejó que su mirada planeara sobre la fila irregular de soldados de la que formaba parte en aquellos momentos. Se les veía sucios, macilentos, agotados. Posiblemente, Alvar y Rodrigo eran los que mejor aspecto presentaban, y eso porque eran muy jóvenes y además carecían de una barba poblada. En cuanto al moro…, ¿qué pasaría por la cabeza de aquella criatura cuya única culpa era, seguramente, el no haber escapado de Calatrava a tiempo? ¿Qué sería de ellos en unas horas? Apenas se había formulado la pregunta cuando una vaga sensación de malestar se apoderó de su pecho. Aunque no deseara reconocerlo, no podía cerrar los ojos ante la idea de que dentro de muy poco todos podrían estar muertos.

A diferencia de los mortales, que estamos formados por los mismos materiales que constituyen la tierra, los jinaan son seres espirituales. Nada podemos, pues, contra ellos. Es cierto que envidian muchas de las actividades que los mortales pueden realizar, pero, aun así, son superiores a nosotros a la hora de desplazarse, de ver en el interior de lo sellado, de conocer lo oculto y de mil y una circunstancias más. Precisamente por eso, sólo el mortal que se encuentre unido profundamente con el Creador de los mundos puede esperar verse protegido de las asechanzas de los jinaan y confiar en que los derrotará si tiene que enfrentarse con ellos. Bastará para que así suceda con que no descanse en sí mismo, en sus conocimientos o en sus medios, sino que, por el contrario, se apoye en el Creador de los mundos para salir con bien de tan peligroso trance.

Aquel que, enfrentado a semejante situación, se refugie en el Creador de los mundos y apele a Su autoridad única, incomparable y nunca delegada, podrá contemplar cómo los jinaan más poderosos, más inicuos y más malignos yacen derrotados a sus pies. Sin embargo, existe una eventualidad que no puedo pasar por alto y a la que me referiré en el próximo apartado.

5

Alfonso

Las Navas de Tolosa, 1212

A lfonso VIII contempló el cuero delicadamente pulido que
se ofrecía ante su vista. Aunque sus colores eran algo menos vivos, la exactitud con que reproducía los accidentes geo-
gráficos no era menor que la que En-Nasir había contemplado
poco antes. Sus conclusiones, tras examinar el terreno, tampoco eran muy diferentes de aquellas alcanzadas por su adversario. Los almohades habían jugado extraordinariamente bien sus
bazas. Se habían replegado hábilmente sin importarles perder
algunas plazas, como Calatrava y Salvatierra. De esa manera, habían ganado el tiempo necesario para situarse en el lugar más
adecuado. Los almohades habían sabido elegir el terreno para la
batalla y —para ser sinceros— no podía ser peor para el enemigo y mejor para ellos.

Sin embargo, esa circunstancia, a pesar de ser tan grave, no
había sido lo más grave de aquella campaña. Además estaban la
deserción de francos y germanos; las tropas que había tenido
que destacar para que los siguieran en su retirada y evitar nuevos ataques a juderías; la escasez de alimentos; el calor asfixiante; la ausencia de agua incluso para los caballos, que eran las
bestias más preciadas…

No era preciso ser un César, un Alejandro o un Aníbal para darse cuenta de que no existían probabilidades serias de triunfo. En realidad, todo apuntaba al desastre, a un desastre mayor que el de Alarcos, pues ya no era sólo el reino de Castilla el involucrado sino también los de Aragón y Navarra. Quizá por eso había tan pocos aragoneses y navarros. Seguramente no querían arriesgar en demasía sus tropas para así contar con suficientes hombres con los que defender sus reinos en caso de derrota. Si los almohades emergían vencedores de aquel choque, quién sabía, era posible que, como había sucedido quinientos años antes, remontaran de nuevo la piel de toro y llegaran hasta el reino de los francos. España volvería a perderse y, en esta ocasión, la culpa sería sólo suya.

Alfonso se llevó las manos a la cara y se oprimió con los dedos unos ojos que estaban cansados de contemplar aquel mapa sin hallar en él posibilidad alguna de confiar en la victoria. Mientras sentía el alivio doloroso que le proporcionaba aquella suave presión sobre las pupilas comenzó a decirse que no podía ser que semejante catástrofe recayera sobre él y sobre sus aliados; que no podía ser que por segunda vez España perdiera su libertad cuando aún no la había recuperado del todo; que no podía ser que decenas de miles de inocentes se vieran sometidos a una servidumbre cruel.

Apartó las manos de la cara, respiró hondo y se dijo que Dios no podía permitir aquello. ¿Cómo podría consentirlo? ¿Cómo podría abandonarlos en un momento como aquél? ¿Cómo…?

Las preguntas para las que no tenía respuesta se le enredaron en lo más hondo de su alma, como se enganchan los rabos de las cerezas, y le oprimieron el corazón hasta el punto de apenas dejarle respirar.

Antes de que pudiera darse cuenta, el rey se encontró arrodillado en el suelo. No se encontraba en el interior de un templo, no lo había preparado ni pensado, pero cuando se percató de la postura que había adoptado no se sintió ridículo ni humillado. En realidad, percibió una fuerza y una serenidad de carácter nunca antes experimentadas que descendía sobre sus hombros y le infundía un ánimo que había perdido en algún momento cercano a la toma de Calatrava.

Nunca habría podido señalar Alfonso el tiempo exacto que estuvo en esa posición incómoda en la que, al cabo de unos instantes, las articulaciones comienzan a doler. Sí recordaría que, cuando estaba más absorto, Diego López de Haro, el señor de Vizcaya, penetró en la tienda con la fuerza de un huracán.

—¡Señor! —gritó— ¡Señor!

Alfonso levantó la cabeza y se sintió como si lo hubieran arrancado de un sueño plácido donde no existía lugar para el sufrimiento. Sacudió levemente la cabeza, se frotó los párpados y se levantó con presteza.

—¿Qué sucede, don Diego? —dijo queriendo aparentar normalidad.

—Señor…, hay un pastor que desea hablar con vos… —dijo el vizcaíno intentando recuperar el resuello—. Es un moro.

El rey, perplejo ante lo intempestivo de la solicitud, se encogió de hombros. ¿Un pastor? ¿Y por añadidura moro? ¿Para qué solicitaba audiencia un sujeto semejante? ¡Como si no tuviera pocos problemas…!

—Don Diego, no creo que ahora sea el momento más apropiado —cortó Alfonso.

—Señor, creedme si os digo que resulta indispensable que escuchéis a ese… pastor.

—Un pastor moro…

—Sí —respondió presto el noble.

Algo en el excitado timbre de voz, en la manera febril en que movía los ojos, en el ligero temblor de los labios advirtió al rey de que don Diego López de Haro no pretendía hacerle perder el tiempo con una nadería.

—¿Estáis seguro de que es tan importante que no puede esperar? —preguntó el rey, súbitamente interesado.

El vizcaíno asintió con la cabeza.

—De acuerdo —indicó el monarca—. Llamadlo.

—Me he permitido hacerlo ya, señor —dijo don Diego y, tras realizar una reverencia apresurada, abandonó la tienda.

Ciertamente el pastor debía de encontrarse muy cerca, pues el vizcaíno apenas tardó unos instantes en regresar seguido por un hombre de aspecto peculiar. No, se dijo Alfonso al instante, aquel hombre no era pastor. Es verdad que llevaba un atavío humilde de lana, pero… El rey se acercó al moro y le agarró las muñecas inesperadamente. Luego, con un gesto súbito, se las alzó para verle las palmas de las manos.

«Tengo la sensación —pensó Alfonso— de que este hombre ha empuñado más el cálamo que el cayado.»

Señalaba al final del último apartado una posibilidad que, a pesar de lo terrible que es, ha de tenerse en cuenta. Me refiero a aquellos casos en que los jinaan no sólo no son vencidos por mortales que cuentan con todos los requisitos para imponerse a ellos sino que prevalecen e incluso triunfan en sus perversos objetivos. Que semejante eventualidad es real no puede ni debe negarse. Cualquiera que conozca mínimamente la Historia es consciente de que en ocasiones han triunfado terribles tiranos cuyo gobierno vino acompañado por la mentira, la miseria y la sangre. Menos sabido es que si así fue se debió al apoyo oculto de jinaan que sólo deseaban regir sobre los desdichados a través de esos vicarios. Ante esas situaciones sólo podemos decir que el Creador de los mundos es el único que cuenta con todo el conocimiento que explique semejantes períodos negros de la existencia humana. Él decidió, por razones que desconocemos —el castigo o la purificación son sólo dos de las posibles—, permitir que los jinaan y sus siervos ejercieran su dominio. Sin embargo, la existencia irrefutable de situaciones como la descrita no debería llevarnos hasta el desaliento, el desánimo o el desafuero. Por el contrario, debería conducirnos hacia dos conclusiones inevitables.

6

Alfonso

Las Navas de Tolosa, 1212

L a diestra fuerte de Diego López de Haro descendió sobre
el nervudo cuello de su corcel. Se trataba de un animal
fuerte y resistente, pero, a la vez, especialmente ligero. Desde la
derrota de Alarcos, que muchos le atribuían, el noble vizcaíno
se había prometido lavar el terrible baldón que había quedado
unido, no del todo justamente, a su apellido. Había sabido desde el principio que pasarían años antes de que se le presentara
tal posibilidad y que tal vez muriera sin lograrlo, pero, a pesar de
todo, se había esforzado inmediatamente por reunir un equipo
de guerra que pudiera utilizar en cuanto el rey lo llamara a
combatir. Durante todos esos años sus armas se habían mantenido en perfecto estado, pero los animales habían ido muriendo
uno tras otro. De hecho, aquel caballo era el sexto que había estado destinado a forjar el desquite sobre los almohades. Los cinco que lo habían precedido hacía ya tiempo que no eran más
que restos pudriéndose en algún hoyo de Vizcaya o Castilla.
Éste iba a disfrutar del privilegio que los otros habían perdido
por la mera acción de la muerte.

Apartó la mano del pescuezo del animal y contempló cómo sus soldados atravesaban el paso. Por más vueltas que le

daba a lo sucedido en las últimas horas, no podía dejar de pensar que aquellas tropas habían sido objeto de un don muy especial. Poco antes se veían abocadas a la terrible alternativa de retroceder y agotarse en la retirada previa al combate o de intentar forzar un desfiladero infranqueable controlado por los almohades. Y entonces, como enviado por el mismo Dios, había aparecido aquel pastor y les había indicado una senda por la que podrían salvar la cordillera.

Tenía que reconocer que estaba tan desesperado que lo había creído a pies juntillas desde el primer momento. Deseaba creer y por eso no había dudado de sus palabras. Ahora, al recordarlo todo, debía admitir que su actitud no había resultado la mejor. De haberse tratado de una añagaza de los almohades encaminada a llevarlos hasta una emboscada, las consecuencias podrían haber sido catastróficas… o quizá no. El rey no parecía del todo seguro de que aquel hombre no les estuviera mintiendo. Aunque tampoco se había opuesto radicalmente a considerar sus palabras. En realidad, en sus pupilas había brillado una luz extraña que don Diego, a pesar de conocerlo muy bien desde hacía años, no había sido capaz de interpretar. ¿En qué había pensado? Sólo el Altísimo podía saberlo.

El resto había resultado fácil. Primero, él en persona había encabezado una partida que había corroborado el relato de aquel pastor. Luego, el grueso del ejército había utilizado esa ruta para llegar hasta las proximidades de los almohades. Al pensar en ello, don Diego no alcanzó a reprimir una sonrisa. ¡Qué sorpresa debían de haberse llevado al ver cómo sus enemigos se desplegaban ante sus mismas narices! El vizcaíno acarició de nuevo al caballo, le dirigió unas palabras cariñosas y se apartó de él. Luego alzó la mirada hacia el campamento enemigo.

La noche no era clara, pero el océano de puntos luminosos situado frente a las fuerzas del rey Alfonso se asemejaba a los restos de una gigantesca hoguera que iluminara con sus destellos la escarpada sierra y sus fragosos alrededores. ¿Cuántos guerreros podían hallarse en esos momentos recibiendo el calor y la luz de aquellas fogatas? ¿Cien mil? ¿Ciento cincuenta mil? Tan sólo de pensarlo, don Diego López de Haro experimentó un escalofrío desagradable.

—Está refrescando —musitó mientras se encaminaba hacia su tienda, nada dispuesto a reconocer que semejante masa humana era capaz de aterrar a cualquiera que tuviera que enfrentarse con ella.

Tardó apenas unas zancadas en alcanzar uno de los fuegos del campamento, estiró las manos para calentárselas, se las frotó con energía, como si deseara estrangular cualquier resquicio de frío que hubiera podido quedársele entre los dedos, y se volvió hacia el muchacho que tenía a su derecha.

—¿Es tu primer combate, hijo? —preguntó.

—No, señor —respondió Rodrigo; era una verdad a medias, pues si bien era cierto que ya había luchado antes, nunca lo había hecho en una batalla campal.

—Estupendo —comentó don Diego—. ¿Y tú? ¿Combates por primera vez?

—Creo…, creo que no… —contestó titubeante Alvar, que tras escuchar la respuesta de su primo no sabía a ciencia cierta si habían combatido con anterioridad o no.

—Deberíais descansar algo —dijo don Diego—. Mañana nos espera un día de lucha.

El vizcaíno se separó del grupo y se dirigió hacia su tienda. Estaba a punto de penetrar en su interior cuando distinguió, medio tapada por las sombras, la silueta del pastor que les había revelado la existencia de la senda secreta. ¡Menudo sujeto extraño! Se había negado a recibir ninguna recompensa y había suplicado encarecidamente que no se dijera a nadie lo que había comunicado al rey. En otras palabras, no deseaba ni dinero ni fama. Quizá de no ser moro…, sí, el rey tenía razón, de no ser moro, más parecería un monje que un pastor.

Viéndole recostado sobre el tronco de un frondoso árbol, don Diego no pudo o no quiso resistir la tentación de saludarlo. Alzó ligeramente la mano derecha y la movió en el aire con un gesto de amabilidad. Por un instante, temió que el pastor, ansioso por guardar su secreto, no se molestara en devolverle el saludo. Se equivocó. El hombre inclinó la cabeza y una sonrisa breve afloró a sus labios.

Rodrigo, que no había perdido detalle, esperó a que don Diego entrara en la tienda y luego se apresuró a acercarse al moro que acababa de recibir aquel saludo del jefe.

—¿Conoces… conoces a don Diego? —preguntó el joven.

El moro levantó la mirada hacia el muchacho y entonces la luz de la hoguera permitió a Rodrigo contemplar en sus ojos una extraña luminosidad.

Aunque resulta más necesario que nunca para conservar y reparar fuerzas, lo cierto es que casi nadie puede dormir la víspera de una batalla. La excitación porque el momento esperado y temido se acerca, las consideraciones acerca de cuál puede ser el resultado del combate, los pensamientos sobre la muerte o —lo que puede parecer incluso más horrible— la mutilación, acosan a los soldados como un enjambre de tábanos crueles decididos a impedirles conciliar un sueño que, en esas horas, más que preciso resulta imprescindible. Los negros dedos del miedo son más que suficientes para apartar el sereno rostro del sueño, por eso no parece extraño que muchos guerreros se entreguen a la bebida o al juego la noche antes de entrar en combate.

Miedo. La palabra que casi nadie se atreve a pronunciar quizá porque todos son conscientes de su presencia. ¿Tenían miedo Alfonso y sus hombres? ¿Lo tenía Abdallah? La respuesta más cierta era sí, que todos tenían miedo de algo, pero que ninguno era cobarde porque no estaban dispuestos a permitir que ese miedo se sobrepusiera a otro tipo de consideraciones. Sin darse cuenta, todos ellos habían aprendido la lección más importante de la guerra, la de que el miedo aqueja a todos, pero los valientes son aquellos que no se dejan vencer por él sino que lo dominan imponiéndole su voluntad. No se trata de eliminarlo sino de sujetarlo, de contenerlo, de frenarlo.

Tan sólo cuando la noche se había tornado más oscura y algunas de las hogueras del campamento se habían convertido en apretadas masas de rescoldos, los cuatro pudieron echar una cabezada. Su descanso no duró mucho. Un recoleto grupo de sacerdotes que murmuraban un apretado y confuso repertorio de latines pasó entre las adormiladas huestes pronunciando la absolución de pecados para los que en breve se arrojarían al combate.

Rodrigo y Alvar escucharon las palabras del monje que les cupo en suerte con una mezcla de sueño, sobrecogimiento y fervor. Había llegado la hora de la verdad, aquella en que cruzarían el puente —delgado como un cabello— que separa la vida de la muerte. Les confortaba sentir que no arrostrarían semejante riesgo solos; que, aunque ellos se olvidaran de Dios, podían confiar en que Dios no se olvidaría de ellos.

Abdallah contempló la ceremonia con curiosidad inquieta. Si bien era de espíritu abierto, no terminaba de habituarse a la manera en que los nasraníes ejecutaban sus ritos religiosos. Acostumbrado a que los orantes se lavaran y descalzaran antes de elevar sus plegarias al Altísimo, y entregado por decisión propia a un especial cuidado, sentía cierto desagrado viendo que hombres sucios y calzados se dirigían al Creador de la misma manera que lo habrían hecho con un camarada de armas. Y además estaban los aditamentos. Nada necesitaba Abdallah para comunicarse con el Señor de los mundos salvo un corazón dispuesto. Observar, por lo tanto, cómo se inclinaban ante imágenes que, para él, no eran sino trozos de yeso o de madera, o cómo un sacerdote esparcía incienso le parecía una conducta más cercana a la superstición que a la piedad.

Contempló alejarse al clérigo adusto, que no dejaba de recitar impresionantes letanías en una lengua desconocida mientras los guerreros se postraban de hinojos ante un poder que era muy superior al de la acción conjunta de sus espadas. A punto de comenzar aquel combate del que podía no salir vivo, Abdallah se sentía lejos de aquellos con los que había compartido su vida hasta hacía bien poco, pero tampoco lograba encontrarse cerca de esos guerreros que escuchaban oraciones pronunciadas en un lenguaje que no era el suyo.

Sumido en esas reflexiones, contempló cómo la grisácea línea del horizonte se partía y dejaba paso a una luz anaranjada que preludiaba el nuevo día y, repentinamente, aquella visión inundó su corazón de una extraña sensación de bienestar. Fue como si el retroceso de las tinieblas a serenos empellones de la aurora matutina disipara la tristeza profunda que, ocasionalmente, se apoderaba de su alma y un fluido de contenido extraño y rara consistencia le comunicara un hálito de necesitada esperanza. Sucediera lo que sucediese aquella mañana, se dijo, todo se hallaba en las manos del Creador, y él, simple criatura, debía aceptarlo con valentía y determinación.

Al amanecer los primeros y tímidos rayos del sol tiñeron de tonos plateados los cuerpos, los arreos y las caballerizas de los guerreros de los reyes del norte. Los castellanos a los que se habían sumado aragoneses, navarros y caballeros de diferentes órdenes militares se vieron bañados por los dedos rosados de la luz matutina mientras terminaban de preparar sus armas y monturas. Poco a poco, lo que antes era un campamento adormilado se transformó en un gigante que, al desperezarse, adquiría características colosales.

Cuando terminó de clarear, los tres cuerpos del ejército habían concluido su despliegue en la llanura. En el centro aparecían en formación las tropas castellanas al mando del rey Alfonso; a la izquierda, los aragoneses, con Pedro II a la cabeza, y a la derecha, Sancho el Fuerte de Navarra y sus caballeros. Tanto este contingente de tropas como el procedente de Aragón eran muy reducidos y, para evitar la posibilidad de una maniobra envolvente que los embolsara, Alfonso VIII había accedido a reforzarlos con guerreros procedentes de distintos concejos castellanos. El hecho de que cada uno de los tres cuerpos contara con tres líneas de profundidad había llevado a los reyes a esperar, con cierta razón, que no se quebrarían fácilmente ante el embate de los musulmanes.

Por decisión del rey Alfonso, que parecía confiar enormemente en Abdallah, éste había recibido la orden de permanecer en retaguardia junto a los que cuidaban de la impedimenta. Por su parte, Rodrigo, Alvar y el veterano se hallaban en la vanguardia del cuerpo central, a las órdenes de don Diego López de Haro. Hasta la entrevista mantenida entre el rey Alfonso y Martín, su destino había sido el de reforzar el ala navarra, pero el soldado había obtenido del rey el honor de combatir con la porción de las tropas que iban a soportar el eje de la lucha. Tras ellos, cabalgando con una sobriedad no exenta de elegancia, iban los caballeros templarios a las órdenes de Gómez Ramírez, el maestre de su orden, y a éstos seguían los caballeros de las órdenes del Hospital, de Uclés y de Calatrava. Todos ellos eran combatientes duchos que contaban con la experiencia de mil encuentros cuerpo a cuerpo con los musulmanes. Precisamente por ello se había procurado entremezclarlos con las fuerzas aportadas por los concejos castellanos, que si bien podían derrochar bravura y entusiasmo, carecían de experiencia en enfrentamientos de semejante envergadura.

*L*a primera conclusión inevitable es que semejantes desgracias, aunque hayan provocado ríos de sangre, sólo perduran un tiempo. Más tarde o más temprano, los peores tiranos caen y, por enésima vez, queda de manifiesto que la Verdad y el Amor —que no dejan de actuar a lo largo de la Historia de los mortales— prevalecen. No soy yo quien negará que semejantes procesos resultan en extremo dolorosos ni que su coste puede adquirir unas proporciones pavorosas. Sin embargo, al fin y a la postre, el mal es derrotado, los jinaan se ven obligados a batirse en retirada y los mortales tienen una nueva oportunidad de comprobar que el Bien se ha vuelto a imponer. Sé muy bien que la mayoría no suele apreciar ese desenlace y que incluso se apresta a sembrar las semillas del desastre que tendrá lugar el día de mañana, pero el que así sea no disminuye en absoluto la verdad de lo que estoy diciendo. Los jinaan y los que los sirven son vencidos una y otra vez en sus propósitos ahora, y semejante circunstancia resulta tan sólo el prólogo de la Gran derrota que sufrirán al final de los Tiempos, cuando el Creador de los mundos reine como indiscutible Soberano.

7

Ahmad

Las Navas de Tolosa, 1212

El joven guerrero intentó descubrir en el rostro de En-Nasir, que contemplaba el despliegue de los nasraníes, alguna señal de los sentimientos ocultos que albergaba en su corazón, pero en sus facciones sólo encontró una aparente impasibilidad.

—Actúan como esperábamos —dijo uno de los almohades que se hallaban al lado del caudillo.

—Así lo desea Al·lah —confirmó En-Nasir en un tono de voz tan suave que casi parecía mortecino.

Observando el campo de batalla, ninguno de los almohades habría podido sino asentir a la afirmación del acompañante de En-Nasir. Aunque las fuerzas enemigas presentaban un aspecto imponente, no podía negarse que sus posiciones eran abiertamente desfavorables. Situados en esos momentos sobre unas alturas, debían descender de ellas, cruzar un llano accidentado y subir hasta el lugar donde las fuerzas almohades se hallaban sólidamente posicionadas. Con total seguridad, no existía ejército en el mundo que fuera capaz de soportar aquel trasiego.

La disposición que mantenían los hombres de En-Nasir difícilmente podría haber sido más adecuada. En primera fila se hallaban los más fanáticos, los más locos, los peores elementos.

De ellos se esperaba que hostigaran a las fuerzas atacantes desordenando su formación. En semejante cometido se verían ayudados por los arqueros turcos, que, en número no inferior a diez mil, harían caer sobre los nasraníes un diluvio de flechas. Cuando hubieran alcanzado esa meta, lo mejor del ejército —la caballería almohade— se lanzaría sobre los restos, ya bien mermados, de los adversarios. Entonces los alfanjes afilados de los terribles guerreros del norte de África segarían los gaznates nasraníes igual que las hoces cortaban las espigas de trigo. Si todo acontecía como estaba planeado —y nada, absolutamente nada indicaba que no fuera a ser así—, el resultado sería una victoria aún mayor que la obtenida en Alarcos.

En-Nasir dio una palmada sonora y recia y, como surgido de las profundidades de la tierra, apareció ante él un robusto negro de enorme estatura cargado de unos objetos difíciles de distinguir. Sólo cuando el esclavo desplegó uno de ellos y colocó el otro encima y abierto, pudo Ahmad percibir que se trataba de un sagrado Qur'an y de un soporte especialmente labrado para sostenerlo. Había visto docenas de veces aquellas pequeñas sillas de madera labrada en las que se apoyaban las Santas Escrituras para leerlas con la mayor comodidad y librarlas, en la medida de lo posible, del impuro contacto de las manos.

Como si se encontrara en el interior de una mezquita o, mejor aún, en el seno de la habitación más recogida de su lujoso palacio, En-Nasir se sentó en una rica alfombra extendida ante el Qur'an.

—La batalla puede comenzar —dijo con una voz más serena si cabía que la que había utilizado hasta ese momento.

A continuación, se inclinó sobre las páginas del libro sagrado, buscó una sura y, con la mayor atención, comenzó a leer.

*L*a segunda conclusión inevitable es que nosotros recibiremos la victoria o la derrota según hayamos estado en uno u otro lado en el curso de ese enfrentamiento que se ha prolongado de las más diversas formas a lo largo de los milenios.

Por supuesto, me consta que a lo largo de la Historia de los mortales el Bien ha experimentado derrotas terribles y que cualquiera de nosotros puede ser una víctima más de esa circunstancia. Sin embargo, a pesar de esa posibilidad —que en absoluto es segura— debemos tener la certeza de que, cuando la batalla de los milenios concluya, si nuestra existencia no discurrió al lado de los jinaan y de los que los han seguido y propalado sus prácticas y doctrinas, no pocas veces sin saberlo, a lo largo de los siglos, sino del Creador de los mundos, nos encontraremos en el bando que habrá vencido y disfrutaremos de la victoria por los siglos de los siglos.

Ese pensamiento —más real que cualquiera de los que pueda llenar nuestra alma— debería movernos cada instante de nuestra vida, porque tal acontecimiento no tendrá paralelos ni semejanzas con nada que hayamos experimentado. Será la consumación de todo, y entonces conoceremos cómo nosotros hemos sido conocidos y veremos cómo hemos sido vistos y tendremos acceso a lo que ni ojo ha visto ni oído ha tenido ocasión de escuchar, y nos encontraremos sumergidos en un Amor cuya descripción resulta totalmente imposible para nosotros los simples mortales.

8

Rodrigo

Las Navas de Tolosa, 1212

Rodrigo contempló cómo los ojos desangelados de su primo Alvar se abrían como escudillas y la mandíbula inferior se le descolgaba en un gesto que lo mismo podría haber sido calificado de sorpresa que de estupidez. Rodrigo de buena gana habría abandonado la formación, pero sabía que estaban a punto de iniciar el combate y consideró que no era el momento más apropiado para ausentarse del lugar que le habían indicado tan sólo unos momentos antes. Alvar, sin embargo, había distado siempre de respetar esas convenciones y le faltó tiempo para clavar los talones en los costados de su montura y conducirla hasta donde se encontraba Rodrigo.

—No puedes imaginarte lo que acabo de escuchar… —dijo en cuanto se hizo sitio al lado de Rodrigo.

—No, no me lo imagino, pero te agradecería que no perdieras más tiempo y me lo dijeras ya.

Alvar levantó la mano hasta la altura del pecho y la movió como si acabara de quemarse y sacudiendo los dedos pudiera mitigar el dolor.

—Estaba… estaba don Diego López de Haro así…, sentado

en su caballo, y va y se le acerca su hijo Lope y… ¿y sabes lo que le dijo?

—No, no lo sé —respondió Rodrigo, que comenzaba a impacientarse—. ¿Tienes intención de decírmelo ya o esperamos a que termine la batalla?

Los ojos de Alvar se fruncieron un instante y luego volvieron a su tamaño normal. Se llevó la mano derecha a la cara y se acarició la mejilla mientras se preguntaba si lo mejor sería contárselo ya todo o esperar a que concluyera el combate. Finalmente, no del todo convencido, sacudió la cabeza y dijo:

—Bueno…, pues estaba don Diego, así, montado en su caballo, cuando se le acerca su hijo Lope y le dice: «Padre, hacedlo todo de manera que no me llamen hijo de traidor y que recuperéis la honra perdida en Alarcos».

Al escuchar aquellas palabras, Rodrigo sintió un escalofrío. No debía de tener mucha esperanza don Lope en la victoria cuando se permitía decir semejante atrocidad a su padre.

—¿Y don Diego no abofeteó a su hijo por hablarle de esa manera? —dijo alguien detrás de ellos.

Rodrigo reconoció la voz de Martín, esta vez envuelta en un tono burlón, pero no se volvió. En aquellos momentos lo que deseaba era que su primo concluyera la historia, y no podía contribuir a que se distrajera permitiendo que el veterano terciara en la conversación.

—Don Diego… —dijo Alvar ahora mirando a Martín— se volvió a su hijo y le espetó: «Os llamarán hijo de puta, pero no hijo de traidor». ¿Vos lo comprendéis?

Rodrigo había sido toda su vida un campesino libre. Si bien se había convertido en un caballero villano, no podía dejar de sentirse sorprendido por los modales de aquellas dos personas que pertenecían a la nobleza. Jamás se habría atrevido él a decirles a sus padres palabras tan desprovistas de respeto ni éstos le habrían respondido de una forma tan grosera y desconsiderada. Si los nobles hablaban así, quizá no fuera tan extraño que hubieran sido derrotados años atrás en Alarcos. Se hallaba inmerso en este tipo de cavilaciones cuando oyó una carcajada a sus espaldas. Al volverse, contempló la sonrisa risueña de Martín.

—No toméis a mal mi risa —dijo el veterano al contemplar la mirada de desaprobación de Rodrigo—, pero es que la esposa de don Diego…, bueno, siempre tuvo en gran aprecio a su hijo Lope y recientemente abandonó a su marido harta de él. Me temo que don Diego sólo se estaba vengando de su mujer…

—Pues lo hacía como un villano… —dijo Rodrigo ahora más indignado que sorprendido—. Ningún hombre digno hablaría mal de su mujer por mucho que ésta hubiera podido deshonrarle.

—Mi joven amigo —respondió Martín—, con el tiempo llegaréis a aprender que la nobleza no depende de la sangre ni de la cuna sino del corazón o de la sabiduría.

Esas palabras sonaron en los oídos de Rodrigo como un trallazo. Jamás se le habría ocurrido imaginar algo semejante, y al escucharlo de los labios de alguien en quien confiaba y al que respetaba no sabía qué pensar. Por un momento estuvo tentado de formular alguna pregunta, pero en ese instante el sonido metálico y apremiante de las trompetas y las insistentes órdenes de mando indicaron que a partir de entonces sólo hablarían las espadas. De pronto, como movidas por un resorte invisible accionado por un poderoso hechicero, las huestes castellanas emprendieron la carga.

Cabalgar al galope no es fácil ni siquiera cuando la maniobra se realiza en solitario y por un terreno despejado de obstáculos. Sin embargo, esas condiciones ideales no eran las que se presentaban ante don Diego López de Haro y sus hombres. Mientras rogaba a Dios no caer del caballo y verse pisoteado por los soldados que les seguían, Rodrigo intentó maniobrar para no tropezar en el monte bajo ni golpearse contra alguno de los numerosos árboles que cubrían la cuesta por la que descendían.

De no haberse hallado tan absorto en la necesidad de continuar galopando, se habría percatado de que una rama, que podía haberle saltado un ojo, le había arañado la mejilla, de la que brotaba un reguero de sangre más aparatoso que provisto de peligro.

Un bote especialmente violento de su montura le avisó de que el descenso había finalizado y se iniciaba la carrera sobre un terreno casi llano. Sin embargo, de haber podido detenerse un instante, se habría percatado de que, concluida la bajada, su posición era aún peor que momentos atrás. Mientras cruzaban aquel espacio erizado de obstáculos naturales, se habían convertido en el blanco ideal de los agzaz, la tribu de terribles arqueros que, ya un cuarto de siglo antes, se habían sumado a los almohades viajando desde la lejana Turquía.

Martín sí era consciente de cómo a uno y otro lado los soldados castellanos se desplomaban bajo el impacto de aquella espesa nube de flechas, pero también sabía que advertir a Alvar o a su primo sólo habría servido para distraerlos en un momento en que debían centrar toda su atención en la difícil tarea de no caer de sus monturas. Por otro lado, no estaba en su mano evitar que los proyectiles lanzados por los turcos acabaran con sus compañeros.

De repente, Rodrigo observó que a unos cuerpos de distancia las monturas que los precedían se alzaban sobre el suelo como elevadas por unas manos invisibles y luego descendían y se perdían de vista. ¿Qué era aquello? ¿Qué sucedía por delante?

No tuvo tiempo de formularse la pregunta dos veces. De pronto, como si acabara de abrirse en el suelo, Rodrigo vio un tajo que casi habría merecido el nombre de barranco. ¡Por eso se elevaban los caballos! ¡Se limitaban a saltar por encima de aquella fractura del terreno para, de la mejor manera, caer del otro lado! En otro lugar, en otras circunstancias, Rodrigo habría considerado indispensable retroceder, iniciar una nueva carrera y proporcionar impulso al caballo que montaba. Pero en ese momento aquello era imposible. Tan sólo podía intentar mantener el ritmo frenético de la cabalgada y elevar sus preces a Dios para que el corcel conservara las fuerzas y las aprovechara para saltar aquel obstáculo.

No tardó en verlo ante sí. Dibujado en colores pardos, negros y grises, el corte se extendía ya a escasa distancia de los belfos de su caballo. Por un instante, Rodrigo desvió la mirada del frente y buscó a su diestra a Alvar. Con los ojos fruncidos y los labios apretados, su primo azuzaba su montura. Volvió rápidamente la mirada hacia el barranco. Ahí estaba. Ya.

Se trató de un instante tan sólo, pero durante el mismo Rodrigo sintió como si las tripas y los testículos se le elevaran hasta alcanzarle la altura de la garganta. Luego siguió una sacudida seca y dolorosa contra las posaderas que, despegadas un instante de la silla, volvieron a golpearse contra el lomo del bruto cuando éste pisó de nuevo la tierra firme.

Lanzó un nuevo vistazo rápido a sus compañeros. Alvar y Martín también habían salvado el obstáculo y seguían cabalgando sobre unos corceles de cuya boca salía a borbotones la blanquecina espuma del cansancio.

—¡Adelante! ¡Adelante por Castilla! —gritó alguien.

Rodrigo alzó la mirada al frente y vio que los caballos comenzaban a subir por la empinada cuesta que conducía hacia el grueso del ejército almohade. Suavemente, casi como si acariciara a una muchacha, colocó la mano izquierda sobre el cuello de su animal. Sudaba mucho; estaba empapado, como si hubiera caído a un río o se hallara bajo una lluvia torrencial. Había realizado un esfuerzo extenuante, y ahora, en lugar de recibir reposo, debería entregarse a uno mayor, el de trepar por aquella pendiente y luego combatir hasta el final.

Sin embargo, cuando el bruto llegó al inicio de la cuesta no reculó —como estaban haciendo otros animales— ni se desplomó cansado. Por el contrario, piafando a causa de la dificultad, comenzó a subir las breñas. Se trataba de un movimiento sincopado, a saltos, más inseguro, y por primera vez desde el inicio de la carga Rodrigo pudo permitirse echar un vistazo más prolongado al resto de los combatientes.

La boca del muchacho se secó de golpe al dirigir la mirada hacia atrás y ver el reguero de muertos y heridos que habían quedado en el camino. Los musulmanes los estaban matando con sus armas arrojadizas con la misma facilidad con que un grupo de cazadores puede acabar con una bandada tras otra de perdices indefensas. No había más remedio que subir, subir, subir y seguir subiendo para así acabar con aquellos que los estaban exterminando sin tener siquiera que desenvainar la espada.

El gemido lastimero de un caballo situado a su derecha le hizo dirigir la mirada al lugar donde una montura, exhausta por el esfuerzo, se desplomaba arrastrando tras de sí a su jinete. ¡Que Dios lo amparara!

Acababa de devolver la vista al frente cuando se percató de que apenas había unos hombres entre él y la elevada cima de aquellas recortadas elevaciones. Azuzó su montura y salvó los pocos pasos que le separaban de la meta. Entonces los vio. Filas y filas de guerreros de fiero aspecto, cubiertos con largas túnicas y extrañas armaduras, sujetaban en las manos espadas y hachas, alfanjes y gumías. Rodrigo respiró hondo y desde lo más profundo de su corazón elevó una oración al Altísimo. Había llegado el momento de la verdad.

*M*e acerco al final de esta obra y soy consciente de que algunos se sentirán perplejos tras lo que han leído. Es incluso posible que no pocos piensen que estas líneas se oponen a lo que se les ha enseñado y a lo que recibieron de sus padres y que, por lo tanto, deben rechazarlo. A ellos debo recordarles que todos los nabíes que hubo en el pasado se despegaron de lo que habían escuchado en sus primeros años para entregarse a la Verdad.

Así, los yahudin saben que Ibrahim fue politeísta en su infancia y juventud, pero, llegado a la madurez, decidió adorar al único Dios verdadero y destruyó las imágenes de culto que fabricaba su propio padre. Conocen igualmente que Musa abandonó la religión del antiguo Mitsraym y que decidió someterse al Dios que había conocido Ibrahim.

Los nasraníes afirman que Shaul, el rabino, dejó la conducta que había seguido entre los yahudin y comenzó a seguir a Isa, como el mashíaj y la Palabra del Dios único. No sólo eso. La expansión de su mensaje fue paralela al retroceso de la idolatría que padecían los habitantes de Rum.

Incluso los musulmanes insisten en que Muhammad no conoció en sus primeros años a Al·lah y que sólo tras la revelación que tuvo se sometió a él. Lo mismo podría decirse de la mayoría de sus seguidores iniciales.

Por lo tanto, si algo ha caracterizado a aquellos que los mortales consideran nabíes verdaderos —que lo sean o no es cuestión aparte— es el haber sometido a un análisis crítico y profundo lo que habían recibido. No solicito yo otra cosa de la benevolencia de mis lectores.

Con todo, si se me pidiera que resumiera en una frase cómo ha de comportarse el mortal que desee agradar al único Dios verdadero, me limitaría a repetir las palabras que pronunció uno de los nabíes de los yahudin: «Dios desea solamente que hagas justicia, que ames la misericordia y que camines humildemente ante Dios».

9

Rodrigo

Las Navas de Tolosa, 1212

Desenvainad las espadas! ¡A la carga!
        Antes de que pudiera darse cuenta de lo que sucedía,
Rodrigo se encontró empuñando el acero y espoleando su caballo contra las filas compactas de guerreros del islam. Hubiérase esperado que la caballería dirigida por don Diego López
de Haro hallara una encarnizada resistencia y que aquel flujo
de jinetes armados viera disminuida su velocidad de avance. Sin
embargo, aunque las monturas estaban al borde del agotamien-
to tras descender de sus posiciones, atravesar la amplia explanada
y trepar por las escarpaduras que conducían hasta los enemigos,
lo cierto es que comenzaron a abrirse paso a una velocidad que
prácticamente impedía que llegaran a detenerse.

«Pasamos como el cuchillo por la mantequilla…», pensó Rodrigo mientras veía las brechas que sus compañeros abrían en
aquellas hileras de infantes armados con lanzas y hachas.

—¡Rodrigo! ¡Alvar! —gritó Martín a un cuerpo de distancia—. ¡No avancéis demasiado deprisa! ¡Conteneos! ¡Intentan
embolsarnos!

Rodrigo tiró de las riendas para detener su corcel e intentó dirigirse hacia el lugar cercano donde se encontraba el vete-

rano. No fue necesario. El guerrero había acicateado su caballo y logró colocarse a la altura de su joven compañero.

—¡Sé cómo luchan! —gritó a voz en cuello—. ¡Intentan que penetremos a fondo en sus filas para luego cerrarlas a nuestra espalda y cercarnos! ¡No avancéis sin aseguraros de que no quedan enemigos rezagados a vuestra espalda!

—¡Que no se queden a vuestra espalda! —gritó Rodrigo intentando que su voz fuera oída por los otros jinetes—. ¡No los dejéis a vuestra espalda!

Si aquella consigna hubiera sido dada antes de producirse el choque con la vanguardia musulmana, tal vez habría contado con una efectividad extraordinaria. Sin embargo, ahora el furioso entrechocar de las armas provocaba un ruido tan ensordecedor que nadie podía oír los gritos de Rodrigo por más que fueran repetidos a manera de trágico eco por su primo.

Consternado por el nulo resultado de sus denonados esfuerzos, el muchacho se volvió hacia Martín a la espera de que le brindara una solución. Fue en ese mismo momento cuando se percató de que, a pesar de estar experimentando una terrible mortandad, los musulmanes estaban también ocasionando numerosas bajas entre sus compañeros. No sólo era que la lluvia de flechas lanzada por los arqueros turcos continuaba causando estragos, sino que además no pocos de los infantes atacaban a los caballos causándoles heridas en el vientre o en los cuartos y logrando así desmontar a sus jinetes.

—¡Dios bendito! ¡Los están matando a todos! —gritó, desalentado, Alvar.

El joven castellano no se equivocaba. De hecho, la caída de los caballeros cristianos en tierra se estaba saldando con su muerte inmediata. Incapaces de reaccionar por el peso de la onerosa impedimenta y la pesada armadura, apenas habían tocado el suelo eran acometidos por guerreros musulmanes que les herían en los lugares más desprotegidos, como el cuello y las axilas.

—¡Martín! —chilló Rodrigo mientras sentía que, a pesar de

la bochornosa temperatura, un frío terrible le penetraba hasta lo más hondo de los huesos—. ¿Qué hacemos?

El veterano apretó los labios e intentó girar sobre la silla para tener una visión completa de aquel campo de batalla que estaba convirtiéndose en un gigantesco matadero. Sí, ¿qué podía hacer la vanguardia del rey Alfonso? Si en esos momentos optaba por retroceder, chocaría con la segunda oleada de ataque, lo que provocaría un desorden que podía ser desastroso. Si, por el contrario, continuaba avanzando, se estrellaría contra las armas de los almohades en un sacrificio tan inútil como el de las olas que intentan derribar los acantilados precipitándose contra ellos.

No tenía el antiguo cautivo esperanza alguna de que la lucha pudiera concluir en victoria, pero no estaba dispuesto a vender barata su vida a los almohades. Retroceder equivaldría a suicidarse y a recibir a la muerte con el rostro vuelto. Si resistía, quizá el sacrificio de su vida permitiría que sus compañeros salvaran la suya. Martín reprimió un gesto de pesar, el mismo que se siente al tener que aceptar el pago de un tributo impuesto por circunstancias injustas, picó nuevamente espuelas y, alzando en alto la espada, gritó con todas sus fuerzas:

—¡Adelante! ¡Adelante! ¡No os detengáis!

Rodrigo y Alvar apenas dedicaron un instante a cruzar una mirada rápida y decidir sin mediar palabra alguna que seguirían al veterano.

Lo que ocurrió a continuación fue demasiado confuso para que pudieran percatarse a ciencia cierta de lo que estaba sucediendo. Apretando los muslos contra el caballo en un desesperado intento por no verse desmontados y precipitados contra la tierra donde encontrarían una muerte segura, los tres jinetes avanzaron descargando golpes de espada a diestro y siniestro mientras trataban de abrirse paso en medio de los guerreros del islam. No habrían podido asegurar si habían herido o matado a nadie. Lo único que les constaba, sin que esa circunstancia concediera alivio alguno a sus almas, era que seguían en su montura y que nadie había conseguido impedir su avance.

—¡Allí! ¡Allí delante! —gritó de repente Martín—. ¡Aquéllos son los almohades!

Rodrigo dirigió la mirada hacia el lugar señalado por Martín. Sí. Aunque a costa de elevadísimas pérdidas, las dos primeras líneas de resistencia habían sido prácticamente eliminadas por los hombres del rey Alfonso. Sin embargo, en buena medida lo sucedido hasta ese momento sólo había constituido un preliminar de la batalla. Lo que ahora se ofrecía ante la vista de los escasos jinetes que seguían avanzando en medio de los musulmanes era el grueso del ejército almohade.

Por primera vez desde que habían iniciado el galope, Rodrigo sintió un enorme vacío en su interior que parecía subirle desde la boca del estómago hasta el pecho y luego trepar a la garganta y la boca.

—¡Agrupaos! ¡Agrupaos! —gritó Martín—. ¡Manteneos luchando juntos! ¡No os detengáis!

Rodrigo sujetó con fuerza las riendas, miró en torno suyo y espoleó nuevamente el caballo que tan bien le había servido hasta ese momento. Sí, eran ya pocos, muy pocos… pero ¿acaso se había preguntado si iban a ser muchos cuando había abandonado su aldea unas semanas antes?

No tuvo tiempo de responderse. Un grito que brotaba de decenas de miles de gargantas, el que proclama que Al·lah es el más grande, el que da por supuesto el triunfo, cubrió el campo de batalla como si fuera al mismo tiempo la proclamación de la victoria propia y el anuncio de la derrota enemiga. Entonces, cuando el sobrecogedor eco de aquel aullido poderoso y bélico aún se cernía sobre las menguadas fuerzas del rey Alfonso, los almohades abandonaron los lugares en los que habían esperado disciplinada y descansadamente a sus enemigos y, como una tromba de hierro y muerte, se lanzaron a la carga.

—¡Dios mío! —dijo Alvar mientras su mandíbula inferior

se descolgaba dejándole la boca ridículamente abierta—. Son miles y miles. No tienen fin. Van… van a matarnos a todos.

Rodrigo guardó silencio y miró a Martín. Deseaba encontrar en el rostro del veterano alguna señal de que todo iba a cambiar, de que existía una mínima esperanza, la confirmación de que no había motivos graves para el desaliento. Sin embargo, nada de aquello halló en la expresión del guerrero. En sus pupilas de suave color castaño sólo pudo leer que estaba totalmente de acuerdo con lo que su primo Alvar acababa de expresar.

Con los dientes apretados en una mezcla de cólera e impotencia, Alfonso lanzó un nuevo vistazo al campo de batalla. Durante los instantes anteriores había observado con el corazón oprimido por la ansiedad cómo los soldados guiados por don Diego López de Haro se habían lanzado cuesta abajo para luego atravesar la explanada cortada por el barranco y subir a matacaballo a la cima donde se encontraba asentado el ejército enemigo. No le cabía duda de que sus hombres se estaban batiendo bien, y en más de una ocasión había sentido incluso un pujo de orgullo al contemplarlos. Sin embargo, no podía cerrar los ojos ante la situación que en ese momento se estaba desarrollando.

Los protagonistas de la carga inicial se mantenían a pie firme y acababan de llegar hasta las primeras líneas de los almohades. Pero de lo que antes había sido un ala completa del ejército, ahora sólo quedaban restos. Aplastados por los continuos chaparrones de proyectiles que sobre ellos lanzaban los hombres de En-Nasir, los soldados del rey Alfonso se batían como leones, pero, de manera casi imperceptible, la caballería mora estaba desbordando sus flancos. A nadie que tuviera un mínimo conocimiento del arte de las armas se le podía ocultar que su capacidad de resistencia se quebraría de un momento a otro y todos quedarían ahogados en medio de un océano de fuerzas enemigas. Al final, el resultado sería todavía peor que en Alarcos.

Sin darse cuenta del gesto que ejecutaba, Alfonso abrió la mano izquierda y descargó sobre la palma de la otra mano un violento puñetazo. Luego se volvió hacia un hombre que, vestido con un traje talar que cubría su armadura, no se perdía uno solo de sus gestos.

—Arzobispo —dijo el rey—, vos y yo aquí muramos.

Antes de que el clérigo tuviera tiempo de contestar, el rey se dirigió hacia un caballo que sujetaba un palafrenero y montó en él.

Rodrigo jadeó mientras observaba cómo la primera línea de ataque se replegaba en buen orden. No habían conseguido quebrar la resistencia encarnizada de los guerreros del rey Alfonso, pero pocas dudas podía haber de que sólo se trataba de una cuestión de tiempo.

—¡Ya regresan! —gritó Martín.

Las imágenes que pueden ser advertidas por un soldado inmerso en el fragor de la batalla son variopintas, curiosas y extrañas. En buena lógica se supone que debería estar atento a cada detalle del combate, pero lo cierto es que sus ojos, sus oídos, su nariz captan mil detalles de escasa utilidad. En aquel preciso momento, Rodrigo debería haber reparado en el enemigo que se dirigía hacia la posición en la que se encontraba, pero se limitó a sorprenderse por la suciedad que envolvía a todos sus compañeros. Sudados, cubiertos de polvo y sangre, parecía que sus rostros, sus barbas, sus brazos hubieran sido pasados por un barro pardo y espeso. «¡Qué pena tener que morir así de inmundos!», pensó Rodrigo, y a continuación sintió una punzada de indescriptible dolor al caer en la cuenta de lo pesarosa que se sentiría su madre si le viera con aquel lastimoso aspecto.

—¡Atentos! —gritó Martín—. ¡Ahí están!

Corrían tanto y con vigor tan renovado que apenas tuvo tiempo de percatarse de su cercanía. Venían y le iban a encontrar. Palmeó suavemente con la diestra el cuello de su montura y le musitó unas palabras de ánimo y cariño. Luego espoleó el caballo y se lanzó al encuentro de los almohades que se aproximaban lanzando alaridos en aquella lengua que a sus oídos sonaba especialmente aterradora.

Apenas tuvo ocasión de avanzar dos cuerpos. Repentina e inesperadamente, sintió que el suelo se abría bajo sus pies como si el infierno hubiera abierto sus fauces para devorarlo. Mientras una insoportable sensación de vértigo le subía desde las ingles hasta las orejas, el cielo pareció enrollarse como un pergamino. Luego todo se volvió negro.

Martín captó con clara nitidez la táctica que los almohades estaban utilizando para envolverlos. Al frente era obvio que, de una manera que casi habría podido describirse como milagrosa, las líneas resistían, pero a los lados, a ambos flancos, habían comenzado a ceder adquiriendo la forma de una media luna. Los estaban desbordando con la intención de rodearlos. No había la menor duda. Si tan sólo pudiera localizar a los muchachos...

No tardó en divisar a Alvar. Con los dientes apretados, el muchacho no permitía que un solo musulmán se acercara hasta él sin propinarle golpes que los lanzaban a varios pasos de distancia, muertos o malheridos. Que alguien tan joven poseyera semejante vitalidad era algo que escapaba a la capacidad de comprensión de Martín, pero nadie se habría atrevido a negarlo.

Reprimió una sonrisa de satisfacción, de orgullo por aquel valor indomable, de estima hacia aquella capacidad de resistencia, y acto seguido intentó encontrar a Rodrigo. Fue entonces cuando el tétrico pájaro de la muerte desplegó sus negras alas sobre su corazón.

Fue pura casualidad que Alvar se percatara de que la montura de su primo había sufrido una terrible herida. Un flechazo prodigiosamente certero había penetrado en la cruz del animal ocasionando que se desplomara de manera instantánea. Rodrigo no había tenido tiempo de reaccionar. Tan sólo se había visto arrastrado por su montura al interior de una masa de armas y brazos levantados que no permitían ver el lugar donde había caído.

—¡Rodrigo! ¡Rodrigo! —gritó el muchacho mientras intentaba abrirse paso hacia su primo.

También Martín, jadeando, resoplando, moviendo el brazo armado como si fuera el aspa de un molino, intentó alcanzar el lugar donde había visto desaparecer a su joven compañero.

Ambos llegaron casi al unísono e intentaron despejar el lugar a golpes, a empujones, a gritos. Hasta entonces habían luchado por su tierra, por su rey, por su libertad. En ese momento bregaban por defender a un amigo, y esa circunstancia les otorgaba una energía de tal magnitud que no habrían dudado en apartar a los musulmanes a dentelladas si con ello hubieran podido salvar la vida de Rodrigo.

En otro instante aquella acción combinada habría podido alcanzar su objetivo, pero ahora los almohades estaban multiplicando el número de sus víctimas y, antes de que Martín pudiera darse cuenta, Alvar se encontraba peleando no a su lado sino espalda contra espalda. Acababa de llegar el momento que tanto habían temido. Estaban cercados.

*C*reo, pues, que con lo consignado en los apartados anteriores cualquier mortal podrá saber qué es un jinn, qué clases de jinaan existen, cómo se viene a caer bajo su dominio y cómo resulta posible enfrentarse a ellos. Pero aún encuentro una utilidad adicional a mi modesto libro, y es que en él se describe lo que interesa a la vida buena del hombre, que no es la más vinculada a los deseos, las ansias, las pasiones o los placeres, sino, fundamentalmente, a vivir de una manera digna del Creador de los mundos. Ruego, pues, a Éste que, si así lo desea, lo utilice para que los mortales sepan la realidad de su condición espiritual y cómo actuar en consecuencia.

Aquí termina el Libro de los jinaan que escribió el que en Al-Ándalus era conocido como Abdallah pero que en otras tierras podría haber sido llamado Servus Dei, Dulós Zanatú o Siervo de Dios. A Él, que creó los mundos y los mantiene con Su Palabra poderosa, Isa, sea toda la gloria.

Concluido la noche antes de partir hacia un destino desconocido, pero totalmente en las manos del Creador de los mundos, por decisión y orden de En-Nasir, jalifa de los almohades, en el año 1212 del calendario de los nasraníes.

10

Finis

Contempló el campo de batalla y una sensación de opresión se apoderó de él como si le hubiera caído encima un pesado manto. No fue una reacción de consternación ante la matanza ni tampoco del malestar que deriva del cansancio. A decir verdad, se trató de una sensación muy diferente, inesperada, repentina, semejante a un golpe de calor o al impacto de un rayo. *Aquello* se posó sobre su pecho, sobre su vientre, sobre su garganta.

Inspiró hondo e intentó calmar la agitación que se había apoderado de él. Lo repitió, de manera rítmica, una, dos, tres veces… Y entonces lo vio. Fue un proceso paulatino pero rápido. Primero, todo lo que contemplaba pareció borrarse, como si desapareciera, pero aquel eclipse de la vista no pasó de unos segundos. Luego fue como si un velo se descorriera, como si una neblina se disipara, como si se levantara la mañana, y entonces alcanzó a contemplarlo todo.

Para él no era una sorpresa, pero en el campo de batalla no estaban sólo los dos ejércitos enfrentados, el de En-Nasir y el del rey Alfonso. Lo cierto era que, por lo que veía en ese momento, aquellas masas de soldados erizadas de lanzas y de estandartes constituían sólo una parte pequeña, minúscula, diminuta de lo que se había concentrado en aquel lugar que los nasraníes llamaban las Navas de Tolosa. Casi hubiera podido decirse que las tropas aparecían engullidas en medio de inmensas masas de aspecto indefinido, de colores diversos y de perfiles difusos. Vistas así, no parecían las protagonistas de aquel choque en que perderían la vida millares de guerreros, sino meramente juguetes a los que empujaban, sin que ellas lo percibieran, fuerzas mucho más poderosas de lo que los mortales habrían podido pensar. Se trataba de potencias inicuas. Con seguridad, no menos malignas de aquella que había percibido en la estancia de En-Nasir. Sin embargo, toda su maldad —y era tanta que Abdallah pensó que se le cortaría la respiración— era absolutamente imperceptible para aquellos que iban a combatir y morir. Sintió entonces que la vida que atraviesan los mortales era una realidad cierta pero oscura que la mayoría no lograban entender. Hombres y mujeres, ancianos y niños, libres y esclavos se consideraban, en mayor o menor medida, dueños de su destino o, al menos, de ciertas decisiones. Pero no era así... No, bastaba contemplar aquel campo de batalla como él lo estaba haciendo para darse cuenta de lo erróneo de esa visión. Eran fuerzas espirituales de carácter intemporal y con seguridad milenario, de invisibilidad absoluta y de poder incomparable las que tejían el destino de los humanos y ante ellas...

Sin percatarse de lo que hacía, como un movimiento espontáneo, casi reflejo, Abdallah se dejó caer de rodillas, inclinó su rostro sobre la tierra y se dirigió al Creador de los mundos, el Único que puede protegernos de las manifestaciones más poderosas de la maldad.

Sancho, el rey de Navarra, el apodado con el sobrenombre de «Fuerte», alzó la mirada hacia la lontananza. Sus guerreros, escasos en número, pero sobresalientes en valor y adiestramiento, formaban parte de las últimas reservas movilizadas por el rey Alfonso de Castilla para intentar evitar el desastre. No le costó discernir las apretadas filas de almohades dispuestos al combate frente a los que ya sólo se alzaban algunos grupos aislados de castellanos.

La vista del navarro, acostumbrada a discurrir por valles profundos y montañas escarpadas, se movió sobre el panorama con la misma agilidad con la que el halcón planea en el firmamento espacioso con la intención de capturar la presa que debe sustentarlo. Lo que captó entonces el rey con su aguda mirada hubiera sobrecogido inmediatamente a un corazón menos templado que el suyo. Tras las primeras filas, feroces y apretadas, aparecía un océano de guerreros que sujetaban afiladas lanzas; la visión de aquel conglomerado se asemejaba a un erizo temible e inexpugnable. Unos pasos por detrás de ellos, los guerreros musulmanes parecían unidos por lazos cuya naturaleza, en la lejanía, no lograba distinguir, mientras al fondo destacaban filas y filas de combatientes ligados por largas y macizas cadenas que sujetaban el cuello de los que las llevaban a la tierra.

—Están atados entre sí a la altura de los muslos… —murmuró al lado de Sancho uno de sus caballeros.

—Seguramente es una manera de evitar que echen a correr y provoquen la retirada y el pánico —dijo el rey.

—No deben de confiar demasiado en el valor de sus hombres cuando además los fijan al suelo con una cadena que va del cuello hasta el suelo… —señaló el caballero en tono despectivo.

—Quizá sea así —convino el rey—, pero vos deberíais ser más prudente a la hora de juzgar a guerreros que pueden quitarnos la vida y que, precisamente porque no pueden huir, combatirán hasta su último aliento.

El noble bajó la mirada en un gesto a medias irritado y a medias avergonzado. No estaba acostumbrado a que le discutieran en público, y el hecho de que semejante conducta la hubiera llevado a cabo un rey no servía para reducir su malestar.

—Bien, caballeros —dijo Sancho—. El tiempo de hablar ha concluido.

Martín detuvo en el aire la estocada de un almohade y a continuación, aprovechando la posición en que se encontraba su adversario, le propinó un golpe certero en un costado. Seguía resistiendo con imbatible tenacidad, pero cada vez le costaba más respirar y mover el brazo con el que sujetaba la espada. El cansancio de un combate sin pausa había comenzado a posarse ya sobre sus músculos provocándole dolorosos calambres que, de manera creciente, le resultaba más difícil conjurar.

—¿Os encontráis bien? —preguntó a Alvar, que combatía a su espalda.

—Bien estoy, gracias a Dios… —respondió el muchacho, que apenas disponía ya de aire para terminar la frase.

—Pues encomendaos a Él, porque me parece que éste va a ser el último embate… —dijo Martín con la voz empañada por el pesar.

Por terribles que pudieran sonar aquellas palabras, ciertamente no debían de pensar cosa distinta los almohades que los rodeaban porque, por un instante, contuvieron el aliento y parecieron concentrar sus fuerzas dispuestos a arrojarse sobre ellos como el felino sobre la presa.

Alvar respiró hondo y aferró la empuñadura de su acero. No había imaginado en ningún momento un final así, pero ahora que lo veía tan cerca comprobó con inesperada satisfacción que no tenía miedo.

—No estoy asustado —dijo el muchacho con cierto tonillo de sorpresa—. Creo que voy a entrar en el cielo un poco sucio, pero sin temor…

—Quizá no sea éste el día que Dios ha dispuesto para que

os encontréis con Él —respondió Martín con rara calma—. Mirad a vuestra derecha.

Sin entender a qué se refería el veterano, Alvar giró ligeramente la cabeza hacia el lugar que acababa de indicarle. Sorprendido, parpadeó para tener la seguridad de que no veía visiones. ¡No podía ser!

Los vigorosos caballos navarros intentaron retroceder al encontrarse frente a aquella inmensa masa de lanzas enhiestas que apuntaban a sus panzas. A buen seguro lo hubieran hecho de no verse sometidos al terrible castigo de los agudos acicates de sus intrépidos jinetes.

Ni Sancho el Fuerte ni ninguno de sus caballeros estaba dispuesto a dejarse intimidar por aquellos combatientes enterrados hasta las rodillas detrás de los que se erguía la imponente resistencia de los guerreros encadenados.

—¡Adelante! ¡Adelante! —gritó el rey navarro a sus hombres mientras se lanzaba al galope sobre aquellas filas en apariencia impenetrables.

Durante unos instantes pareció que los atacantes se verían absorbidos por los almohades de la misma manera que la tierra se traga el agua que cae sobre ella. Dio la impresión de que caballos, armaduras, jinetes quedarían prendidos como animales a punto de ser asados en las hojas de las espadas y las lanzas islámicas. Sin embargo, aquella sensación apenas se extendió por unos momentos. Luego, como si estuvieran dotados del prodigioso don de volar, como si la Providencia les hubiera proporcionado unas alas no por invisibles menos reales, como si los caballos desenfrenados hubieran podido continuar su extraordinaria carrera en los aires, la carga no sólo no se vio detenida sino que se abrió paso entre aquel bosque tupido de lanzas afiladas y cadenas macizas.

Si los navarros se hubieran quedado solos en su bravo gesto, quizá todo se habría visto reducido a una heroicidad brillante pero desprovista de resultado alguno. Sin embargo, al igual que si hubieran recibido una fuerza muy superior a aquella de la que disponían, los caballeros castellanos y aragoneses comenzaron a romper también la línea de defensa del dispositivo almohade. Y lo que hasta ese mismo momento había constituido un sólido baluarte en apariencia inexpugnable, se transformó en una gigantesca y siniestra ratonera para los musulmanes. Incapaces de detener a la caballería enemiga, atrapados en sus ligaduras y cadenas tampoco podían maniobrar ni retirarse. Así, se vieron convertidos en pobres víctimas que apenas acertaban a reaccionar frente a la terrible lluvia de hierro que estaba descargándose sobre ellos.

—¡No cojáis el botín ahora! ¡Dejad el botín! —gritaron los oficiales de Alfonso cuando sus huestes lograron entrar en el campamento almohade.

La orden difícilmente hubiera podido ser más acertada. Si en aquellos momentos de pánico y desconcierto los guerreros del norte se hubieran entregado a coger el botín, los almohades habrían tenido la posibilidad de reponerse e iniciar un contraataque. Sin embargo, abrumados por la carga de caballería, su capacidad de reacción resultaba ahora totalmente nula.

Martín y Alvar contemplaron lo sucedido como si estuvieran asistiendo a un espectáculo lejano que apenas les concernía. Justo en el momento en que esperaban una acometida final que terminara con ellos, había tenido lugar la embestida de la caballería amiga. Y entonces habían contemplado, sin dar crédito a sus ojos, cómo los recién llegados obligaban a replegarse a unos combatientes que habían demostrado ser terriblemente duros y aguerridos.

—Nos hemos salvado por un milagro… —dijo Alvar mientras su mandíbula inferior se descolgaba y miraba la escena totalmente perplejo.

Martín guardó silencio. Conocía demasiado bien la guerra como para no dudar de la gran verdad que acababa de expresar su amigo. Sí, lo natural hubiera sido que en ese momento fueran ya un par de cadáveres más, y sin embargo... sin embargo, allí estaban, en la retaguardia, terriblemente cansados y sucios, pero vivos.

—¿Puede alguien decirme qué ha sucedido?

Martín y Alvar se volvieron hacia el lugar del que procedía la voz. Sentado al flanco de un caballo despanzurrado, Rodrigo se reincorporaba frotándose la cabeza, una cabeza que le dolía espantosamente.

—Dejad a ese moro en libertad.

El ambiente en el campamento castellano era de verdadera euforia tras la victoria aplastante obtenida frente a los almohades. Sin embargo, semejante triunfo, lejos de acabar con las suspicacias y las sospechas, las había multiplicado. Cualquiera que en aquellos momentos se atreviera a hablar en favor de los vencidos —vencidos que habían ocasionado la muerte y la mutilación a centenares de aragoneses, navarros y castellanos— corría el riesgo de ser insultado o incluso de recibir un golpe. Y, desde luego, la idea de liberar a un prisionero... ¡no entraba en mollera alguna! Sin embargo, era el mismísimo rey Alfonso el que exigía que se pusiera en libertad a un moro...

—Señor, jamás osaría cuestionar la menor de vuestras órdenes, pero..., entendedme, señor... ¿por qué tendríamos que dejar ir a un moro precisamente en un día que los estamos capturando por millares?

—Por gratitud —respondió Alfonso adelantándose un par de pasos.

El caballero frunció el ceño y se llevó la diestra hasta las pobladas guedejas de la barba. Durante unos instantes no pronunció palabra alguna. Luego dejó de tironearse el mentón y dijo:

—De nuevo os ruego que me disculpéis, señor, pero ¿acaso debo entender que este pastor os ha rendido algún servicio tan especial que merezca que le concedáis la libertad?

—Así es, pero no sólo a mí —respondió Alfonso—, sino a todos nuestros soldados.

Por un breve instante, las cejas del caballero se enarcaron; no había duda de que las palabras del rey lo habían tomado totalmente por sorpresa.

—Cuando hace apenas unas horas me dirigí a vos —prosiguió Alfonso—, y luego os indiqué el camino por el que podríamos situar nuestras fuerzas frente a las de los moros, no os dije toda la verdad.

—No sé si… —balbució el guerrero.

—Yo conocía una senda que nos permitió situar mejor a nuestras tropas y que, casi con toda seguridad, ha sido esencial para que nos salváramos en el día de hoy. Pero si la conocía era gracias a que me la había indicado el moro al que ahora vos no queréis poner en libertad.

—Mi señor, ¿os fiasteis de un moro? —dijo el oficial con la voz tapizada por la aprensión.

—Sí.

—Pero, mi señor, ¿os dais cuenta de que al comportaros de esa manera nos poníais a todos en peligro?

—Sí.

—Pero, mi señor… —El caballero no se atrevió a concluir su protesta.

—Me consta que sabéis que un rey no tiene por qué dar explicaciones a sus súbditos, pero, en atención a vuestros servicios, os diré que mi intención era salvar a nuestros hombres de una catástrofe que habría puesto en peligro la misma existencia no sólo de Castilla sino también de los otros reinos hispanos, incluido el de León que tan villanamente se ha mantenido al margen de este conflicto.

—Pero ¿y si se hubiera tratado de una trampa? —preguntó el oficial apenas conteniendo la agitación que lo embargaba—. ¿Y si lo hubieran enviado hasta nuestro campamento para arrastrarnos a una celada en la que todos habríamos perdido la vida o la libertad?

—Tal posibilidad no existía —respondió Alfonso—. Abdallah, que es como se llama este moro, vino hasta nuestras líneas porque aborrece a los almohades tanto como podéis hacerlo vos... Y además hemos vencido, como creo que recordaréis.

Sí, se dijo el castellano, habían vencido, pero... y si el moro no hubiera sido un traidor, y si... No pudo continuar sus apesadumbrados razonamientos.

—Bien, pues ya que en ese aspecto estamos de acuerdo —dijo Alfonso—, es mi voluntad que, en recompensa por sus servicios a la Corona, este esclavo moro sea puesto en libertad. Otrosí digo que es mi deseo que reciba aprovisionamiento y cabalgadura para que pueda dirigirse al lugar que voluntariamente y sin coacción desee. Y ahora traedlo ante mi presencia.

El caballero se inclinó en señal de sumisión y abandonó la estancia. Iba tan azorado que el rey Alfonso no pudo reprimir una sonrisa.

—¿Estás seguro de que podrás encontrar el camino? —preguntó Alfonso.

—Sí, sayidi —respondió Abdallah sonriendo—. No hay riesgo de que me pierda.

—Procura viajar de noche y ocultarte de día —le aconsejó el rey—. Los soldados en retirada no albergan siempre buenos sentimientos hacia aquellos que poseen algo de lo que ellos carecen.

—Lo tendré en cuenta, sayidi —dijo Abdallah.

—En ese caso, ve con Dios.

Alfonso contempló con los ojos empañados cómo el andalusí montaba en el caballo y, tras espolearlo, se iba convirtiendo en una figura cada vez más pequeña que, finalmente, se transformó en un punto llamado a desaparecer en lontananza. Se veía obligado a reconocer que la Providencia, si no caprichosa, era, como mínimo, muy independiente en sus acciones. La mujer que atendía sus dolencias de la manera más eficaz que le había sido dado conocer era una judía y el hombre que lo había salvado de un desastre todavía mayor que el de Alarcos, quizá incluso de la muerte, era un moro. Ciertamente, los caminos del Señor eran inescrutables, tanto que, a fin de cuentas, habría resultado estúpido no creer en Él. Ay, sin duda, estaba envejeciendo, pensó. Tras una batalla en la que habían encontrado la muerte decenas de miles de hombres, él se entregaba a la reflexión teológica. Sin duda, necesitaba los brazos de Raquel más que nunca.

Ahmad dejó que su mirada cansada vagara por las irregulares filas de soldados almohades que lo seguían y antecedían. Con el sol descendiendo en medio de tonos rojizos que parecían llenar el cielo de tintas multicolores, el camino se había convertido en un hilo plateado al que flanqueaban dos serpentinas agrupaciones de desalentados guerreros. Al contemplarlos ahora exhaustos, Ahmad apenas podía creer que aquel ejército, altivo y poderoso tan sólo unas horas antes, se viera reducido a tristes jirones de miseria y dolor.

La impedimenta en su práctica totalidad, buena parte de las armaduras y, sobre todo, decenas de miles de vidas se habían perdido en aquel desdichado encuentro con las tropas de Alfonso, el rey de Castilla. ¡Qué diferente había resultado todo de lo que había esperado! ¿Cómo habían podido cambiar tanto las cosas? Y, sobre todo, ¿por qué? Centenares de miles de fieles musulmanes habían abandonado cuanto tenían por salvar a Al-Ándalus de los falsos creyentes y humillar a los kafirun. En su mano había estado el lograr una victoria para el islam como nunca se había contemplado, y sin embargo... sin embargo, el desastre había sido descomunal. ¡El mismo En-Nasir había estado a punto de perder la vida a pesar de la guardia de negros encadenados que rodeaba su tienda!

Por un instante, la vista de Ahmad quedó prendida en un jinete que cabalgaba en un rocín lleno de mataduras al que parecía que le pesaba la cabeza como si llevara un yunque colgado del cuello.

Iba vestido con una túnica desgarrada, y alguna mancha de sangre dejaba de manifiesto que no había salido totalmente incólume del combate. Estaba sucio, cansado, harapiento. Se le hubiera podido tomar por un pordiosero y, sin embargo, Ahmad sabía que era un soldado quizá vencido pero no acobardado.

—¿Por qué? —musitó con un hilo de voz—. ¿Por qué tú que eres Al·lah, ar-Rahman, ar-Rahim, has tolerado que los kafirun nos humillaran así?

El dolor le retorció el corazón y las lágrimas se le agolparon de manera instantánea en los ojos. Poco faltó para que desbordaran los párpados y el joven guerrero rompiera a llorar su desconsuelo. Sin embargo, consiguió contenerse. No, no podía dejarse llevar por el pesar porque en ese momento más que nunca el islam necesitaba brazos y corazones animosos. Era cierto, penosamente cierto, que ese día no habían logrado la victoria, pero Al·lah, que todo lo puede, querría, con total seguridad, dársela mañana. En cuanto a él... Aquel que creó los mundos y los cielos sabía más.

No, no podía ceder a las lágrimas. Lo derribado debía ser levantado nuevamente, y lo destruido, reconstruido. Al día siguiente, volvería a salir el sol, y cuando lo hiciera, aunque la carga que pesaba sobre sus hombros resultara pesada, encontraría a Ahmad dispuesto a cumplir con su deber.

Abdallah detuvo el caballo que le habían entregado por orden del rey Alfonso y giró su cuerpo sobre la silla. No lo seguían. A esas alturas estaba seguro de que nadie andaba tras sus pasos husmeando su camino. Sin duda los castellanos estaban más que ocupados en recoger el cuantioso botín abandonado por sus enemigos. Los almohades, por su parte, debían de estar cabalgando hacia sus bases de Al-Ándalus con la mayor rapidez posible. Ni unos ni otros iban a ocuparse en esos momentos de él. Sí, era un hombre libre. Tras pensar en su libertad, respiró hondo y el aire le pareció más limpio, más fresco, más perfumado. Nada podía equipararse a esa libertad, aunque tenía que reconocer que no era completa sino limitada. No le sería posible regresar a Al-Ándalus. Al menos, podía dar gracias al Creador de que Qala era una mujer que había recuperado la libertad y Uarda…, ah, Uarda, la bella, la hermosa, la excepcional Uarda que había desaprovechado la ocasión de su vida… Con seguridad acabaría encontrando a alguien mejor que él. Primero, porque había muchísimos hombres en Al-Ándalus que eran mejores que él y, segundo, porque ella seguía conservando un atractivo que admitía pocas comparaciones. Al-Ándalus, sin duda, ya formaba parte del pasado.

¿Y Castilla? No, no tenía la sensación de que Castilla pudiera ser un lugar donde vivir, y menos tras esa contienda, pues seguramente hervirían de satisfacción por haber privado de su vida a millares de enemigos. No, en esos momentos no se le ocurría ni lejanamente adónde debería dirigirse, pero estaba seguro de que hallaría un hogar. ¿Acaso no lo había encontrado Maimónides cuando tuvo que abandonar Al-Ándalus? ¿Acaso no había dado con él Ibn Rush cuyos libros habían sido quemados por las calles? ¿Acaso no lo habían hallado millares de gentes anónimas a lo largo de la dilatada Historia de aquella tierra? No sería él una excepción. También para él habría un lugar bajo el sol donde descansar, estudiar, escribir y enseñar. Con toda certeza, el Creador de todos los mundos, el que había sacado de la nada lo que se ve y lo que no se ve, el que había hecho ángeles y jinaan, lo guiaría y sin duda llegaría a su destino. Así sería.

Y entonces, con el corazón embargado por una dulce sensación de certeza y seguridad, sonrió, espoleó a su caballo y prosiguió su camino.

Nota del autor

Paul Fregosi, historiador francés afincado en Estados Unidos, ha señalado* que las Navas de Tolosa es una de las batallas más decisivas de la historia, a la altura de encuentros bélicos como Waterloo, el Marne o Stalingrado. La afirmación dista mucho de ser exagerada. La llegada de los almohades a España con la intención de apoyar a los reinos de taifas frente a la presión de los monarcas cristianos del norte de la península Ibérica pudo cambiar totalmente la historia de Occidente. De hecho, cuando el caudillo almohade Muhammad I derrotó a las tropas de Alfonso VIII de Castilla en Alarcos, quedó de manifiesto que una victoria musulmana de parecidas características podía llevar las banderas del islam hasta allende los Pirineos. No resulta por ello extraño que la paz de diez años suscrita por ambos contendientes fuera contemplada como una mera tregua destinada, fundamentalmente, a tomar fuerzas para un nuevo enfrentamiento.

En 1212, En-Nasir, el hijo de Muhammad I, cruzó el Estrecho al mando de nuevas fuerzas almohades cuya finalidad era no sólo conquistar el resto de la España liberada del yugo islámico sino también remontar la Península y llegar hasta Roma,

* P. Fregosi, *Jihad in the West*, Amherst, 1998, pp. 192 y ss.

en cuyo río daría de beber a sus caballos. Alfonso VIII reaccionó inmediatamente solicitando la ayuda del resto de la cristiandad, cuyo futuro se veía comprometido por aquella nueva invasión norteafricana. Es muy posible que en semejante petición de socorro pesara, no obstante, más que la esperanza de tener un apoyo militar adecuado la de librarse de una embestida traicionera de los otros reinos hispanos y, especialmente, de León. Clave seguramente para conjurar ese peligro real fue que el Papa respaldara religiosamente la empresa de Alfonso VIII, al que, a partir de entonces, se podía ayudar más o menos, pero, desde luego, no se podía atacar por la espalda. La respuesta distó mucho de ser universal. Pedro II de Aragón y Sancho VIII el Fuerte de Navarra acudieron al requerimiento —este último con un número muy reducido de caballeros—, pero Alfonso IX de León se negó a sumarse al combate, y la participación extranjera se limitó a algunos caballeros francos y alemanes.

Así, cuando el 20 de junio de 1212 Alfonso VIII abandonó Toledo, su ejército era varias veces inferior al formado por andalusíes y almohades. Además, tras la toma de Calatrava, los caballeros extranjeros se retiraron en su mayoría, dado que Alfonso VIII no estaba dispuesto a permitirles ni que cometieran vesanías con sus súbditos judíos ni tampoco que mataran a los musulmanes que habían capitulado. Para colmo de males, los almohades se adelantaron al avance cristiano y lograron ocupar posiciones muy ventajosas en las Navas de Tolosa, un lugar que no podía ser asaltado por los cristianos sin pasar por un desfiladero donde las bajas que les habría causado el enemigo podrían haber resultado decisivas. De esa desesperada situación salieron las fuerzas cristianas cuando un personaje enigmático que se identificó como un pastor comunicó al rey de Castilla un paso secreto para llegar al lugar donde estaban acantonados los musulmanes. Nunca se ha sabido a ciencia cierta quién era el misterioso pastor. Posteriormente la leyenda lo identificaría con un ángel enviado por Dios en ayuda de los ejércitos cristianos e incluso con san Isidro Labrador, más tarde patrón de Madrid. Algunas fuentes señalan que el personaje era verdaderamente un pastor llamado Martín, pero desconocemos la realidad histórica.

A pesar de haber alcanzado una posición desde la que atacar con más facilidad a los almohades, la situación del ejército de Alfonso VIII distaba mucho de ser ventajosa. Su vanguardia, al mando de Diego López de Haro, señor de Vizcaya, atravesó con relativa soltura las dos primeras filas de combatientes enemigos, pero no logró franquear las posiciones de almohades atados entre sí y, mientras recibía una lluvia de flechas procedente de arqueros turcos, estuvo a punto de ser cercada por la caballería desplegada a sus lados. No sucedió así porque Alfonso VIII, que seguía al mando de la retaguardia, lanzó una carga a la desesperada contra los almohades. Entre los atacantes se hallaban las fuerzas aragonesas y navarras, y fueron estas últimas las que lograron romper el cerco de hierro que los guerreros almohades habían levantado en torno a la tienda de En-Nasir. Se ha hablado mucho de que los defensores de aquel enclave eran esclavos negros. La noticia es falsa. Eran aguerridos combatientes del norte de África, pero Sancho el Fuerte logró romper las cadenas que los unían —de ahí las cadenas en el escudo de Navarra— y abrirse paso hasta el corazón del ejército enemigo. Es obligado añadir que algo similar lograron otros caballeros, en su mayoría castellanos, que posteriormente también incluirían en sus escudos las citadas cadenas.

El ejército cristiano había podido perder aún entonces la batalla si se hubiera entregado al saqueo del botín. Sin embargo, logró resistir la tentación y continuó la persecución de las fuerzas enemigas. El resultado fue una victoria extraordinaria que conjuró para siempre la amenaza islámica en España. De hecho, a partir de ese momento el retroceso musulmán fue continuado, hasta que en 1492, con la toma del reino de Granada, los Reyes Católicos concluyeron la Reconquista iniciada casi ocho siglos antes.

Aunque resultaría fácil trazar una división monolítica de los contendientes, lo cierto es que, históricamente, los matices fueron abundantes, tal y como se reflejan en las páginas de este libro. La población de los reinos cristianos ansiaba reconquistar el territorio hispano de los invasores, pero no es menos cierto que se trataba de grupos heterogéneos y que contaban con sectores, como podían ser judíos y musulmanes, cuyas lealtades derivaban muchas veces de su propia vivencia personal. Rodrigo y Alvar, por ejemplo, son ejemplos claros del caballero villano, libre en una Castilla libre y muy distinta de los otros reinos peninsulares. Martín sufre una experiencia por la que pasaron millares de habitantes de la frontera. Por lo que se refiere a gentes de otras religiones, muchos judíos súbditos de los reyes de taifas musulmanes acabaron emigrando hacia el norte ante las presiones de los invasores norteafricanos y se convirtieron en leales súbditos de sus nuevos reyes. De la misma manera, buen número de habitantes de los reinos de taifas se veían desgarrados entre varias lealtades. No pocos de ellos eran cautivos o descendían de esclavos, por lo que no sabían muy bien cuál era su identidad. En otros casos, a pesar de su ascendencia, se sentían totalmente comprometidos con el islam pero consideraban que los almohades eran demasiado estrictos y temían su gobierno en el futuro. Finalmente, no faltaban los que simpatizaban con los recién llegados como única esperanza frente al avance cristiano.

Esta división explica, por ejemplo, las contiendas con las que tuvo que enfrentarse Alfonso VIII de Castilla y hasta qué punto su actividad como monarca tuvo que conjuntar imperiosamente la actividad diplomática con la de las armas teniendo como adversarios no sólo a los invasores venidos del norte de África sino también a los otros monarcas cristianos. En ese sentido, los detalles proporcionados en la novela —incluidos los de su relación con su amante judía— son fieles a la verdad histórica, como también lo son los relativos a Diego López de Haro, su hijo y su esposa.

En un mundo como el nuestro donde el espíritu se ha ido viendo expulsado de las instancias más diversas sin percatarse de los gravísimos daños que semejante conducta causa a una colectividad, puede resultar difícil comprender la manera de pensar y actuar de la gente de la Al-Ándalus de la época, pero el retrato no habría sido ni justo ni ecuánime si se hubiera omitido. En no escasa medida, sus decisiones —por mucho que afectaran a la política— descansaban sobre pilares religiosos. Esa afirmación lo mismo puede realizarse en relación con En-Nasir, un personaje real, que con Ahmad, que es imaginario. Sin embargo, no deberíamos caer en el error de pensar que su conducta es ajena a nuestro tiempo. Si en 1212, ambos podían militar en las fuerzas almohades, hoy en día serían quizá seguidores convencidos de Hamas, de los talibán o de los Hermanos Musulmanes. En cuanto a Ibn Rush, nuestro Averroes, es sabido que tuvo que exiliarse de Al-Ándalus para evitar que los que quemaban sus libros —triste destino de no pocas obras escritas a lo largo de la Historia de España— acabaran también por destruir su vida. Lo mismo podría hoy decirse de no pocos exiliados de países islámicos.

Finalmente, tengo que hacer alguna referencia concreta a Abdallah. Aunque es cierto que se trata de un personaje imaginario, su maestro, Ash-Shaíj, será reconocido por muchos como un trasunto de Ibn Arabí, el místico español más importante de todos los siglos. Él mismo, como muchos otros personajes relevantes de la época, es un paradigma del hombre que cree en otro plano de la realidad no inferior en importancia (más bien todo lo contrario) del que puede verse, olerse y palparse. Sus puntos de vista cuentan aun con notables paralelos a lo largo de la historia del pensamiento espiritual. En ese sentido, su *Libro de los genios* no constituye un anacronismo literario sino que cuenta con numerosos paralelos en la literatura de la época. A fin de cuentas, ¡incluso en el mundo islámico actual no pocas amas de casa arrojan agua hirviendo por las cañerías para alejar a los jinaan de su hogar!

Ciertamente, Abdallah interpreta el mundo en que vive de una manera distinta a la oficial y así lo expresa y de acuerdo con ello vive. Se trata —de nuevo insisto en ello— de un personaje imaginario, pero, a la vez, totalmente fiel a la realidad de la época. Sin embargo, como otros de los personajes que se mueven en las páginas anteriores, constituye no sólo un reflejo fiel de una época sino también un símbolo. Es, a fin de cuentas, la encarnación de aquellos que aman la libertad por encima del fanatismo y de la sumisión al poder; la verdad frente a la doctrina oficial, y la relación directa con el único Dios verdadero más allá de las formulaciones religiosas.

Glosario

Agzaz: arqueros turcos.

Aj: hermano.

Aji: mi hermano.

Al·lah: el nombre de Dios en el islam.

Al-Muwahhidun (o *al-muahid*): almohades (los que creen en la unidad de Dios).

Amir al-muminin: príncipe de los creyentes.

Ar-Rahman ar-Rahim: el clemente, el misericordioso. Apelación de Al·lah en el Qur'an.

Ayatus-saif: aleya de la espada.

Daud: profeta David.

Dhimmí: población sometida a un gobierno musulmán y obligada a pagar un tributo especial. Generalmente, judíos y cristianos.

Dio: dios en el lenguaje de los judíos sefardíes.

Du'a: súplica.

frany: franco.

Ghusl: ablución completa antes del salat.

Granata: Granada.

Hammán: baño.

Ibrahim: el patriarca Abraham.

Ifrit: genio, generalmente perverso.

Imesebelen: guerreros musulmanes procedentes del norte de África que combatían atados para evitar las retiradas.

Injil: Evangelio.

Isa: Mesias e hijo de Dios para los cristianos.

Ishbilí: sevillano.

Ishbiliya: Sevilla.

Jinn: genio.

La: no (árabe).

Kafir: pagano.

Kanisatun: iglesias.

Magerit: Madrid.

Malak: ángel.

Malik: rey.

Maryam: Virgen María.

Mashíaj: mesías.

Min fadlik: por favor.

Misr: Egipto.

Mudarris: maestro.

Mursiya: Murcia.

Muslim: musulmán.

Nasraní: cristiano.

Qaid: juez musulmán.

Qasida: composición poética árabe.

Qur'an: Corán.

Qurtuba: Córdoba.

Rasul-Al·lah: el enviado de Dios.

Rum: Roma.

Salat: oración.

Sayidi: mi señor.

Shariah: la ley islámica.

Shay: té.

Shaytán: Satanás.

Studium Generale: (lit.) estudio general. El antecedente directo de la universidad.

Suq: zoco, mercado.

Surya: Siria.

Talib: alumno.

Tariqah: camino, ruta, orden espiritual.

Tawha: arrepentimiento.

Tawhid: concepto monoteísta de que sólo hay un único Dios verdadero.

Tulaytula: Toledo.

Ummah: comunidad de creyentes del islam.

Wad-al-Qabir: Guadalquivir.

Wasir: visir.

Wuduu: lavatorio.

Ya: interjercción árabe. ¡Eh! ¡Oh!

Yahud: judío.

Yibraltarik: Gibraltar.

Zakat: crecimiento.

Índice

El papel utilizado para la impresión de este libro
ha sido fabricado a partir de madera
procedente de bosques y plantaciones
gestionados con los más altos estándares ambientales,
garantizando una explotación de los recursos
sostenible con el medio ambiente
y beneficiosa para las personas.
Por este motivo, Greenpeace acredita que
este libro cumple los requisitos ambientales y sociales
necesarios para ser considerado
un libro «amigo de los bosques».
El proyecto «Libros amigos de los bosques» promueve
la conservación y el uso sostenible de los bosques,
en especial de los Bosques Primarios,
los últimos bosques vírgenes del planeta.

Papel certificado por el Forest Stewardship Council®